KB081908

콘돌의 6일

SIX DAYS OF THE CONDOR

SIX DAYS OF THE CONDOR
by James Grady ⓒ 1974
All rights reserved.

SIX DAYS OF THE CONDOR
by James Grady ⓒ 2015
All rights reserved.

Korean translation copyright ⓒ 2016 by Openhouse for Publishers CO., Ltd.
Korean translation rights arranged with InkWell Management, LLC through
EYA(Eric Yang Agency).

이 책의 한국어판 저작권은 EYA(Eric Yang Agency)를 통한 InkWell Management, LLC 사와의
독점 계약으로 (주)오픈하우스포퍼블리셔스에 있습니다. 저작권법에 의하여 한국 내에서 보호
를 받는 저작물이므로 무단전재 및 복제를 금합니다.

콘돌의 6일

SIX DAYS OF THE CONDOR

제임스 그레이디 지음
윤철희 옮김

오픈하우스

도움을 준 셜리와
내내 고생한 릭,
그리고 가족들을 비롯한 많은 이들에게 바친다.

이 소설에 묘사된 사건들은, 적어도 내가 아는 한에는, 허구다. 하지만 이 사건들이 실제로 발생할 수도 있을지 여부는 또 다른 문제다. 소설에 묘사된 정보기관 커뮤니티의 구조와 활동은 사실에 기초하고 있기 때문이다. 말콤이 속한 CIA 지부와 54/12그룹은 실재한다. 소설에서 부여한 그 조직들의 명칭으로는 더 이상 존재하지 않을 테지만 말이다.

저자는 이 소설 집필에 필요한 실제 사실에 기초한 배경을 파악하기 위해 활용한 다음의 출처들에 감사한다. 잭 앤더슨, '워싱턴의 회전목마'–여러 시기에 출판된 칼럼–; 앨프레드 W. 맥코이, 『동남아시아의 헤로인 정치』(1972); 앤드류 툴리, 『CIA: 내부 이야기』(1962); 데이비드 와이즈와 토머스 B. 로스, 『보이지 않는 정부』(1964)와 『스파이 기관』(1967).

차례

"정말로 중요한 승리는 어둠 속을 오가는 비밀들에서 비롯되는 게 아니라, 첨단 기술을 다루는 정기간행물들을 몇 시간이고 참을성 있게 읽는 데서 비롯됩니다. 정말이지, 그들–'애국적이고 헌신적인' CIA 조사관들—은 우리 미국의 전문직 학생들입니다. 그들은 소중한 인재들이지만, 응당 받아 마땅한 찬사를 받지 못하고 있습니다."

–린든 B. 존슨 대통령, 1966년 6월 30일에 거행된 리처드 M. 헬름스의 CIA 국장 취임 선서식에서

수요일

의회도서관에서 네 블록 뒤쪽에, 사우스이스트 A와 포스 스트리트를 막 지나 –길모퉁이 바로 옆– 치장 벽토를 바른 3층짜리 흰색 건물이 있다. 다른 타운하우스들 사이에 자리한 이 건물은 외벽 색깔만 아니라면 그리 눈에 띄지 않을 것이다. 바래가는 빨강과 회색, 녹색, 그리고 이따금 보이는 엷은 황백색 건물들 사이에서 이 건물의 깨끗하고 선명한 색깔은 두드러져 보인다. 검정색 낮은 철제 울타리와 깔끔하게 다듬은 잔디밭도 다른 건물들에는 없는 차분하고 품격 있는 아우라를 발산한다. 하지만 이 건물을 신경 쓰는 사람은 드물었다. 지역 주민들은 오래전부터 이 건물을 친숙한 동네 풍경의 일부로 여겨왔다. 날마다 건물 앞을 지나는 의사당과 의회도서관 직원 수십 명은 이 건물에 눈길을 던질 짬이 없었고, 설령 그럴 짬이 생기더라도 그러지 않을 것이다. '의회'에서 멀리 떨어져 있기 때문에,

관광객 무리 대부분은 이 건물에 가까이 올 일이 전혀 없었다. 가끔 건물 근처에 오는 몇 안 되는 사람들은 악명 높을 정도로 험악한 동네를 벗어나 전국적으로 유명한 기념물들이 있는 안전한 지역으로 안내해줄 경찰을 찾다가 이곳에 들르곤 한다.

만약 어떤 행인이 ─몇 가지 기이한 이유에서─ 이 건물에 매력을 느껴 더 자세히 살펴본다고 하더라도, 그가 조사 활동을 통해 밝혀낼 별난 점은 거의 없을 것이다. 그가 울타리 밖에 서 있는 동안 처음 주목하게 되는 것은 아마도 높이 달린 청동 명판일 것이다. 가로 90센티미터에 세로 60센티미터쯤 되는 명판은 이 건물이 미국문학사협회의 전국 본부임을 당당히 밝히고 있다. 이런저런 랜드마크와 다양한 기관들의 본부가 수백 곳이나 있는 워싱턴 D.C.에서 이런 건물은 그리 대단한 게 아니다. 만약 그가 건축과 디자인에 감식안을 가진 사람이라면, 그는 안을 들여다볼 수 있는 틈구멍이 상당히 크다는 게 결함인, 화려하게 장식된 검정 나무문에 기분 좋은 호기심을 느낄 것이다. 우리 행인이 숫기가 너무 좋은 탓에 호기심을 억누르는 데 실패했다면, 그는 아마도 울타리에 난 문을 열 것이다. 그는 원래 자리에 있던 자석 경첩이 움직여 전기 회로를 열면서 내는 미세한 딸깍 소리를 아마 감지하지 못할 것이다. 우리 행인은 두어 걸음을 걸은 뒤, 현관 입구 계단으로 이어지는 검정색 철제 계단을 오르고는 벨을 누른다.

만약, 늘 그런 것처럼, 월터가 작은 주방에서 커피를 마시는 중이거나 책 운반용 궤짝을 정리하는 중이거나 바닥을 닦는 중이라면, 이 건물의 보안이 철저하다는 근거 없는 통념은 뽐낼 수가 없을 것이다. 방문객은 미시즈 러셀이 책상 밑 버저를 눌러 전자식 잠금 장치를 해제한 직후에 외치는 "들어오세요!"라는 쇳소리 섞인 고함 소리를 듣는다.

협회 본부에 들어온 방문객의 눈에 처음으로 띄는 것은 극단적으로 정리가 잘된 협회 내부의 모습이다. 계단통에 서 있는 동안 그의 두 눈은 아마도 계단통 모서리에서 겨우 10센티미터 남짓 떨어진 곳에 있는 월터의 책상 위를 향할 것이다. 월터의 책상에 서류가 놓이는 일은 결코 없다. 그도 그럴 것이, 앞부분이 철재로 보강된 월터의 책상은 서류를 올려놓으려는 용도가 아니기 때문이다. 오른쪽으로 방향을 틀어 계단통을 올라간 방문객은 미시즈 러셀을 만나게 된다. 월터의 책상과 달리, 그녀의 책상에는 서류가 가득하다. 책상 위를 가득 덮고도 모자라 서랍에서도 튀어나와 있는 서류들은 그녀가 쓰는 아주 오래된 타자기를 가린다. 서류로 조성한 인공 수풀 뒤에 미시즈 러셀이 앉아 있다. 그녀의 백발은 숱이 적은 데다 보통은 헝클어져 있다. 어쨌건, 그녀의 백발은 지나치게 짧은 탓에 그녀의 인상에 많은 도움을 주지는 못한다. 1932년에 만들어진 말발굽 모양 브로치가 한때 그녀의 왼쪽 젖가슴이 있던 곳을 꾸며준다. 그녀는 쉬지 않고 담배를 피워댄다.

협회 본부의 이 지점까지 다다른 ─우편집배원과 택배원이 아닌─ 낯선이는 손에 꼽을 정도로 적다. 그 몇 안 되는 사람들은 ─만약 그 자리에 있다면─ 날카로운 눈빛으로 쏘아보는 월터의 검색을 받은 다음에 미시즈 러셀을 상대하게 된다. 그 방문객이 업무차 온 사람이라면, 그녀는 ─적절한 담당자의 승인을 받은 경우─ 그를 담당자에게 안내한다. 낯선 방문객이 호기심에 사로잡힌 용감한 행인에 불과할 경우, 그녀는 지독히도 따분한 5분짜리 장광설을 늘어놓는다. 그녀는 협회 설립 기금을 조성한 배경, 그리고 문학적 분석(analysis)과 발전(advancement), 성취(achievement)라는 협회의 설립 목적─'3A'라고 일컫는다─에 대한 연설을 끝낸 후, 마뜩치 않아 하는 게 보통인 방문객의 두 손에 팸플릿을 여러 장 쥐여주고는 지금은 깊이 있는 질문에 답해줄 수 있는 사람이 없다면서 추가 정보를 얻으려면 여기로 서신을 보내라며 불명확한 주소를 제공한 후 "좋은 하루 보내시라"는 딱딱한 인사말을 내뱉는다. 이런 정신 사나운 공격에 넋이 나간 방문객들은 순순히 건물을 나서는 게 보통인데, 그 와중에 월터의 책상에 놓인 상자가 그들의 사진을 찍었거나 현관문 위에 있는 붉은 전등과 버저가 울타리 문이 열렸다는 걸 알려준다는 사실을 아마 인지하지 못할 것이다. 자신이 방금 중앙정보국(CIA)의 정보사업부 산하 부(部)에 속한 과(課)의 지부 사무실을 방문했다는 걸 알았다면, 그 방문객이 느낀 실망감은 어느 틈엔가 기분 좋은 상상으로 변할 것이다.

CIA는 1947년에 제정된 국가안전보장법에 의해 창설됐다. 무방비 상태로 진주만을 공격당한 2차 세계 대전 당시 경험의 결과물이었다. 정보국, 또는 다수의 정보국 직원들이 부르는 호칭인 '회사'는 11개 주요 기관들로 구성된 미국의 광대한 정보기관 네트워크에서 가장 규모가 크고 활발한 조직으로, 인력이 20만 명가량 되고 해마다 수십 억 달러의 예산을 집행한다. CIA의 활동은, 다른 나라의 주요한 상대 기관들―영국의 MI6과 러시아의 KGB, 중공(中共)의 중앙사회부―의 활동과 비슷하게, 은밀한 스파이 행위부터 전문적인 조사 활동, 그리고 정치적인 활동을 벌이는 집단들을 느슨하게 이어주는 자금을 제공하는 활동, 우방국 정부들 지원하기, 직접적인 준(準)군사 작전들에 이르기까지 광범위하게 걸쳐 있다. 문제 많은 세계에서 국가 안보를 지킨다는 각 기관의 기본 임무와 짝을 이룬 이 기관들의 광범위한 활동은 정보국을 정부에서 가장 중요한 부서의 하나로 만들어줬다. 전임 CIA 국장이던 앨런 덜레스는 언젠가 이런 말을 했다.

"1947년의 국가안전보장법은…… 우리 정부 내에서 세계의 그 어떤 정부에 속한 정보기관이 향유하는 것보다 훨씬 더 영향력 있는 입지를 CIA에 제공했다."

CIA의 주요 활동은 공들여 하는 단순한 조사다. 조사관 수백 명이 날마다 전문 저널, 미국과 해외에서 간행되는 모든 종류의 정기간행물, 대중 방송을 샅샅이 훑는다. 이 조사 활동은 CIA의 네 개 사업부 중 두 곳이 나눠 맡는다. 조사사업부는 기술 관련 정보를 책임지는 곳으로, 이곳 소속 전문가들은 미국과 동맹국들을 비롯한 모든 나라에서 최근에 이뤄진 과학적 발전에 대한 상세한 보고서를 제출한다. 정보사업부는 고도로 특화된 형태의 학문적 조사 활동을 다룬다. 정보사업부가 다루는 정보의 80퍼센트 정도는 '대중에게 공개된' 출처에서 비롯된다―대중 잡지와 방송 프로그램, 저널, 단행본. 정보사업부는 이런 출처에서 얻은 데이터를 소화한 뒤, 세 가지 유형의 보고서를 생산한다. 첫째 유형은 관심 영역에 대한 장기 예상 보고서고, 둘째 유형은 현재의 세계정세에 대한 일일 리뷰이며, 셋째 유형은 CIA가 벌이는 활동들에 생긴 공백들을 감지하려 애쓴다. 다음의 다른 두 사업부는 정보사업부와 조사사업부 양쪽이 수집한 조사 결과를 활용한다. 지원―물자 및 인력 조달과 장비 개발, 보안, 커뮤니케이션을 다루는 행정적 부문―과 기획―모든 은밀한 활동을 수행하는 실제 스파이 사업부―.

워싱턴에 본부를 두고 시애틀에 작은 접수 사무실을 둔 미국문학사협회는 CIA 산하에 있는 작은 부(部)들 중 한 곳의 산하 지부다. 이 부서가 취급하는 데이터의 속성이 정밀하지 않기 때문에, 문학사협회가 업무 면에서 정보사업부와, 그리고 CIA 전체와 맺은 협력 관계는 느슨하다. 부―공식 조직명은 CIAID 17부다―가 생산하는 보고서들이 주요한 조사 보고서 세 분야 중 한 곳에 꾸준히 통합되는 것은 아니다. 실제로, 협회―공식 조직명 은 CIAID 17부 9과다―를 이끄는 대단히 신중하고 대단히 걱정 많은 책임 자인 랩 박사는 상위 조직인 17부의 관련 보고서에 끼지도 못할 보고서들 을 주간으로, 월간으로, 연간으로 내놓으려고 죽어라 일한다. 그럼에도 사 업부 수준의 주요한 집단 코디네이터들이 17부가 생산한 보고서를 인상 적으로 여기는 경우는 흔치 않았고, 따라서 협회가 내놓는 보고서는 정보 사업부가 생산하는 보고서에 통합되는 데 실패할 터였다. 인생은 그런 것 이다(*C'est la vie*).

협회와 17부의 역할은 문학 분야에 기록된 모든 스파이 활동과 관련 행 위들을 계속 파악하는 것이다. 달리 말해, 17부는 스파이 스릴러와 살인 미스터리물을 읽는다. 17부는 미스터리와 아수라장을 다룬 단행본 수천 권에 등장하는 이상야릇한 짓거리와 상황들을 대단히 상세하게 기록하고 분석한다. 17부는 멀리 제임스 페니모어 쿠퍼(『모히칸 족의 최후』를 쓴 19 세기 초중반의 미국 소설가)까지 연대가 거슬러 올라가는 책들을 상세히 검 토해왔다. 회사가 보유한 책 대다수는 버지니아 주 랭글리에 있는 CIA 중 앙건물에 보관되지만, 협회 본부도 거의 3,000권에 달하는 장서를 보유하 고 있다. 17부는 한때 국무부 근처에 있는 크리스천 하이리크 브루어리에 있었지만, CIA가 랭글리 본부로 이사한 1961년 가을에 버지니아 주 교외 로 사무실을 옮겼다. 1970년에 관련 문헌들의 분량이 계속 늘면서 17부 입 장에서는 장서 조달 문제와 비용 문제가 빚어지기 시작했다. 게다가 정보 사업부의 부국장은 고강도의 신원 조사를 거친, 그 결과 고액의 급여를 받 는 분석관들이 필요한 것인지 의문을 제기했다. 결과적으로 17부는 수도 워싱턴 시내에 지부를 재개설했는데, 이번에는 편의를 위해 입지를 의회 도서관 근처로 정했다. 직원들은 정보국 본부 건물에서 근무하는 게 아니기 때문에, 본부 건물에 채용될 때 필요한 꼼꼼한 일급비밀 취급 인가가 아니라 수박 겉 핥기식의 보안 허가를 통과하기만 하면 됐다. 자연히, 그들은 그들이 받은 비밀 취급 인가 등급에 상응하는 급여를 받았다.

  문학 분야의 최근 동태에 빠삭한 17부 소속 분석관들은 기본적으로 상호 합의 아래 그들의 업무를 분장한다. 분석관 각자에게는 전문 영역이 있는데, 다루는 작가를 기준으로 영역을 규정하는 게 보통이다. 분석관들은 모든 서적의 플롯과 거기에 사용된 방법들을 요약하는 것 외에도, 랭글리 본부로부터 특별히 '위생 처리된' 일련의 보고서를 날마다 수령한다. 그 보고서에는 모든 이름을 지우고 필요한 세부 사항을 가급적 최소한으로만 노출시킨 실제 사건들을 묘사한 요약본이 담겨 있다. 사실과 픽션을 비교하는 작업이 진행된다. 둘 사이에 중요한 상관관계가 드러날 경우, 분석관은 더 상세한, 그럼에도 여전히 위생 처리된 보고서를 갖고 심층 조사에 착수한다. 그렇게 했는데도 여전히 상관관계가 강해 보일 경우, 관련 정보와 보고서가 17부의 상층에 있는 기밀부서에 검토용으로 제출된다. 그런 후 고위층 누군가가 작가가 순전히 상상력이 좋아서 운 좋게 그런 결과물을 얻었는지, 아니면 그가 마땅히 알아야 할 내용보다 더 많은 걸 알게 됐는지에 대한 결정을 내린다. 후자로 결정된 경우, 작가는 엄청난 불운을 겪는다. 그런 경우, 해당 보고서가 행동 집행을 위해 기획사업부로 전달되기 때문이다. 분석관들은 현장 요원들에게 유용한 조언을 편집한 리스트를 작성하라는 요구도 받는다. 이 리스트들은 항상 새로운 작전 수법을 갈구하는 기획사업부의 교관들에게 전달된다.

그날 아침, 로널드 말콤은 그런 리스트 중 하나를 작업할 예정이었다. 하지만 그는 그러는 대신 나무의자에 반대로 앉아, 여기저기 긁힌 호두나무 등받이에 턱을 올려놓았다. 9시 14분 전이었다. 그는 8시 30분에 뜨거운 커피를 쏟고는 큰 소리로 욕설을 내뱉으며 2층에 있는 자신의 방을 향해 나선형 계단을 오른 이후로 계속 그렇게 앉아 있었다. 커피를 오래전에 다 마신 말콤은 두 번째 잔 생각이 간절했지만, 창문에서 감히 눈을 뗄 수가 없었다.

몸이 아픈 때를 제외하면, 매일 아침 8시 40분에서 9시 사이에 믿기 힘들 정도로 아름다운 아가씨가 사우스이스트 A를 걸어와서는 말콤의 창문 앞을 지나 의회도서관으로 들어갔다. 그리고 매일 아침, 병이 났을 때나 피치 못할 작업을 해야 할 때를 제외하고, 말콤은 그녀가 시야를 가로질러 가는 짧은 시간 동안 그녀를 지켜봤다. 이 행위는 하나의 의식이 됐다. 말콤이 완벽하게 아늑한 침대를 벗어나 면도를 하고 걸어서 출근하는 행위를 합리화하는 걸 도와주는 의식. 처음에는 아가씨를 향한 욕정이 말콤의 사고방식을 지배했지만, 그가 정의할 수 있는 한계를 넘어선 경외감이 차차 욕정을 대체해왔다. 2월부터는 그런 걸 생각하려는 노력조차 포기했고, 두 달 후인 지금, 그는 그저 그녀를 기다리며 지켜보기만 했다.

진짜 봄날이라 불러도 될 만한 첫날이었다. 연초에도 빗방울이 떨어지는 날들 사이로 환한 햇살이 흩뿌려지는 기간이 있었지만, 진정한 봄은 아니었다. 오늘은 화사한 빛으로 동이 트더니 그 화사함이 계속 남았다. 벚꽃이 필 것임을 약속하는 향기가 아침 스모그 사이로 천천히 퍼졌다. 시야의 한쪽 끝에서 그녀가 오는 것을 인지한 말콤은 의자를 창문 가까이로 기울였다.

아가씨는 단순히 걸음을 걷는 게 아니었다. 그녀는 겸손하면서도 확고한, 박식한 자신감에서 생겨난 목적의식과 자긍심 가득한 몸놀림으로 성큼성큼 걸음을 내디뎠다. 그녀의 등에 놓인 윤기 흐르는 갈색 머리칼은 그녀의 넓은 어깨를 가로지르며 날씬한 허리를 향해 등판 중간쯤까지 떨어졌다. 그녀는 화장기가 없었다. 선글라스를 끼고 있지 않을 때면, 자리를 제대로 잡은 그녀의 큰 두 눈이 곧게 솟은 코와 큰 입, 둥근 얼굴, 각진 턱과 완벽히 어울린다는 걸 알 수 있었다. 몸에 딱 붙는 갈색 스웨터는 그녀의 큰 가슴에 제대로 들러붙었고, 그녀의 가슴은 브래지어를 하지 않았음에도 전혀 늘어지지 않았다. 격자무늬 스커트는 근육이 지나치게 발달한 듯 보이는 넓적다리를 제대로 드러냈다. 그녀의 종아리는 발목을 향해 매끈하게 이어졌다. 단호한 걸음을 세 걸음 더 내디딘 그녀가 시야에서 사라졌다.

말콤은 한숨을 쉬고는 의자에 몸을 기댔다. 타자기 캐리지에는 절반쯤 쓴 종이가 꽂혀 있었다. 그는 이것이야말로 오전 작업을 적절하게 시작하기에 좋은 설정이라며 합리화했다. 그는 요란하게 트림을 하고는 빈 컵을 들고 붉은색과 푸른색이 칠해진 그의 작은 방을 나섰다.

계단에 도착한 말콤은 잠시 걸음을 멈췄다. 건물 안에는 커피포트가 두 개 있었다. 하나는 미시즈 러셀의 책상 뒤에 있는 1층의 작은 주방에 있었고, 다른 하나는 3층에 있는 개방형 서가들 뒤에 있는 포장용 테이블에 있었다. 각각의 포트에는 나름의 장점과 단점이 있었다. 용량이 큰 1층 포트는 건물 내 인원들 대부분을 위한 거였다. 아래층에는 미시즈 러셀과 전직 교관 월터―"제닝스 병장이라고 불러주십시오!"― 외에도, 랩 박사와 신임 회계원 겸 사서 하이데거의 방이 있었다. 따라서 그 포트를 쓰는 건 물류

면에서는 대단히 좋은 계책이었다. 커피를 내리는 사람은, 물론 미시즈 러셀이었다. 그녀에게는 결점이 많았지만, 요리 솜씨가 형편없다는 건 그런 결점에 포함돼 있지 않았다. 1층 포트에는 단점이 두 개 있었다. 말콤이나 2층에 있는 다른 분석관 레이 토머스가 그 포트를 쓸 경우, 두 사람은 랩 박사와 맞닥뜨리는 위험을 감수해야 했다. 그런 만남은 불편했다. 또 다른 단점은 미시즈 러셀, 또는 레이가 툭하면 그녀를 "퍼퓸 폴리(Perfume Polly)"라고 부르게끔 만드는 그녀가 풍기는 냄새였다.

3층 포트를 이용하는 경우는 아주 드물었다. 다른 두 분석관 해럴드 마틴과 타마사 레이놀즈만이 그 포트에 영원히 배정돼 있었다. 레이나 말콤은 이따금씩 그들이 가진 선택권을 행사했다. 월터는 기분전환을 위해, 그리고 바람이 조금만 세게 불어도 부러질 것 같은 타마사의 모습을 보기 위해 건물 안을 돌아다니는 경우가 잦았다. 타마사는 착한 여자였지만, 커피 내리는 일에 대해서는 아는 게 하나도 없었다. 3층 포트를 이용하려면 끔찍한 솜씨로 내린 커피를 마셔야 한다는 것도 문제였지만, 해럴드 마틴에게 붙잡혀 구석으로 몰려서는 스포츠계에서 최근에 나온 통계와 점수, 다양한 의견으로 융단폭격을 당한 다음, 고등학교 때 자신이 보여준 운동 솜씨에 대한 향수 가득한 사연들을 들어줘야 하는 위험이 있었다. 그는 아래층으로 가기로 결정했다.

말콤이 책상 옆을 지날 때, 미시즈 러셀이 평소처럼 경멸조의 푸념으로 말콤을 맞았다. 때때로, 말콤은 순전히 그녀가 달라진 게 있는지 확인하려는 의도에서 그녀와 '수다를 떨기 위해' 걸음을 멈추곤 했다. 그녀는 서류를 정리하고는 했다. 그러면서 말콤이 무슨 얘기를 하건, 그녀가 얼마나 고되게 일하는지, 몸이 얼마나 안 좋은지, 그녀한테 고마워하는 사람이 얼마나 없는지에 대해 두서없이 혼잣말을 지껄여댔다. 오늘 아침 말콤의 반응은 냉소적인 미소와 과장된 끄덕임 선에서 멈췄다.

말콤이 문이 열리는 소리를 들은 건 커피를 담은 잔을 들고 막 계단을 오르기 시작했을 때였다. 그는 랩 박사가 늘어놓는 설교를 들을 마음의 준비를 했다.

"이봐요, 저기, 미스터 말콤, 잠깐…… 잠깐만 얘기할 수 있을까요?"

안도의 한숨. 말을 한 사람은 랩 박사가 아니라 하이데거였다. 미소를 지으며 안도의 한숨을 쉰 말콤은 얼굴이 너무 발그레해서 머리가 벗어진 부분조차 환하게 빛이 나는 가냘픈 남자를 보려고 몸을 돌렸다. 언제나 볼 수 있는 차림새인, 태브 칼라가 달린 흰색 셔츠와 가느다란 검정 타이가 커다란 머리를 몸뚱어리에서 짜내고 있었다.

"안녕하세요, 리치," 말콤이 인사를 건넸다. "오늘은 어떠세요?"

"좋아요…… 론. 좋아요." 하이데거가 킥킥 웃으며 대답했다. 술을 철저히 삼가고 고되게 일하면서 여섯 달을 보냈음에도, 그의 신경 상태는 여전히 엉망이었다. 하이데거의 상태에 대해 조사해보면, 아무리 호의적으로 조사한다 하더라도, 그가 두려움에 떨면서도 CIA 화장실에 몰래 술을 들여가던 시절이, 호흡에서 나는 술 냄새를 보안 요원들에게 들키지 않으려고 미친 듯이 껌을 씹어대던 시절이 드러난다. 그가 전격적으로 금주를 하겠다고 '자원'하고는 금단 증상의 지옥을 견디면서 온전한 정신의 조각들을 그러모으기 시작한 후, 의사들은 화장실 감시를 책임진 보안부서에서 그를 고발했노라고 그에게 말해주었다. "잠깐만, 잠깐만 들렀다 갈 수 있나요?"

머리를 식힐 수만 있다면 무엇이든 환영이었다. "그럼요, 리치."

두 사람은 회계원-사서에게 배정된 작은 방으로 들어갔다. 하이데거는 그의 의자에 앉고, 말콤은 이 건물의 예전 세입자가 남기고 간 낡은 소파에 앉았다. 두 사람은 몇 초간 말없이 앉아 있었다.

불쌍한 땅딸보. 말콤은 생각했다. 지독히도 겁을 먹었으면서도 일을 차근차근 잘해내 원하는 직책으로 복귀할 수 있기를 소망하고 있군. 이 관료주의 냄새 풍기는 칙칙한 녹색 사무실에서 칙칙하지만 비밀 등급은 더 높은 또 다른 사무실로 옮겨갈 수 있도록 일급비밀 보안 등급을 되찾겠다는 소망을 여전히 품고 있군. 운이 좋다면, 말콤은 생각했다. 당신의 다음 사무실은 '효율적인 사무 환경을 최대화'하려는 의도에서 다른 세 가지 색상 중 하나를 칠해놓은 곳일 테지. 당신은 내 사무실 벽과 다른 정부 사무실 수백 곳의 벽에 칠해진 세 가지 차분한 색조와 똑같은 근사한 푸른 방을 얻게 되겠지.

"있잖아요." 하이데거의 큰 소리가 방 안에 메아리쳤다. 목소리가 크다는 걸 갑자기 의식한 그는 의자 뒤로 몸을 기울이고는 다시 이야기를 시작했다. "난…… 이런 일로 당신을 괴롭히기는 싫지만……."

"아니, 천만에요."

"그래요. 으음, 론—론이라고 불러도 괜찮나요? 으음, 당신도 알다시피 나는 여기서는 신참이에요. 여기 운영 방식을 숙지하려고 지난 2년간의 자료를 검토하기로 결심했지요." 그는 신경질적으로 싱긋 웃었다. "랩 박사가 해준 브리핑은, 우리끼리 말이지만, 완벽하지 않았어요."

말콤은 그의 소리 없는 미소에 동참했다. 랩 박사를 비웃는 사람은 그게 누구건 능력이 뛰어난 사람이었다. 말콤은 이러다가 결국에는 하이데거를 좋아하게 될지도 모르겠다고 생각했다.

그가 말을 이었다. "자, 그런데, 당신은 여기에 2년 있었잖아요, 그렇죠? 랭글리에서 사무실을 옮긴 이후로 쭉 있었죠?"

말콤은 고개를 끄덕이며 맞는다고 생각했다. 2년 2개월, 그리고 며칠.

"자, 그런데요, 내가 뭔가를 찾아냈어요⋯⋯. 명쾌하게 설명할 필요가 있는 장부상의 불일치들을요. 당신이 나한테 도움을 줄 수 있을 것 같은데요." 하이데거는 잠시 말을 멈췄고, 말콤은 그를 향해 열렬한 분위기와 미심쩍은 기색을 함께 풍기며 어깨를 으쓱했다. "그러니까, 두 가지 재미있는 점을 발견했어요. 아니, 그보다는 두 분야에 있는 재미있는 점들이라고 해야겠네요. 처음 불일치는 회계하고 관련이 있어요. 그러니까, 비용과 급여 같은 것들을 위해 출납된 돈 같은 거요. 당신은 이 분야에 대해서는 아는 게 없을 거예요. 이건 내가 알아내야 할 일이죠. 그런데 다른 불일치는 책하고 관련이 있어요. 그래서 나는 보고서를 작성해서 랩 박사를 찾아가기 전에, 내가 무언가를 알아낼 수 있는지를 확인하려고 당신이랑 다른 분석관들을 상대로 확인 작업을 하는 중이에요." 그는 그의 작업을 독려하는 또 다른 끄덕거림을 기대하고 잠시 말을 멈췄다. 말콤은 그런 그를 실망시키지 않았다.

"당신은, 으음, 없어진 책들이 있다는 걸 감지한 적이 있나요? 아니, 잠깐만요." 그는 말콤의 얼굴에 어린 혼란스러운 기색을 보고는 말했다. "다시 말하죠. 우리가 주문했지만 책을 받지 못한 경우나 우리가 갖고 있어야 옳은데 갖고 있지 않은 책들에 대해 알고 있나요?"

"아뇨. 아는 게 없는데요." 슬슬 따분해지기 시작한 말콤이 말했다. "없어진 책이 어떤 건지, 아니면 없어진 것 같은 책이 어떤 건지 말해준다면⋯⋯." 그는 말끝을 흐렸고, 하이데거는 눈치를 챘다.

"으음, 바로 그거예요. 실은 나도 잘 몰라요. 무슨 말이냐면, 그런 책이나 책들이 있는지 여부를, 그리고 그것들이 어떤 책인지, 없어진 이유가 무엇인지조차 제대로는 몰라요. 굉장히 혼란스러운 상태예요." 말콤은 말없이 그의 의견에 동의했다.

"있잖아요," 하이데거가 말을 이었다. "1968년의 어느 땐가 우리는 시애틀의 조달 지부가 보낸 책을 수령했어요. 그들이 보낸 책을 모두 수령했죠. 그런데 나는 우연히도 우리 수납 담당자가 책 다섯 상자를 수령했다고 사인한 걸 보게 됐어요. 그런데 청구서에는 책이 일곱 상자라고 적혀 있더군요. 청구서에 시애틀에 있는 우리 요원, 그리고 운송 회사의 대조 확인 표시와 서명이 모두 들어 있었다는 얘기도 덧붙여야겠네요. 이건 실제로는 없어진 책이 없는데도 우리가 책 두 상자를 잃어버린 상태라는 뜻이에요. 내 말이 무슨 뜻인지 이해되나요?"

말콤은 약간의 거짓말을 보태 말했다. "그래요, 무슨 말인지 이해해요. 아마도 사소한 실수 때문에 그런 거라고 생각하지만요. 누군가가, 아마도 직원이 숫자를 셀 줄 모르는 사람이었나 보죠. 아무튼, 우리가 잃어버린 책은 없다고 당신이 말했잖아요. 그쯤 해두면 어떨까요?"

"이해를 못 하는군요!" 하이데거가 앞으로 몸을 기울이며 소리쳤다. 말콤은 그의 강렬한 목소리에 충격을 받았다. "이 기록들에 대한 책임은 나한테 있단 말입니다! 나는 인수인계를 받을 때 내가 수령한 모든 것이 정확하게 제대로 돼 있다는 것을 증명하는 서면을 제출했습니다. 내가 그렇게 했는데, 이 실수는 그 기록들을 망치고 있단 말입니다! 꼴사나운 일이죠. 그리고 그게 사실로 밝혀지면 욕먹는 사람은 내가 될 겁니다. 바로 나 말입니다!" 말을 끝낼 무렵, 그는 책상 건너로 몸을 기울이고 있었고, 그의 목소리는 다시 방 안을 울릴 정도로 커져 있었다.

말콤은 정말로 따분했다. 하이데거가 재고 불일치에 대해 횡설수설하는 걸 들어줘야 한다는 예상에, 그는 눈곱만치도 흥미가 생기지 않았다. 하이데거가 흥분했을 때 하이데거의 두 눈이 그 두툼한 안경 뒤에서 이글거리는 방식도 마음에 들지 않았다. 떠나야 할 시간이었다. 그는 하이데거 쪽으로 몸을 기울였다.

"봐요, 리치." 그가 말했다. "이 난장판이 당신한테 여러 가지 문제를 일으킨다는 건 알겠어요. 그런데 미안하지만 당신한테 도움을 주지는 못하겠네요. 다른 분석관들 중에는 내가 모르는 걸 아는 사람이 있을지도 모르지만, 잘은 모르겠어요. 내 조언을 원한다면, 내 조언은 이걸 통째로 덮고는 잊어버리라는 거예요. 도무지 가늠이 안 되는 일이 벌어진 경우, 그게 당신 전임자인 존슨이 늘 했던 방식이에요. 일을 제대로 해나가고 싶다면, 랩 박사한테는 가지 말아요. 그는 펄쩍펄쩍 뛰면서 이 난장판을 믿을 수 없을 정도로 혼란스럽게 만들면서 침소봉대할 거예요. 그러면 모두들 불행해질 거고요."

말콤은 일어나 문 쪽으로 걸어갔다. 뒤를 돌아보자 펼쳐진 장부와 사무용 스탠드 불빛 뒤에 앉아 몸을 부들부들 떨고 있는 왜소한 남자가 보였다.

말콤은 멀리 미시즈 러셀의 책상까지 걸어가고 나서야 안도의 한숨을 내쉬었다. 그는 잔에 남은 식은 커피를 싱크대에 쏟고는 2층에 있는 그의 방으로 갔다. 자리에 앉은 그는 책상에 두 발을 올리고 방귀를 뀐 다음 두 눈을 감았다.

1분쯤 후 눈을 뜬 그는 피카소의 돈키호테 복제화를 응시했다. 벽에 걸린 이 복제화는 절반만 페인트칠된 그의 붉은 벽과 잘 어울렸다. 돈키호테는 로널드 레오너드 말콤이 중앙정보국 요원이라는 짜릿한 신분을 갖게 만든 데 책임이 있었다.

1970년 9월, 말콤은 오랫동안 연기해뒀던 석사 학위 필기시험을 봤다. 처음 두 시간 동안은 만사가 끝내주게 잘 흘러갔다―그는 플라톤의 동굴의 우화에 대한 설명을 신나게 써내려갔고, 초서의 『캔터베리 이야기』의 여행자 중 두 명의 상황을 분석했으며, 카뮈의 『페스트』에서 쥐가 갖는 의미에 대해 논했고, 『호밀밭의 파수꾼』에서 홀든 콜필드가 동성애에 맞서 벌이는 투쟁을 그 나름의 방식으로 날조해 적었다. 그런 후 마지막 페이지로 넘긴 그는 난관에 직면했다. 그 난관은 이랬다. "세르반테스의 『돈키호테』에 나오는 의미 있는 사건 최소 세 개를 깊이 있게 논하라. 논의에는 각 사건의 상징적 의미와 그 사건이 다른 두 사건 및 전체적인 플롯과 맺고 있는 관계에 대한 설명이 포함돼야 한다. 그리고 세르반테스가 돈키호테와 산초 판자를 특징적으로 묘사하기 위해 그 사건들을 어떻게 활용하고 있는지를 제시하라."

말콤은 『돈키호테』는 한 번도 읽어본 적이 없었다. 귀중한 5분간의 시간 동안, 그는 시험지를 뚫어져라 쳐다만 봤다. 그런 후, 그는 빳빳한 답안지를 대단히 조심스레 열고는 답을 쓰기 시작했다. "『돈키호테』는 읽어본 적이 없습니다. 하지만 그는 풍차에 패배했다고 생각합니다. 산초 판자에게 무슨 일이 일어났는지는 잘 모르겠습니다. 돈키호테와 산초 판자가 벌이는 모험은, 일반적으로 정의를 추구하는 것으로 여겨지는 이 팀이 벌이는 모험은, 렉스 스타우트(미국의 탐정소설 작가)의 가장 유명한 캐릭터인 네로 울프와 아치 굿윈이 벌이는 모험과 비교할 수 있습니다. 예를 들어, 울프의 전형적인 모험물인 『검은 산』에서……."

말콤은『검은 산』을 중심에 놓고 네로 울프에 대한 장황한 논의를 끝낸 후, 작성을 완료한 답안지를 제출하고는 아파트로 돌아와 자신의 맨발을 골똘히 쳐다봤다.

이틀 후, 그는 스페인어문학과 교수의 사무실로 오라는 호출을 받았다. 놀랍게도, 말콤은 그가 제출한 답안 때문에 꾸지람을 듣지는 않았다. 대신, 교수는 말콤에게 '살인 미스터리물'에 관심이 있느냐고 물었다. 깜짝 놀란 말콤은 진실을 털어놨다. 그런 책들을 읽는 게 대학에서 온전한 정신 상태 비슷한 걸 유지하는 데 도움이 됐다고. 교수는 빙긋 웃으며 "그렇다면 자네의 온전한 정신을 유지하는 일을 해서 돈을 벌고 싶은 생각이 있나?" 하고 물었다. 말콤은 당연히 그러겠노라고 말했다. 교수는 어딘가로 전화를 걸었고, 그날 말콤은 그가 만난 첫 CIA 요원과 점심을 먹었다.

대학교수와 학과장, 다른 학계 인사들이 CIA 리크루터 역할을 수행하는 건 유별난 일이 아니다. 1950년대 초에 예일의 한 코치는 훗날 중공에 침투하다 붙잡힌 학생을 선발하기도 했다.

두 달 뒤 말콤은 마침내, CIA 전체 지원자 중 17퍼센트처럼, '한정된 일자리에 선발해도 좋다'는 승인을 받았다. 날렵으로 진행된 특별 훈련을 마친 후, 말콤은 온전한 자격을 갖춘 정보 요원으로 보내게 될 첫날을 향해 미시즈 러셀과 랩 박사가 있는 미국문학사협회의 짧은 철제 계단을 올랐다.

말콤은 벽을 보며 한숨을 쉬었다. 그러고는 그가 랩 박사를 상대로 거둔 계산된 승리를 떠올렸다. 출근 사흘째 되던 날, 말콤은 정장을 입고 타이를 매는 걸 관뒀다. 랩 박사는 점잖은 암시만 내비치며 일주일을 보낸 뒤, 그를 부르더니 에티켓에 대한 짧은 이야기를 했다. 사람 좋은 박사는 관료제가 약간 답답한 경향이 있다는 데 동의하면서도, 사람들의 주목을 받으려면 '관습에서 벗어난' 복장 말고 다른 방법을 찾는 게 마땅하다는 뜻을 내비쳤다. 말콤은 아무 말도 하지 않았다. 이튿날, 그는 정장을 입고 타이를 맨 적절한 복장으로 일찍 출근하면서 커다란 상자를 갖고 왔다. 월터가 랩 박사에게 상황을 보고한 10시 무렵, 말콤은 그의 사무실 벽 한 곳을 소방차처럼 빨갛게 칠하는 작업을 거의 마친 상태였다. 망연자실한 랩 박사가 뭐라 말을 못 하고 앉아 있는 동안, 말콤은 사람들 주목을 받는 자신의 최신 방식에 대해 천연덕스럽게 설명했다. 다른 분석관 두 명이 자신들도 말콤의 뜻에 찬성한다는 걸 천명하려고 사무실에 잠깐 들렀을 때, 사람 좋은 박사는 조직보다는 개인을 우선한다는 말콤의 판단이 옳았던 것 같다고 조용히 밝혔다. 말콤은 박사의 말에 진심으로, 그리고 잽싸게 동의했다. 빨간색 페인트와 페인트 장비는 3층 창고로 옮겨졌다. 말콤의 정장과 타이가 다시 자취를 감췄다. 랩 박사는 사무실 벽을 훼손하면서까지 개인의 취향을 내세우려는 집단적인 혁명 분위기가 고취되도록 방치하는 것보다는 개인의 저항을 허용하는 쪽을 택했다.

향수에 젖어 한숨을 쉬던 말콤은 '밀실' 상황들을 창조해내는 존 딕슨 카의 전형적인 방법을 묘사하는 작업으로 돌아갔다.

한편, 하이데거는 분주했다. 그는 랩 박사와 관련한 말콤의 충고는 받아들였지만, 회사에 실수를 감추려는 시도를 하기에는 지나치게 겁이 많았다. 회사가 화장실에서도 그를 잡을 수 있다면, 안전한 곳은 세상에 한 군데도 없을 터였다. 그가 이 일과 관련해서 대성공을 거둘 수 있다면, 불량하게 돌아가는 상황을 바로잡을 수 있다면, 최소한 그가 문제점들을 책임감 있게 인식할 수 있다면, 품위 있게 원직으로 복귀할 가능성이 엄청나게 커질 거라는 점을 그는 잘 알고 있었다. 그래서 리처드 하이데거는 —항상

부정적인 방향으로 짝을 이루는— 야심과 편집증을 거치면서 치명적인 실수를 저질렀다.

그는 상관인 17부의 부장에게 보내는 짧은 메모를 작성했다. 그는 세심하게 선택한, 이해하기 힘들지만 가리키는 방향이 뚜렷한 용어들로 자신이 말콤에게 들려줬던 내용을 기술했다. 모든 메모는 랩 박사를 거치는 게 보통이었지만, 거기에도 예외는 있었다. 하이데거가 통상적인 절차를 따랐다면, 만사가 괜찮았을 것이다. 랩 박사는 그가 통솔하는 과에서 작성한 중요한 메모가 지휘 계통 상부로 올라가게 놔두는 것보다 더 좋은 방안을 알고 있었기 때문이다. 그러리라는 것을 짐작한 하이데거는 배달 가방에 직접 봉투를 넣었다.

하루에 두 번, 아침과 저녁에, 중무장한 인력들이 차량 두 대에 나눠 타고 와서 워싱턴 전역에 있는 모든 CIA 산하 사무실에서 정보국 내 소통 수단들을 수거해서 배달한다. 13킬로미터 떨어진 랭글리로 운반된 소통 수단들은 배포 작업을 위해 분류된다. 하이데거가 작성한 메모는 오후 수집 때 운반됐다.

하이데거의 메모에 기이하면서도 특이한 일이 일어났다. 협회를 들고 나는 모든 소통 수단처럼, 그 메모는 공식적인 분류가 시작되기 전에 배달실에서 자취를 감췄다. 메모는 서쪽 별관에 있는 널찍한 방에서 숨 쉬기가 힘들어 쌕쌕거리는 남자의 책상에 모습을 드러냈다. 남자는 그걸 두 번 읽었다. 한 번은 빠르게, 한 번은 대단히, 대단히 느리게. 방을 나선 그는 협회와 관련된 모든 파일을 수거한 다음, 그 파일들을 워싱턴의 특정 지역에 갖다 놓을 준비를 했다. 그런 후 돌아온 그는 현재 열리는 미술전람회에서 사람을 만날 약속을 정하려고 전화를 걸었다. 그런 다음, 그는 몸이 안 좋다고 보고하고는 시내로 향하는 버스를 탔다. 한 시간 안에, 그는 평범한 회사원일지도 모르는 위엄 있게 생긴 신사와 진지한 대화를 나눴다. 두 사람은 펜실베이니아 애비뉴를 산책하는 동안 얘기를 나눴다.

그날 밤, 위엄 있게 생긴 신사가 또 다른 남자를 만났다. 이번에는 캐피톨 힐(Capitol Hill, 미국 국회의사당이 있는 워싱턴 D.C.의 지역) 사람들이 자주 찾는 시끄럽고 북적거리는 조지타운의 술집 클라이드스에서였다. 두 사람도 산책을 했다. 그들은 많은 가게 진열장에 반사된 모습을 응시하려고 가끔씩 걸음을 멈췄다. 두 번째 남자 역시 위엄 있게 생겼다. 아니, 눈에 띄게 생겼다는 게 더 적확한 표현일 것이다. 그의 두 눈에서 뿜어져 나오는 눈빛은 그가 평범한 회사원은 절대 아니라는 걸 세상에 알려댔다. 그는 첫 번째 남자가 하는 얘기에 귀를 기울였다.

"유감이지만 사소한 문제가 생겼소."

"정말입니까?"

"그래요. 웨더바이가 오늘 이걸 가로챘소." 그는 두 번째 남자에게 하이데거의 메모를 건넸다.

두 번째 남자는 그걸 딱 한 번만 읽어야 했다. "무슨 말인지 알겠습니다."

"그럴 줄 알았소. 이제 우리는 이 문제를 처리해야만 하오."

"제가 잘 조처하겠습니다."

"당연히 그래야죠."

"이것 말고도 다른 문제들이 있을 거라고 생각하는 거로군요." 두 번째 남자는 하이데거의 메모를 들고 제스처를 취하며 말했다. "처리해야 할지도 모르는 문제들 말입니다."

"맞소. 흐음, 그건 유감스러운 일이지만 불가피한 일이기도 하죠." 두 번째 남자는 고개를 끄덕이고는 첫 번째 남자가 말을 잇기를 기다렸다. "우리는 상황을 더 어렵게 만드는 그런 까다로운 문제들을 확실하게 처리해야 합니다. 정말로 철저하게 말이오." 두 번째 남자가 다시 고개를 끄덕이고 나서 기다렸다. "그리고 다른 요소가 하나 더 있소. 스피드요. 시간은 절대적으로 중요해요. 그 가정을 준수하기 위해 해야 할 모든 일을 하도록 하시오."

잠시 생각에 잠겼던 두 번째 남자가 말했다. "스피드를 최대화하려면…… 작전이 복잡해지고, 작전 수행을 완벽하게 하지 못할지도 모릅니다."

첫 번째 남자는 그에게 '사라진' 모든 파일을 담은 포트폴리오를 건네고는 말했다. "해야 할 일을 하도록 하시오."

두 남자는 짧은 작별인사를 나눈 후 헤어졌다. 첫 번째 남자는 네 블록을 걸어가 모퉁이를 돈 후 택시를 잡았다. 그는 이 만남이 끝나서 기뻤다. 그가 떠나는 걸 지켜본 두 번째 남자는 지나가는 군중을 유심히 살피며 2분을 기다린 후 술집과 전화기를 향해 떠났다.

그날 새벽 3시 15분에 하이데거는 노크하는 경찰들을 맞으려고 문을 열었다. 문을 연 그는 자신을 향해 미소 짓는 평범한 제복 차림의 두 남자를 봤다. 한 사람은 키가 굉장히 컸고, 보는 사람이 고통스러울 정도로 깡말랐다. 다른 남자는 꽤나 위엄 있게 생겼지만, 그의 두 눈을 들여다본 사람은 누구나 그가 평범한 회사원은 아니라는 걸 알 수 있었다.

두 남자의 등 뒤로 문이 닫혔다.

"이런 활동들은 진상을 은폐하려는 자체적인 규칙과 방법들을 갖고 있는데, 그런 은폐 작업은 상황을 호도하면서 모호하게 만드는 걸 추구합니다."

—드와이트 D. 아이젠하워 대통령, 1960년

목요일 오전부터 이른 오후까지

목요일에 다시 비가 내렸다. 말콤은 감기 기운이 막 시작됐다는 걸 느끼며 잠에서 깼다. 목에서 가래가 끓고 따갑고 기분은 약간 멍했다. 그는 감기 기운을 느끼며 일어난 데다 설상가상으로 늦잠까지 잤다. 그는 몇 분을 고민한 끝에 출근하기로 결심했다. 왜 감기 따위에 병가(病暇)를 낭비한단 말인가? 그는 면도를 하다 베었고, 귀 위쪽의 머리카락을 단정하게 정리하지 못했으며, 오른쪽 콘택트렌즈를 넣느라 고생했고, 레인코트가 어디 있는지 보이지 않는다는 걸 알아차렸다. 사무실까지 여덟 블록을 뛰어가는 동안, 너무 늦는 바람에 '아가씨'를 보지 못할지도 모른다는 걸 깨달았다. 사우스이스트 A에 도착해 블록 위쪽을 살펴본 그는 의회도서관으로 모습을 감추는 그녀의 모습을 제때 확인했다. 그녀를 너무도 골똘히 바라보느라 앞을 제대로 살피지 못한 그는 깊이 고인 물웅덩이를 밟고 말았다. 그는 화가 나기보다는 민망했지만, 그가 본, 협회 바로 앞에 주차된 파란색 세단에 탄 남자는 그의 멍청한 실수를 감지하지 못한 듯했다. 미시즈 러셀은 "병치레 기간이 왔군요."라는 말을 퉁명스레 건네며 말콤을 맞았다. 말콤은 자기 방으로 가다가 커피를 쏟는 바람에 손을 데었다. 무슨 일을 해도 꼬이는 날이 있다.

10시가 지난 직후, 방문을 부드럽게 노크하는 소리가 나더니 타마사가 그의 방에 들어왔다. 입술에 소심한 미소를 띤 그녀는 두툼한 안경을 통해 그를 잠시 바라봤다. 그녀의 머리카락이 너무 가늘어서, 말콤은 머리카락 한 올 한 올을 일일이 구별해 볼 수 있을 것 같다고 생각했다.

"론," 그녀가 속삭였다. "혹시 리치가 아픈지 알아요?"

"아뇨!" 말콤은 고함을 치고는 요란하게 코를 풀었다.

"아니, 그렇게 큰 소리를 칠 필요는 없잖아요! 그냥 그분 걱정이 돼서 그러는 건데. 출근을 안 했는데 전화도 없었어요."

"그거 참 졸라 안됐네요." 말콤은 상스러운 말을 하면 타마사가 불안해한다는 걸 알면서도 말을 마구 내뱉었다.

"맙소사, 왜 그렇게 고약하게 구는 거예요?" 그녀가 물었다.

"감기에 걸렸어요."

"아스피린 갖다 줄게요."

"괜한 짓 하지 마요." 그는 무례하게 말했다. "약 먹어도 별 도움이 안 될 테니까."

"와, 당신은 구제불능이에요! 바이!" 그녀는 등 뒤의 문을 세게 닫으며 떠났다.

젠장, 말콤은 속으로 내뱉고는 아가사 크리스티에게로 돌아갔다.

11시 15분에 전화기가 울렸다. 수화기를 든 말콤의 귀에 랩 박사의 차가운 목소리가 들렸다.

"말콤, 심부름 좀 해줘야겠네. 그리고 이번엔 자네가 점심 가지러 갈 차례네. 내 짐작에 모두들 협회에 머물고 싶어 할 것 같은데 말이야." 창밖에 쏟아지는 빗줄기를 본 말콤도 같은 결론에 도달했다. 랩 박사의 말이 이어졌다. "결국에는 자네가 심부름 갔다 오는 길에 점심을 가져오는 게 일석이조일 테지. 월터가 벌써 사람들 음식 주문을 취합하고 있네. 올드 세너트 오피스 빌딩에 책 꾸러미를 갖다 줘야 하니까, 내 생각에는 자네가 지미스에서 점심을 가져오면 좋겠군. 지금 가도 좋네."

5분 후, 말콤은 연신 재채기를 해대며 건물 뒤쪽에 있는 지하의 석탄 반입용 비상구로 터덜터덜 걸어갔다. 석탄 반입용 비상구의 존재는 아무도 몰랐다. 최초의 건축 설계도에는 보이지 않았기 때문이다. 이 비상구는 쥐를 쫓던 월터가 서랍장을 옮기고는 라일락 덤불 뒤쪽으로 열리는 작고 칙칙한 문을 발견할 때까지는 감춰진 채로 있었다. 건물 바깥쪽에서는 문이 보이지 않았지만, 덤불과 벽 사이의 공간은 어른 한 명이 비집고 다니기에 충분했다. 문은 안에서만 열렸다.

말콤은 올드 세너트 오피스 빌딩으로 가는 내내 투덜거렸다. 그는 투덜거림과 훌쩍거림을 반복했다. 비는 계속 내렸다. 그가 건물에 도착할 무렵, 비는 그가 걸친 스웨이드 재킷의 색깔을 밝은 황갈색에서 짙은 갈색으로 바꿔놨다. 그를 딱하게 여긴 상원의원 사무실 안내 데스크의 금발 아가씨가 옷을 말리는 동안 마시라며 커피 잔을 건넸다. 그녀는 그가 '공식적으로는' 상원의원이 책 꾸러미를 전달받았다는 것을 확인해주는 걸 기다리는 중이라고 말했다. 마침 말콤이 커피를 다 마신 순간 그녀가 책을 세는 작업을 마쳤다. 여자는 상냥한 미소를 지었고, 말콤은 상원의원에게 살인 미스터리물을 배달하는 일이 철저한 시간 낭비는 아닐지도 모른다는 결론을 내렸다.

올드 세너트 오피스 빌딩에서 펜실베이니아 애비뉴에 있는 지미스까지는 보통은 걸어서 5분 거리였다. 하지만 비는 폭우로 바뀌어 있었다. 말콤은 3분 만에 이동을 마쳤다. 지미스는 의사당 직원들이 좋아하는 곳이다. 일처리가 빠르고 음식이 맛있는 데다 나름의 격조가 있는 집이기 때문이다. 전과자들이 운영하는 이 레스토랑은 소규모 유대식 델리카트슨과 몬태나 스타일의 술집을 섞어놓은 곳이다. 말콤은 포장해서 가져갈 음식 목록을 여종업원에게 건네고는 자신이 먹을 미트볼 샌드위치와 우유를 주문했다. 그러고는 그가 지미스에 올 때면 늘 하는, 레스토랑 직원들과 그들이 저질렀을 범죄를 짝 짓는 취미에 빠져들었다.

말콤이 상원의원 사무실에서 커피를 홀짝일 때, 모자로 얼굴 대부분을 가리고 레인코트를 입은 신사가 퍼스트 스트리트의 모퉁이를 돌아 나와 사우스이스트 A를 걸어 올라가서는 파란색 세단으로 향했다. 맞춤 레인코트는 그 남자의 눈에 띄는 외모와 잘 어울렸지만, 거리에 그걸 알아봐줄 사람은 아무도 없었다. 그는 거리와 건물들을 무심한 표정으로, 하지만 꼼꼼하게 살펴본 후, 세단 앞좌석에 품위 있게 올라탔다. 문을 확실하게 닫은 그는 운전사를 보며 "어떻습니까?" 하고 물었다.

운전사는 건물에서 눈을 떼지 않은 채로 쌕쌕거리며 숨을 쉬었다. "전원 출근했고 소재를 확인했습니다."

"잘됐군요. 당신이 전화하는 동안 내가 지켜보겠습니다. 그들에게 10분간 기다린 후에 공격하라고 전하시오."

"예." 운전사가 차에서 내리는 순간, 날카로운 목소리가 그를 멈춰 세웠다.

"웨더바이!" 남자는 부름의 효과를 높이려고 일부러 말을 끊었다. "실수는 절대 안 됩니다."

웨더바이는 침을 삼켰다. "알겠습니다."

웨더바이는 사우스이스트 A와 식스 모퉁이에 있는 슈퍼마켓 옆의 공중전화로 걸어갔다. 펜실베이니아 애비뉴에서 다섯 블록 떨어진 곳에 있는 술집 미스터 헨리스에서 키 크고 깡마른 남자가 '미스터 워즈번'을 찾는 바텐더의 호출에 대답했다. 워즈번이라 불린 남자는 퉁명스러운 지시에 귀를 기울이며 동의한다는 뜻으로 전화기를 향해 끄덕거렸다. 전화를 끊은 그는 친구 두 명이 기다리는 테이블로 돌아갔다. 커피 값-브랜디 커피 세 잔-을 지불한 그들은 퍼스트 스트리트를 올라가 사우스이스트 A 바로 뒤에 있는 골목으로 걸어갔다. 그들이 가로등을 지날 때, 반대 방향을 향해 걸음을 서두르는 비에 흠뻑 젖은 스웨이드 재킷 차림의 젊은 장발 남자가 그들을 지나갔다. 골목 끄트머리의 두 건물 사이에 비어 있는 노란색 밴이 서 있었다. 밴 뒤에 올라탄 남자들은 오전에 할 작업을 준비했다.

말콤이 미트볼 샌드위치를 막 주문했을 때, 우편물 가방을 앞으로 멘 집배원이 퍼스트 스트리트의 모퉁이를 돌아 사우스이스트 A의 아래쪽으로 걸어갔다. 펑퍼짐한 레인코트를 입은 다부진 남자가 집배원에게서 뒤로 두 걸음 떨어진 곳에서 딱딱한 걸음을 내디뎠다. 그로부터 다섯 블록 떨어진 거리에서는 크고 마른 남자가 다른 두 명을 향해 걸어왔다. 그 역시 펑퍼짐한 레인코트 차림이었다. 그의 코트는 무릎까지만 내려왔지만.

웨더바이는 사우스이스트 A로 돌아 나오는 집배원을 보자마자, 주차된 차를 빼서 몰았다. 차에 탄 남자들도 거리에 있는 남자들도 상대방의 존재를 알은척하지 않았다. 웨더바이는 숨을 쌕쌕거리는 사이마다 안도의 한숨을 쉬었다. 그는 자기 몫의 임무를 완수한 것이 대단히 기뻤다. 그는 터프한 사람이었지만, 옆자리에 앉은 말없는 남자를 힐끔 본 그는 실수를 하나도 저지르지 않았다는 사실이 무척이나 감사하기만 했다.

하지만 웨더바이는 틀렸다. 그는 사소한 실수를, 흔히 저지르는 실수를 하나 저질렀다. 쉽게 피할 수 있었을 실수를. 반드시 피했어야 할 실수를.

누군가 지켜보는 사람이 있었다면, 그 사람은 세 남자가, 비즈니스맨 두 명과 집배원 한 명이 협회의 울타리 문에 동시에 도착하는 걸 봤을 것이다. 비즈니스맨 두 명은 집배원이 앞장서서 현관문으로 가서는 초인종을 누르게끔 정중하게 길을 양보했다. 평소처럼, 월터는 자기 책상에서 떨어진 곳에 있었다―책상에 있었더라도 달라질 건 하나도 없었을 테지만―. 말콤이 지미스에서 샌드위치를 다 해치운 순간, 버저 소리를 들은 미시즈 러셀은 쉰 목소리로 "들어와요."라고 말했다.

그리고 집배원을 앞장세운 남자들이 들어왔다.

말콤은 미트볼 샌드위치와 더불어 지미스가 자랑하는 음식인 초콜릿럼 케이크를 잽싸게 해치우며 점심시간을 한가로이 즐겼다. 커피를 두 잔째 마신 후, 양심상 마지못해 빗속으로 돌아갔다. 폭우는 보슬비로 변해 있었다. 점심을 먹은 덕에 말콤의 활기와 건강이 나아졌다. 그는 서두르지 않았다. 산책을 즐기기 때문이기도 했고, 샌드위치 세 봉지를 떨어뜨리고 싶지 않아서이기도 했다. 그는 평소 밟던 경로에서 벗어나기 위해, 협회의 반대쪽으로 해서 사우스이스트 A를 걸어 내려갔다. 그는 그 결정 때문에 협회 건물에 접근하는 동안 건물을 더 잘 볼 수 있었고, 결과적으로는 뭔가가 잘못됐다는 걸 평소보다 훨씬 더 일찍 알아차리게 됐다.

말콤을 의아하게 만든 건 사소한 거였다. 상황에 맞지 않았지만, 그럼에도 너무 하찮아서 별 의미가 없어 보이는 사소한 것. 하지만 말콤은 3층의 열려 있는 창문 같은 사소한 것들을 감지했다. 협회의 창문들은 밀어서 올리는 방식이 아니라 손잡이를 돌려 여는 방식이었다. 그래서 건물 밖에서 보면 열린 창문이 돌출돼 보였다. 말콤은 창문을 처음 봤을 때는 그 의미를 알아차리지 못했다. 하지만 그는 한 블록하고 절반쯤 떨어진 곳에서 그 의미를 제대로 알아차리고는 걸음을 멈췄다.

워싱턴의 창문들이, 설령 비 오는 날일지라도, 열려 있는 건 유별난 일이 아니다. 워싱턴은 대체로 따스한 곳이다. 봄비가 내리는 날에도 그렇다. 하지만 협회 건물에는 에어컨이 설치돼 있다. 창문을 여는 유일한 이유는 환기를 위해서다. 말콤은 환기를 위해 창문을 열었다는 설명이 말이 안 된다는 걸 알았다. 그건 특별한 창문이, 타마사의 창문이 열려 있다는 이유에서 말이 안 됐다.

협회에 있는 사람이라면 누구나 알듯, 타마사는 열린 창문에 공포를 느끼며 살았다. 그녀가 아홉 살 때였다. 그녀에게는 십 대인 오빠가 둘 있었는데, 삼남매는 다락을 탐험하던 도중에 사진 한 장을 놓고 싸움을 벌였다. 깔개에서 미끄러져 넘어진 큰오빠가 다락 창문을 통해 아래에 있는 길가로 떨어졌고, 목이 부러진 그는 평생을 마비된 채 살게 됐다. 타마사는 언젠가 말콤에게 자기는 불이 나거나 겁탈이나 살해 위협이 있을 때만 열린 창문에 가까이 갈 수 있을 거라고 고백했다. 그런데도 그녀의 사무실 창문이 활짝 열려 있었다.

말콤은 불안감을 진정시키려 애썼다. 그는 자신의 상상력이 빌어먹을 정도로 활발한 탓이라고 생각했다. 완벽하게 타당한 이유 때문에 열려 있는 걸 거야. 어쩌면 누군가가 그녀에게 장난을 치는 중일 거야. 하지만 협회 사람들 중에 짓궂은 장난을 즐기는 사람은 없었고, 타마사를 이런 식으로 괴롭힐 사람도 없었다. 그는 거리를 천천히 걸어 내려가 건물을 지나쳐

모퉁이까지 갔다. 그것 말고 다른 건 모두 제대로인 듯 보였다. 그는 건물에서 아무런 소음도 듣지 못했다. 그도 그럴 것이, 모두들 책을 읽는 중일 것이다.

그는 '이건 멍청한 짓'이라고 생각했다. 거리를 가로지른 그는 울타리 문으로 재빨리 걸어가 계단을 오른 다음, 잠시 주저한 뒤 벨을 눌렀다. 아무 반응이 없었다. 건물 안쪽에 벨이 울리는 소리가 들렸지만 미시즈 러셀은 대답하지 않았다. 그는 다시 벨을 울렸다. 여전히 아무 반응도 없었다. 등골이 오싹해지기 시작했고 뒷목에는 찬 기운이 감돌았다.

그는 생각했다. 월터는 책을 옮기는 중일 거라고. 퍼품 폴리는 똥을 싸고 있겠지. 그들은 반드시 그래야만 해. 그는 열쇠를 찾으려고 주머니에 천천히 손을 넣었다. 낮 시간에 열쇠 구멍에 무언가가 삽입되면 건물 전체에 버저가 울리고 조명이 번쩍거린다. 밤중에는 워싱턴 경찰청 본청과 랭글리 본부, 워싱턴 다운타운에 있는 특별 안가에도 벨이 울린다. 자물쇠를 돌린 말콤은 부드러운 벨소리를 들었다. 그는 문을 밀어 열고는 재빨리 안으로 발을 들여놓았다.

바닥에서 계단통까지, 말콤이 볼 수 있는 건 실내가 비어 있는 듯 보인다는 게 전부였다. 미시즈 러셀은 그녀의 책상에 있지 않았다. 그는 시야 한쪽 구석에 보이는 랩 박사의 사무실 문이 살짝 열려 있다는 데 주목했다. 실내에 이상한 악취가 감돌았다. 말콤은 샌드위치 봉지를 월터의 책상에 던져놓고는 계단을 천천히 올라갔다.

그는 악취의 출처를 발견했다. 그들이 들어왔을 때, 미시즈 러셀은 평소처럼 자기 책상 앞에 서 있었다. 집배원의 우편물 가방에 들어 있던 기관총에서 발사된 총알은 그녀를 멀리 커피포트 있는 곳까지 날려 보냈다. 그녀가 피우던 담배가 그녀의 목에 떨어져 담배와 종이의 마지막 밀리미터가 탈 때까지 그녀의 살을 태우고 있었다. 피로 생긴 웅덩이에 모인 살점들을 응시하는 동안 이상하고 멍한 느낌이 말콤을 엄습했다. 그는 무의식적으로 랩 박사의 사무실로 향했다.

월터와 랩 박사는 청구서를 검토하던 중에 기침 소리 같은 이상한 소음과 미시즈 러셀의 몸이 바닥을 치며 내는 쿵 소리를 들었다. 월터가 미시즈 러셀이 떨어뜨린 배달물을 줍는 걸 도와주려고 문을 열었다—그는 버저 소리와 미시즈 러셀이 "오늘은 무얼 가져왔나요?"라고 묻는 소리를 들었다—. 그가 마지막으로 본 건 L자 형태의 장비를 든 크고 깡마른 남자였다. 부검 결과, 월터는 짧은 한차례 사격으로 복부에 다섯 발을 맞았다는 게 밝혀졌다. 랩 박사는 전체 광경을 다 목격했지만 도망칠 곳이 전혀 없었다. 그의 시신은 멀리 떨어진 벽에 기댄 채 푹 쓰러졌고, 그 위에는 피로 더럽혀진 구멍들이 대각선으로 나 있었다.

남자들 중 두 명은 집배원에게 현관 감시를 맡기고는 조용히 위층으로 올라갔다. 건물 안에 있는 다른 인력들 중 누구도 이 과정에서 나는 소리를 듣지 못했다. 히틀러의 특공대 지휘관 오토 슈코르체니는 언젠가 소음 기능이 있는 영국제 스텐 경기관총의 효과를 실증한 적이 있다. 시찰 중인 장성들 뒤에서 장전된 탄창 전부를 발사한 것이다. 독일군 장교들은 아무 소리도 듣지 못했지만, 그들은 영국제 무기를 복제하는 걸 거부했다. 제3제국은 당연히 더 우수한 장비를 만들고 있었기 때문이다. 이 남자들은 스텐 경기관총의 성능이 만족스러웠다. 키다리는 말콤의 방문을 힘껏 열어젖혔지만 빈 방만 발견했다. 다부진 남자가 레이 토머스를 발견했을 때, 레이는 떨어진 연필을 주우려고 책상 아래에 무릎을 꿇고 있었다. 레이는

그의 뇌가 터지기 전에 "오, 세상에, 안 돼……."라고 비명을 지르는 시간
을 가졌다.

타마사와 해럴드 마틴은 레이의 비명 소리를 들었지만 왜 그러는지는
전혀 몰랐다. 두 사람은 거의 동시에 각자의 문을 열고 나와 계단으로 달
려갔다. 잠시, 모든 게 조용했다. 그러던 중에 두 사람은 계단을 천천히 올
라오는 부드러운 발소리를 들었다. 발소리가 멈추더니 굉장히 희미한 금
속성의 찰칵, 딸까닥, 팅팅 하는 소리가 무기력 상태에 빠진 그들에게 충
격을 줬다. 그들은 그 소리의 정확한 출처–새 탄창이 삽입되고 장전이 진
행되는 소리–를 알 수 없었지만, 그게 무슨 의미인지는 본능적으로 알았
다. 두 사람은 각자의 방으로 뛰어가 문을 쾅 닫았다.

해럴드는 가장 이성적인 모습을 보였다. 그가 문을 걸어 잠그고 전화번
호를 세 개 눌렀을 때, 다부진 남자가 문을 박차고 들어와 그를 쓰러뜨렸다.

타마사는 상이한 본능에 따라 반응했다. 몇 년 동안, 그녀는 진짜 심각
한 비상사태가 생겨야만 열린 창문 근처로 갈 수 있을 거라고 생각했다. 이
제 그녀는 그런 비상사태가 발생했음을 알았다. 그녀는 미친 듯이 손잡이
를 돌려 창문을 열었다. 탈출구를 찾아, 도와줄 사람을 찾아, 아무튼 무언
가를 찾아. 높이 때문에 어지럼증을 느낀 그녀는 안경을 벗어 책상에 올려
놨다. 해럴드의 문이 쪼개지고 덜거덕거리는 기침 소리와 쿵 하는 소리를
들은 그녀는 다시 창문으로 달아났다. 그녀의 방문이 천천히 열렸다.

오랫동안 아무 일도 일어나지 않았다. 그러자 타마사는 깡마른 남자 쪽
으로 천천히 몸을 돌렸다. 그는 총알이 창문 밖으로 날아가 무언가를 강타
하면서 사람들의 주의를 건물 쪽으로 끌어모으게 될까 두려워 총을 쏘지
않았다. 그는 그녀가 비명을 지를 때에만 그런 위험을 감수할 터였다. 그

녀는 비명을 지르지 않았다. 그녀의 눈에는 흐릿한 사람 형체만 보였지만, 그녀는 그 형체가 그녀에게 창문에서 떨어지라는 몸짓을 하고 있다는 건 알 수 있었다. 그녀는 책상 쪽으로 천천히 움직였다. 그녀는 생각했다. 죽더라도 상대를 보고 싶다고. 안경을 찾아 손을 뻗은 그녀는 안경을 눈으로 가져왔다. 키다리는 안경이 제자리를 잡고 그녀의 얼굴에 상황을 이해했다는 기색이 나타날 때까지 기다렸다. 그런 후, 그는 방아쇠를 당겼다. 탄피가 총 옆으로 튀는 동안, 꽉 채운 탄창의 마지막 탄환이 발사될 때까지 힘껏. 총알들은 타마사를 계속 춤추게 만들었다. 그녀는 벽과 서류 캐비닛 사이에서 몸을 양쪽으로 연신 부딪쳐댔고, 그 충격으로 안경은 벗겨졌으며, 머리카락은 흐트러졌다. 마른 남자는 벌집이 된 그녀의 몸이 천천히 바닥으로 미끄러지는 걸 지켜봤다. 그런 후 그는 3층의 나머지 방을 확인하는 작업을 마친 다부진 체격의 동료와 합류하려고 몸을 돌렸다. 두 사람은 느긋하게 아래층으로 내려갔다.

집배원이 현관문을 계속 감시하는 동안, 다부진 남자는 지하를 수색했다. 그는 석탄 반입용 문을 발견했지만 대수롭지 않게 여겼다. 마땅히 그래야 했는데도 말이다. 하지만 그가 저지른 실수는 부분적으로는 웨더바이의 실수에서 비롯된 거였다. 다부진 남자는 전화 교환기를 찾아서 부쉈다. 작동하지 않는 전화는 응답하지 않는 전화보다 덜 위험하다. 키다리는 하이데거의 책상을 수색했다. 그가 찾는 자료는 왼쪽 세 번째 서랍에 있을 게 분명했고, 실제로 거기에 있었다. 그는 마닐라 봉투도 꺼냈다. 봉투에 탄피를 한 움큼 넣은 그는 재킷 주머니에서 꺼낸 작은 종잇조각도 함께 넣었다. 봉투를 봉한 그는 겉면에 글을 썼다. 장갑 때문에 글씨를 쓰는 게 어려웠지만, 그는 어쨌든 필적을 위장하고 싶었다. 휘갈겨 쓴 글씨 덕에 그 봉투는 '랭글리 본부의 로켄바르' 앞으로 보내는 개인적인 봉투로 지정됐다. 다부진 남자는 카메라를 열고는 안에 든 필름을 빛에 노출시켰다. 키다리는 거만한 태도로 미시즈 러셀의 책상에 봉투를 던졌다. 코트 안에서 꺼낸 끈에 각자의 총을 걸고 문을 연 그와 동료들은 여기 올 때 그랬던 것처럼 눈에 띄지 않게 건물을 떠났다. 말콤이 케이크의 마지막 조각을 막 해치웠을 때였다.

말콤은 이 방에서 저 방으로, 아래층에서 위층으로 천천히 옮겨 다녔다. 그의 두 눈은 모든 걸 봤지만, 그의 마음은 눈이 목격한 것을 담지 않았다. 한때 타마사의 육신이었던 심하게 훼손된 시신을 발견했을 때, 현실에 대한 인식이 그를 강타했다. 그는 몸을 떨며 몇 분을 지켜봤다. 공포가 그를 사로잡았다. 그는 생각했다. 여기서 빠져나가야 해. 그는 달리기 시작했다. 1층까지 한걸음에 내달렸을 때, 갑자기 정신이 든 그는 도주를 멈췄다.

그는 생각했다. 그들은 벌써 떠난 게 분명해. 그렇지 않았다면 나는 이미 죽은 목숨이었을 거야. '그들'의 정체는 그의 마음에 전혀 떠오르지 않았다. 그는 자신이 너무도 연약하다는 걸 불현듯 깨달았다. 세상에, 그는 생각했다. 나는 총이 없어. 그들이 돌아오더라도 그들과 맞서 싸우지 못할 거야. 말콤은 월터의 시신을 봤다. 죽은 남자의 벨트에 묶인 묵직한 자동권총도. 피가 권총을 뒤덮고 있었다. 말콤은 도저히 그 권총을 건드릴 수 없었다. 그는 월터의 책상으로 달려갔다. 월터는 책상 다리에 대단히 특별한 무기를 고정해놓고 있었다. 총신을 짧게 자른 20구경 산탄총이었다. 그 총에는 탄환이 딱 한 발만 들어 있지만, 월터는 툭하면 장진호 전투(1950년 겨울에 한국전쟁에서 가장 치열한 전투가 벌어진 곳)에서 그 총이 어떻게 자신의 목숨을 구해줬는지를 자랑하고는 했다. 말콤은 권총과 비슷하게 생긴 산탄총의 개머리판을 쥐었다. 그는 닫힌 문을 향해 총을 겨냥하고는 미시즈 러셀의 책상 쪽으로 천천히 옆걸음질을 쳤다. 월터는 '만약을 위해' 그녀의 책상에 리볼버를 보관해뒀다. 과부인 미시즈 러셀은 그 총을 그녀의 '강간용 총'이라고 불렀다. "상대를 싸워서 물리치려는 게 아니에요." 그녀는 말하고는 했다. "그들에게 나를 강간하라고 부추기기 위한 거지." 말콤은 총을 허리춤에 밀어 넣고는 수화기를 들었다.

전화는 죽어 있었다. 모든 회선을 다 눌러봤다. 아무 반응이 없었다.

떠나야 한다고 그는 생각했다. 도움을 구해야 돼. 그는 재킷 아래에 산탄총을 쑤셔 넣으려 애썼다. 총신을 잘라냈음에도, 총은 지나치게 길었다. 총열이 옷깃을 통해 밖으로 나와서는 그의 목과 부딪쳤다. 그는 마지못해 산탄총을 월터의 책상 아래로 다시 갖다 놨다. 모든 것을 그가 발견한 상태 그대로 남겨놓으려 애써야 한다고 생각하면서. 마른침을 힘겹게 삼킨 그는 현관문으로 가서 어안렌즈를 통해 밖을 살폈다. 거리에는 인적이 없었다. 비는 그쳤다. 천천히, 벽 뒤에 자리를 잡고 선 그는 문을 열었다. 아무 일도 일어나지 않았다. 그는 현관 입구 계단으로 발을 내디뎠다. 정적. 쾅 하고 문을 닫은 그는 잰걸음으로 울타리에 난 문을 통해 나와 거리를 내려갔다. 그는 특이한 건 무엇이건 찾아내겠다는 심정으로 두 눈을 빠르게 움직였다. 그런 건 하나도 없었다.

말콤은 길모퉁이에 있는 전화기로 직행했다. CIA 산하 네 개의 사업부 각각에는 전화번호부에 등재되지 않은 '패닉 넘버'가 있다. 엄청나게 곤란한 사건이 발생했을 때만, 그리고 다른 모든 통신 수단이 사용 불능 상태일 때만 사용하는 번호다. 이 번호를 잘못 사용했다가는 급여 몰수와 함께 정보국에서 축출되는 등의 엄격한 처벌을 받을 수도 있다. 각 사업부의 패닉 넘버는 최고 수준의 비밀 취급 인가를 받은 국장에서부터 최하 등급의 인가를 받은 잡역부까지 CIA 직원이라면 누구나 인지하고 기억해야 하는 일급비밀이다.

패닉 라인에는 항상 경험이 풍부한 요원들이 배치된다. 그들은 좀처럼 하는 일이 없을지라도 늘 날카로운 정신 상태를 유지하고 있어야 한다. 패닉 콜이 걸려오면, 그들은 올바른 결정을 신속히 내려야만 한다.

말콤의 전화가 걸려왔을 때, 정보사업부의 패닉 폰을 담당하는 당직자는 스티븐 미첼이었다. 미첼은 CIA 내부 최고의 —상주 요원과 반대되는— 순회 요원 중 한 명이었다. 그는 13년간 주로 남미에서 분쟁 다발 국가들을 옮겨 다녔다. 1967년에 부에노스아이레스에서 한 이중간첩이 미첼이 모는 심카(프랑스산 자동차) 운전석 아래에 플라스틱 폭탄을 심어놓았다. 이중간첩은 실수를 저질렀고, 폭발은 미첼의 두 다리만 날렸다. 이중간첩은 그 실수 탓에 리오에 쳐둔 그물에 걸려들었다. 뛰어난 인재를 놓치는 걸 원치 않았던 정보국은 미첼을 패닉과(課)로 이동 배치했다.

미첼은 전화기가 한 번 울린 후에 전화를 받았다. 그가 수화기를 드는 순간 테이프레코더가 작동됐고 자동으로 번호 추적이 시작됐다.

"493-7282입니다." CIA의 모든 전화는 해당 전화기의 번호를 밝히는 것으로 응대된다.

"저는……." 그 소름 끼치는 1초 남짓한 시간에 말콤은 자기 코드네임을 까먹었다. 그는 —동일한 코드네임을 가졌을지도 모르는 다른 요원들과 자신을 구별하기 위해— 소속 부와 과의 숫자를 밝혀야 한다는 걸 알았지만, 코드네임은 기억나지 않았다. 그는 자기 실명을 밝히는 건 잘못된 일이라는 걸 알았다. 그러던 중에 기억이 떠올랐다. "저는 17부 9과의 콘돌입니다. 우리는 공격당했습니다."

"지금 정보국 회선을 쓰는 겁니까?"

"우리…… 기지에서 조금 떨어진 곳에 있는 공중전화로 거는 겁니다. 우리 전화기는 작동하지를 않습니다."

젠장, 미첼은 생각했다. 보안이 안 되는 회선이니 뜬구름 잡는 얘기를 주고받아야 하겠군. 그는 자유로운 손으로 경보 버튼을 눌렀다. 워싱턴의 세 곳, 랭글리의 두 곳 해서 총 다섯 곳에서 중무장한 병력이 잰걸음으로 차로 달려가 시동을 걸고는 추가 지시가 하달될 때까지 대기했다. "얼마나 심각합니까?"

"최악입니다. 전원 다 당했습니다. 저만 유일하게……."

미첼이 그의 말을 끊었다. "알겠습니다. 그 지역의 민간인 중에 그걸 아는 사람이 있습니까?"

"그렇지는 않을 겁니다. 어찌 된 건지 모르지만, 공격은 조용하게 이뤄졌습니다."

"당신은 부상당했습니까?"

"아닙니다."

"무장하고 있습니까?"

"그렇습니다."

"그 지역에 다른 적대 세력이 있습니까?"

말콤은 주위를 둘러봤다. 그날 아침이 얼마나 평범해 보였는지가 기억났다. "그런 것 같지는 않습니다만, 확신은 못 하겠습니다."

"내 말 잘 들어요. 그 지역을 떠나도록 해요. 천천히. 하지만 그 자리를 떠서 어디가 됐건 안전한 곳으로 가도록 하고, 거기서 한 시간 동안 기다리도록 해요. 주위가 안전하다는 확신이 들고 나면 다시 전화하도록 해요. 1시 45분에 말입니다. 이해했습니까?"

"예."

"오케이, 이제 전화를 끊으세요. 그리고 명심해요, 당황하거나 흥분하면 안 된다는 걸."

미첼은 말콤이 수화기를 귀에서 떼기도 전에 통화 연결을 끊었다.

말콤은 전화를 끊은 후 계획을 짜내려 애쓰면서 몇 초간 모퉁이에 서 있었다. 그는 한 시간 동안 남의 눈에 띄지 않게 숨어 있을 수 있는 안전한 곳을, 가까운 데서 그런 곳을 찾아야 했다. 천천히, 대단히 천천히, 그는 몸을 돌려 거리를 걸어 올라갔다. 15분 후, 그는 국회의사당 투어에 나선 아이오와시티 청년상공회의소 회원 무리에 합류했다.

말콤이 미첼과 통화하는 동안, 세계에서 가장 규모가 크고 복잡한 축에 드는 정부 기관이 가동되기 시작했다. 말콤의 전화를 모니터링한 어시스턴트들은 워싱턴의 보안 기지에서 차량 네 대를, 랭글리에서는 이동 의료팀을 실은 차량 한 대를 파견했다. 행선지는 모두 17부 9과였다. 출동팀의 리더들은 타깃을 향해 직행하는 동안 무선으로 상황 브리핑을 받고 행동 절차를 세웠다. 워싱턴의 관할 경찰서는 '연방 집행관들'이 지원을 요청할 가능성이 있다는 통보를 받았다. 말콤이 전화를 끊을 무렵, D.C. 지역에 있는 모든 CIA 사무실은 적대 행위가 발생했다는 보고를 받았다. 그들은 특별 보안 계획을 발령했다. 통화가 있은 지 3분 내에 부국장들 전원이 사건 통고를 받았고, 6분 내에 부통령과 협의 중이던 국장이 도청 방지 장치가 된 전화기로 미첼로부터 브리핑을 받았다. 8분 내에 미국 정보기관 커뮤니티의 다른 모든 주요 기관들도 적대 행위일 가능성이 있다는 뉴스를 수신했다.

그러는 동안, 미첼은 협회와 관련된 모든 파일을 그의 사무실로 보내라고 명령했다. 패닉 상황이 진행되는 동안, 그날의 패닉 당직자는 자동으로 어마어마한 권한을 떠맡는다. 그는 부국장이 직접 상황을 지휘할 때까지 전체 정보국의 상당 부분을 사실상 운영한다. 미첼이 파일에 대한 명령을 내리고 채 몇 초 지나지 않아, 기록 보관실에서 회신 전화가 걸려왔다.

"컴퓨터 확인 결과 17부 9과의 주요 파일이 모두 사라졌습니다."

"어떻게 됐다고?"

"사라졌습니다."

"그러면 남아 있는 파일들을 보내. 젠장, 경비원 붙여서 보내도록 해!" 미첼은 깜짝 놀란 직원이 채 응답을 하기도 전에 전화기를 거칠게 내려놓았다. 다른 전화기를 붙든 미첼은 즉시 전화를 연결하고는 명령했다. "기지를 동결하도록." 몇 초 이내에 구내에서 나가는 모든 비상구가 봉쇄됐다. 이 구역을 떠나거나 구역으로 들어오려고 시도하는 사람은 누구나 총격을 받을 터였다. 붉은 전등이 건물 도처에 번쩍거렸다. 특별 보안팀이 복도를 훑으면서 패닉 상황이나 긴급 상황 관련 업무와 관련되지 않은 인력은 모두 각자의 사무실로 돌아가라고 지시하기 시작했다. 명령에 반항하거나, 명령에 따르는 걸 망설이는 행위만으로도 총구멍에 배를 찔리고 양 손목에 수갑이 채워질 거란 뜻이었다.

미첼이 기지를 동결시킨 직후에 패닉 룸의 문이 열렸다. 덩치 큰 남자가 경비원이 형식적으로 올리는 경례에 응대하는 수고 따위도 하지 않으면서 성큼성큼 경비원을 지나쳤다. 미첼은 여전히 통화 중이었다. 그래서 남자는 부관(副官) 옆에 있는 의자에 자리를 잡았다.

"도대체 무슨 일인가?" 남자는 굳이 질문을 하지 않아도 대답을 듣는 게 보통이었지만, 지금 당장은 미첼이 신 같은 존재였다. 부관은 상관을 바라봤다. 미첼은 전화기에 대고는 여전히 으르렁대며 명령을 하달하고 있었음에도 남자가 하는 말을 들었다. 그는 부관에게 고개를 끄덕였고, 부관은 벌어진 일과 집행된 일들에 대한 철저한 개요를 덩치 큰 남자에게 들려줬다. 부관이 설명을 마쳤을 때, 미첼이 때 묻은 손수건으로 이마를 닦으며 수화기를 내려놓았다.

덩치 큰 남자가 의자에 앉아 몸을 흔들었다. "미첼," 그가 말했다. "자네만 괜찮다면, 내가 여기 계속 있으면서 자네를 거들고 싶네만. 결국, 17부 부장은 나잖은가."

"고맙습니다, 부장님." 미첼은 대답했다. "부장님께서 도움을 주신다면야 그게 무엇이건 저희에게는 기쁜 일이겠죠."

덩치 큰 남자는 앓는 소리를 내며 자리에 앉아 상황 전개를 기다렸다.

그 흐린 목요일 오후 1시 9분에 의회도서관 바로 뒤의 사우스이스트 A를 걸어 내려가던 사람이라면 갑작스레 휘몰아친 이런저런 일에 깜짝 놀랐을 것이다. 대여섯 명이 난데없이 뛰어나와서는 3층짜리 흰색 건물 앞으로 집결했다. 그들이 현관문에 당도하기 직전, 차량 두 대가 각기 길 한쪽 편을 맡아 건물 전면 근처에 이중 주차를 했다. 각 차량의 뒷자리에는 남자 한 명씩이 앉아 있었는데, 그들은 건물을 뚫어져라 쳐다보며 무언가를 두 팔에 안고 있었다. 도보로 이동하는 남자 여섯 명이 울타리에 난 문을 함께 통과했지만, 딱 한 명만이 계단을 올라갔다. 그는 커다란 열쇠 꾸러미와 자물쇠를 만지작거렸다. 문이 딸깍하고 열리자 그는 다른 사람들에게 고개를 끄덕였다. 문을 활짝 열고 잠시 주저한 후, 내부로 쏟아져 들어간 여섯 남자는 등 뒤에 있는 문을 쾅 하고 닫았다. 각 차의 뒷자리에서 남자들이 내렸다. 두 사람은 천천히 걸음을 옮기기 시작해 건물 전면으로 다가갔다. 차량들이 주차하러 가려고 움직일 때, 운전사들은 길모퉁이에 서 있는 사내들에게 고개를 끄덕였다.

3분 후 문이 열렸다. 남자 한 명이 건물을 떠나 가장 가까이에 주차된 차를 향해 느릿하게 걸어갔다. 일단 차에 오른 그는 전화기를 집어 들었다. 몇 초 뒤에, 그는 미첼과 통화하고 있었다.

"공격당한 게 맞습니다. 심하게 당했습니다." 보고하는 남자는 앨런 뉴베리였다. 베트남에서, 쿠바의 피그스 만에서, 터키의 산악지대에서, 세계 전역의 골목 수십 곳과 음침한 건물과 지하실에서 벌어진 온갖 전투를 목도해온 사람이었다. 하지만 미첼은 그의 딱 부러지는 목소리에서 역겨워하는 기분을 느낄 수 있었다.

"어떻게 당했나, 그리고 얼마나 심한가?" 미첼은 비로소 상황을 실감하기 시작했다.

"두 명에서 다섯 명 사이의 팀인 것 같습니다. 강제로 진입한 흔적은 없습니다. 소음기가 달린 기관총을 사용한 게 분명합니다. 그렇지 않았다면 시내 전체가 총소리를 들었을 겁니다. 건물 내에 사망자는 총 여섯으로, 남자 넷에 여자 둘입니다. 사망자 대다수는 무엇에 공격을 당했는지 몰랐을 겁니다. 대규모로 수색한 흔적은 없지만, 보안카메라와 필름은 파괴됐습니다. 전화기는 죽었는데, 어딘가를 자른 것 같습니다. 시신 두 구는 부검을 해야만 신원을 확실하게 파악할 수 있을 것 같습니다. 깔끔하고 깨끗하고 신속한 공격입니다. 지독히 사소한 것에 이르기까지 자기들이 하고 있는 일이 무엇인지를 아는 놈들입니다. 그걸 어떻게 행해야 하는지도 알고요."

미첼은 뉴베리의 보고가 끝난 게 확실해질 때까지 기다렸다. "오케이. 이 건 내 선을 넘어서는 사건이야. 위층에 있는 어느 분이건 지시를 내리기 전 까지 내가 명확한 조치를 취할 걸세. 그러는 동안 자네하고 부하들은 현 위 치를 지키도록 하게. 아무것도 움직여서는 안 되네. 장소를 동결하고 완전 봉쇄하기 바라네. 필요하다고 판단될 때는 무슨 조치건 취하도록 하고."

미첼은 잠시 말을 멈췄다. 그의 말뜻을 강조하기 위해서이기도 했고, 자 신이 실수를 저지르고 있는 게 아니기를 바라서이기도 했다. 그는 지금 막 뉴베리의 팀에게 무슨 일이건 해도 좋다고 승인했다. 그 일에는 사전에 계 획된 비방어적인 살상과 사전 승인을 받지 않은 국내 작전까지 포함됐다. 기분 내키는 대로 저지르는 살인도 허용됐다. 그 기분에 무슨 의미가 있을 지도 모른다고 판단된다면 말이다. 그런 드문 명령의 결과는 관련자 전원 에게 대단히 심각할 수도 있었다. 미첼은 지시를 계속했다. "그 지역을 커 버할 보안 요원들을 추가로 파견하고 있네. 과학수사연구소 팀도 보낼 거 야. 그런데 그 팀은 현장을 훼손하지 않을 작업만 할 수 있네. 그들은 통신 장비도 갖고 갈 거야. 이해했나?"

"이해했습니다. 참, 저희가 약간 이상한 걸 발견했습니다."

미첼이 물었다. "뭔데?"

"우리가 받은 무선 브리핑에서는 문이 하나밖에 없다고 했습니다만, 문 이 두 개 있는 걸 발견했습니다. 무슨 의미가 있다고 보십니까?"

"전혀." 미첼이 말했다. "그런데 이 사건 자체가 전체적으로 말이 되는 게 하나도 없어. 다른 게 또 있나?"

"하나 있습니다." 목소리가 차츰 차가워졌다. "어떤 개자식이 3층에 있는 작은 아가씨를 벌집으로 만들어놨습니다. 그냥 공격한 게 아니라 벌집을 만들어놨단 말입니다." 뉴베리가 보고를 마쳤다.

"이제 어쩔 텐가?" 덩치 큰 남자가 물었다.

"기다려야죠." 미첼이 휠체어에 몸을 파묻으며 말했다. "여기 앉아서 콘돌이 전화할 때까지 기다려야죠."

1시 40분에 말콤은 의사당에서 전화 부스를 찾아냈다. 그는 쾌활한 십대 소녀에게 얻은 동전으로 패닉 넘버에 전화를 걸었다. 벨이 채 한 번 울리기도 전이었다.

"493-7282입니다." 긴장된 목소리였다.

"17부 9과의 콘돌입니다. 지금 공중전화 부스에 있습니다. 미행당한 것 같지는 않습니다. 그리고 제 통화를 듣는 사람이 없다고 확신합니다."

"신원 확인했습니다. 당신을 랭글리로 데려와야 하는데 당신 혼자 오게 하는 건 우려가 되는군요. 조지타운 지역에 있는 서커스 3 극장을 압니까?"

"압니다."

"한 시간 안에 거기로 올 수 있습니까?"

"예."

"오케이. 자, 랭글리에 배치된 사람 중에서 당신이 겉모습만 보고도 알수 있는 사람이 누가 있습니까?"

말콤은 잠시 생각했다. "교관 중에 코드네임이 스패로우 4인 분이 있었습니다."

"기다리십시오." 컴퓨터와 통신 장비들을 우선적으로 활용한 결과, 미첼은 스패로우 4의 존재와 그가 건물 내에 있다는 걸 확인했다. 2분 후에 그가 말했다. "오케이, 일을 이렇게 합시다. 지금부터 30분 후에 스패로우 4와 다른 남자가 극장 뒤에 있는 작은 골목에 차를 댈 겁니다. 그들은 정확히 한 시간을 기다릴 겁니다. 그러면 당신은 어느 방향에서건 자유로이 30분을 쓸 수 있는 겁니다. 그 골목에 걸어서 들어갈 수 있는 입구는 세 곳입니다. 세 곳 모두 거기 있는 사람들이 당신을 보기 전에 당신이 그 사람들을 볼 수 있는 구조입니다. 당신이 안전하다는 걸 확인하면, 골목으로 들어가세요. 무엇이건 누구건 의심스러운 걸 볼 경우, 스패로우 4와 그의 파트너가 거기 없거나 다른 사람이 그들과 같이 있을 경우, 그들의 발치에 망할 놈의 비둘기가 있거나 할 경우, 서둘러 거기를 벗어나 안전한 곳을 찾아서 전화를 거십시오. 거기에 당도할 수 없을 때에도 같은 식으로 행동하고 말입니다. 오케이?"

"오카하하이춰!"

미첼은 휠체어에서 벌떡 일어설 뻔했다. "도대체 뭡니까? 괜찮습니까?"

말콤은 수화기를 닦았다. "예. 괜찮습니다. 죄송합니다. 감기에 걸려서요. 어떻게 행동할지 잘 알겠습니다."

"빌어먹을." 미첼은 전화를 끊었다. 그는 휠체어에 몸을 파묻었다. 그가 뭐라 말을 하기도 전에, 덩치 큰 남자가 입을 열었다.

"이보게, 미첼, 자네가 반대하지 않는다면 내가 스패로우 4하고 같이 가겠네. 우리 부는 내 책임인 데다, 내가 노쇠한 노인네이기는 하지만 까다로운 상황이 될지도 모르는 상황을 헤쳐나갈 건장한 젊은이가 여기에는 없는 것 같으니 말이야."

미첼은 건너편에 앉은 덩치 크고 자신감 넘치는 남자를 바라보다 미소를 지었다. "좋습니다. 정문에서 스패로우 4를 태우도록 하시죠. 차는 부장님 차를 이용하시고요. 콘돌을 만난 적이 있으신가요?"

덩치 큰 남자는 고개를 저었다. "아니. 하지만 본 적은 있는 것 같아. 사진 줄 수 있나?"

미첼은 고개를 끄덕이고는 말했다. "스패로우 4가 한 장 갖고 있습니다. 무기실에서 부장님이 원하는 무기는 무엇이건 제공할 겁니다. 제 생각에는 권총이 좋을 듯한데, 선호하는 무기가 있으신가요?"

덩치 큰 남자는 문을 향해 걸어갔다. "그래," 그가 말하며 뒤를 돌아봤다. "소음기가 달린 38구경 스페셜. 몸을 신속히 놀려야만 할 상황을 위해서 말이야."

"탄약을 완비한 상태로 차량에 대기시키겠습니다. 참," 덩치 큰 남자가 문을 절반쯤 나섰을 때 미첼이 말하며 그를 멈춰 세웠다. "다시 한번 감사드립니다. 웨더바이 대령님."

덩치 큰 남자가 몸을 돌리고는 미소를 지었다. "그런 말 할 것 없네, 미첼. 어쨌든, 이건 내가 해야 할 일이니까." 문을 닫은 그는 자기 차로 걸어갔다. 두 걸음쯤 내디딘 후, 그는 대단히 부드럽게 쌕쌕거리기 시작했다.

승리로 이어지는 수순(手順)에 속한 수를 잘못 놓으면서 승리의 문턱에 있던 게임을 잃는 일이 많다. 기사(棋士)가 승리를 따낼 수 있는 아이디어를 보고, 승리를 위해 기물들을 희생한 다음, 그에 이어지는 수들의 순서를 뒤집어놓거나 그가 떠올린 수순을 통해 진정으로 게임을 결정지을 지점을 놓치고 말았을 때가 그런 경우에 해당한다.

-프레드 레인펠드, 『완벽 체스 강의』

목요일 오후

날씨를 고려하면, 말콤은 그리 어렵지 않게 택시를 잡은 셈이다. 20분 후, 그는 서커스 극장에서 두 블록 떨어진 곳에서 기사에게 요금을 냈다. 다시금 그는 상대의 시야 밖에 머무는 게 대단히 중요하다고 생각했다. 2분 후, 그는 남자들로 북적이는 술집의 제일 어두운 구석 테이블에 앉았다. 말콤이 선택한 술집은 워싱턴에서 가장 활발한 남성 동성애자 소굴이다. 11시에 시작되는 이른 점심시간부터 자정을 훌쩍 넘겨서까지, 모든 연령의, 대개는 중산층에서 중상류층 계급의 남성들이 같은 부류의 사람들 사이에서 소박한 휴식을 가지려고 술집을 가득 메운다. 행복하면서도 '즐거운(gay)' 술집이다. 록 음악이 요란하게 울리고 웃음소리가 거리로 흘러나온다. 여기 사람들이 경박한 모습을 불편해한다는 점에서는 아이러니가 가득하지만, 아무튼 이 술집은 그랬다.

말콤은 그가 사람들의 이목을 끌지 않기를, 남자들로 가득한 술집에 있는 한 남자로 비치기를 바랐다. 그는 테킬라 콜린스를 홀짝거렸다. 그의 얼굴을 알아보는 기색이 있는지 군중의 얼굴을 살피며 되도록 천천히 술을 마셨다. 군중 속의 일부 얼굴들도 그를 관찰했다.

술집의 어느 누구도 말콤이 작은 테이블에 왼손만 올려놓고 있다는 걸 알아차리지 못했다. 테이블 아래에 있는 그의 오른손은 총을 쥐고 있었고, 그는 가까이 오는 사람이면 누구건 그 총을 겨눴다.

말콤은 2시 40분에 테이블에서 벌떡 일어나 술집을 나서는 대규모 집단에 합류했다. 일단 밖으로 나온 그는 재빠른 걸음으로 집단에서 떨어져 나왔다. 5분쯤 후, 그는 조지타운의 좁다란 거리를 건넜다가 다시 되돌아 건너면서 주위에 있는 사람들을 조심스레 관찰했다. 3시에 자신이 안전하다는 것에 만족한 그는 서커스 극장으로 향했다.

스패로우 4는 정부의 행정 절차를 가르치는, 불안한 느낌을 주는 외모에 안경을 쓴 교관인 것으로 밝혀졌다. 그가 이 모험에서 맡은 역할과 관련해서 선택을 할 수 있는 여지는 전혀 없었다. 자기는 이런 일을 하라고 고용된 게 아니라는 걸 그는 명쾌하게 밝혔지만, 그의 의견은 철저히 묵살됐다. 그는 아내와 네 자식이 대단히 걱정스러웠다. 무기실에서는 그의 입을 다물게 만들 요량으로 그에게 방탄조끼를 입혔다. 그는 셔츠 아래에 덥고 무거운 철갑을 입었다. 캔버스 천 때문에 가려운 데를 긁으려는 그의 시도는 좌절됐다. 그는 콘돌이나 말콤이라는 이름을 가진 사람은 전혀 기억나지 않았다. 그는 10여 명으로 구성된 하급 요원 훈련 강좌에서 강의를 했다. 무기실 사람들은 그의 얘기를 귀 기울여 듣는 척했지만, 사실 그가 하는 얘기에는 신경도 쓰지 않았다.

웨더바이는 주차장으로 가는 동안 엄호 차량의 운전사들에게 상황을 브리핑했다. 그는 소시지 모양으로 생긴 장비가 달린 단총을 확인하고는 무기실에서 온 침울해 보이는 남자에게 승인의 표시로 고개를 끄덕였다. 정상적인 상황이라면 웨더바이는 총을 받았다는 서명을 해야 했을 것이다. 그러나 미첼의 승인은 그런 절차를 불필요하게 만들었다. 무기실 인력은 웨더바이가 어깨에 차는 권총집을 조정하는 걸 돕고는 별도의 탄환 스물다섯 발을 건네며 행운을 빌어줬다. 웨더바이는 연한 파란색 세단에 오르며 신음 소리를 냈다.

랭글리에서 차량 세 대가 굴러 나왔다. 차량들은 웨더바이의 파란색 세단을 가운데 두고 바짝 붙은 대형으로 달렸다. 그들이 워싱턴에 진입하려고 워싱턴을 둘러싼 순환도로의 유료 도로로 빠져나올 때, 뒤차의 타이어가 '터졌다.' 운전사는 그가 모는 차량의 '통제력을 상실했고', 차는 두 개 차선을 가로지르며 멈춰 섰다. 다친 사람은 아무도 없었지만, 이 사고 때문에 교통이 10분간 막혔다. 웨더바이는 다른 엄호 차량을 가까이 따라가며 방향을 이리저리 틀어 워싱턴의 미로 같은 교통 속으로 들어갔다. 엄호 차량은 시내 남서쪽 사분면의 조용한 거주지 도로에서 완벽한 유턴을 하고는 반대 방향으로 달리기 시작했다. 차량이 파란색 세단을 지나칠 때, 운전사는 웨더바이에게 오케이 사인을 보내고는 속도를 높여 시야에서 사라졌다. 웨더바이는 조지타운으로 향하는 내내 미행자가 있는지 확인했다.

웨더바이는 자신이 저지른 실수를 알아차렸다. 그는 암살팀을 파견하면서 건물 내에 있는 전원을 죽이라고 명령했다. 그는 전원이라고 말했지, 구체적으로 몇 명이 있는지는 말하지 않았다. 부하들은 명령을 따랐지만, 그 명령은 한 명이 보이지 않는다는 걸 부하들이 알아차리게 해줄 정도로 완벽하지는 않았다. 웨더바이는 그 남자가 거기에 없었던 이유를 몰랐고, 신경 쓰지도 않았다. 사라진 남자, 콘돌이라는 남자에 대해 알았다면, 그는 더 만족스러운 해결책을 마련할 수 있었을 것이다. 그는 실수를 저질렀다. 그래서 지금 그는 그 실수를 바로잡아야만 한다.

콘돌이 무해한 존재일 가능성이, 그가 하이데거라는 남자와 가진 대화를 기억하지 못할 가능성이 있었다. 하지만 웨더바이는 그런 가능성을 받아들일 수 없었다. 하이데거는 랩 박사를 제외한 직원 전원에게 질문을 던졌었다. 그 질문은 존재 자체가 허용되지 않는 것들이었다. 이제는 한 남자가 그 질문에 대해 알고 있다. 따라서 다른 사람들처럼, 그 남자도 죽어야 한다. 설령 그가 자신이 알고 있는 게 무엇인지를 깨닫지 못했다 하더라도.

웨더바이의 계획은 단순하면서도 극도로 위험했다. 그는 콘돌이 모습을 드러내자마자 쏠 작정이었다. 정당방위. 웨더바이는 몸을 떠는 스패로우 4를 힐끔 봤다. 피치 못할 부산물. 덩치 큰 남자는 곧 있을 교관의 죽음과 관련해서는 양심에 거리낄 게 전혀 없었다. 계획은 위험투성이였다―콘돌은 예상했던 것보다 무기를 더 잘 다룰지도 모르고, 누군가가 현장을 목격하고는 나중에 신고할지도 모르며, 정보국은 그가 하는 이야기를 믿지 않으면서 심문이라는 보장된 방식을 사용할지도 모르고, 콘돌은 뭔가 다른 방식으로 자수할지도 모른다. 오만 가지 것들이 잘못될 수 있었다. 하지만 리스크가 얼마나 크건, 그가 실패했을 때 직면할 확실성하고는 비교가 안 된다는 걸 웨더바이는 잘 알고 있었다. 그는 정보국과 미국의 나머지 정보기관 네트워크의 손아귀에서는 벗어날 수 있을지도 모른다. 거기에는 대여섯 가지 방법이 있다. 예전에 성공적으로 활용된 방법들이. 그런 것들이 웨더바이의 강점이었다. 하지만 기이한 두 눈을 가진 대단히 눈에 띄게 생긴 남자에게서는 절대로 벗어날 수 없다는 걸 그는 잘 알고 있었다. 그 남자는 직접 행동에 나섰을 때 실패한 적이 단 한 번도 없었다. 그는 위험한 실수를 저지른 웨더바이를, 위험한 존재인 웨더바이를 상대로 직접 행동에 나설 것이다. 웨더바이는 그 점을 잘 알았고, 그 사실 때문에 고통스럽게 숨을 쌕쌕거리게 됐다. 그 사실은 탈출이나 배신을 떠올리는 걸 말도 안 되는 짓으로 만들었다. 웨더바이는 그가 저지른 실수를 해명해야 했다. 콘돌은 죽어야 했다.

웨더바이는 천천히 차를 몰아 골목을 관통했다가 다시 차를 돌려 돌아와서는 극장 뒤에 있는 쓰레기통들 옆에 차를 세웠다. 미쳴이 그럴 거라고 말한 것처럼 골목에는 사람이 없었다. 웨더바이는 그들이 거기 있는 동안 누군가 거기에 들어올지 여부가 의심스러웠다―그래도 워싱턴 주민들은 골목을 피하는 경향이 있다. 콘돌이 제복을 보고 겁에 질리는 일이 없도록 이 구역에 경찰이 얼씬거리지 못하게끔 미쳴이 일을 꾸밀 거라는 걸 그는 잘 알고 있었다. 웨더바이에게는 좋은 일이었다. 그는 스패로우 4에게 내리라고 손짓을 했다. 두 사람은 차에 기대고 섰다. 그들밖에 없다는 게 두드러지게 잘 보였다. 그런 후, 매복을 기획하는 뛰어난 사냥꾼처럼, 웨더바이는 그의 감각들이 집중할 수 있도록 마음을 텅 비웠다.

말콤은 그들이 그가 골목에 있다는 걸 알기도 전에 거기에 서서 그들을 봤다. 그는 60보쯤 떨어진 거리에서 그들을 대단히 조심스레 관찰했다. 재채기를 하지 않으려고 힘든 시간을 보낸 그는 간신히 아무 소리도 내지 않았다. 두 사람밖에 없다는 걸 확신한 후, 그는 전봇대 뒤에서 나와 그들을 향해 걷기 시작했다. 걸음을 내디딜 때마다 안도감이 쌓여갔다.

웨더바이는 즉시 말콤을 발견했다. 그는 준비를 마친 채로 차에서 멀리 떨어졌다. 그는 대단히, 대단히 확실하게 일을 처리하고 싶었다. 60보는 소음기를 단 권총을 쏘기에 적정한 거리였다. 그는 스패로우 4가 팔을 뻗어도 닿지 못할 정도로 거리를 두고도 싶었다. 그는 두 사람을 한꺼번에 해치우자고 생각했다.

말콤은 두 남자에게서 25보쯤 떨어진 지점에서, 웨더바이가 행동에 나서리라 예상했던 것보다 5보쯤 앞선 지점에서 갑자기 상대의 얼굴을 알아봤다. 아침에 내린 빗줄기 속에 협회 바로 앞에 주차된 파란색 세단에 있던 남자의 얼굴이 말콤의 머릿속에 번뜩 떠올랐다. 그 차에 있던 남자와 지금 그의 앞에 서 있는 남자들 중 한 명은 동일인이었다. 뭔가가 잘못됐다. 뭔가가 대단히 잘못됐다. 말콤은 걸음을 멈추고는 천천히 뒷걸음질을 쳤다. 그는 거의 무의식적으로 허리춤에 있는 총을 세게 잡아당겼다.

웨더바이도 뭔가 잘못됐다는 걸 알아차렸다. 그의 사냥감이 함정을 앞에 두고 예상과 달리 멈춰 서더니 이제 도망치고 있었다. 사냥감은 공격적인 방어를 준비하고 있는 듯했다. 말콤의 예상치 못한 행동 때문에 웨더바이는 애초 계획을 버리고 새로운 상황에 반응했다. 웨더바이는 무기를 재빨리 꺼내 겨누는 동안 공포와 혼란으로 얼어붙은 스패로우 4를 잠시 확인했다. 소심한 교관은 여전히 조금도 위협적인 존재가 아니었다.

웨더바이는 신속한 행동이 요구되는 상황을 숱하게 겪은 베테랑이었다. 웨더바이가 사격했을 때, 말콤의 권총 총열은 이제 막 그의 벨트에서 벗어난 터였다. 권총은, 아무리 경험이 많은 베테랑에게조차, 현장의 여러 조건에 따라 활용하기 까다로운 무기가 될 수 있다. 소음기가 장착된 권총은 이런 어려움을 가중시킨다. 소음기는 사용자가 조용히 활동할 수 있게 해주는 동시에 사용자의 활동 효율을 깎아먹는다. 총열 끝에 달린 큰 장비의 무게는 사용자에게 익숙하지 않은 것으로, 그래서 사용자는 정확성을 대가로 치러야만 한다. 탄도 면에서 보면, 소음기는 탄환의 속도를 떨어뜨리고 탄환의 궤적에 영향을 줄 수도 있다. 소음기가 장착된 권총은 다루기 번거로운 데다 신속하게 꺼내 사격하기가 어렵다.

이 모든 요인이 웨더바이에게 불리하게 작용했다. 그가 소음기 달린 권총을 사용하지 않았다면―사냥감의 후퇴 때문에 계획을 수정할 시간을 가져야 했음에도―말콤은 그의 상대가 못 됐을 것이다. 앞에서 설명한 대로, 권총의 무게 때문에 그가 총을 뽑는 속도가 느려졌다. 그는 스피드를 되찾으려 시도하면서 정확성을 잃었다. 베테랑 킬러는 어렵지만 확실한 헤드샷을 성공시키려 애썼지만, 결과는 그리 성공적이지 않았다. 부드러운 툭! 소리가 나고 1,000분의 몇 초가 지난 후, 육중한 납덩어리가 말콤의 왼쪽 귀 위에 걸린 머리카락을 뚫고 지나가며 팅팅 소리와 함께 포토맥 강으로 가라앉았다.

말콤은 권총 사격을 평생 딱 한 번 해봤다. 친구가 가진 22구경 모델이었다. 달아나는 다람쥐를 향해 쏜 다섯 발은 모두 빗나갔다. 그는 미시즈 러셀의 권총을 허리 높이에서 발사했다. 자신이 방아쇠를 당겼다는 걸 그가 인지하기도 전에 귀청이 터질 듯한 총소리가 골목에 메아리쳤다.

357구경 매그넘에 맞은 남자는 몸에 난 작고 빨간 구멍을 움켜쥐며 서서히 땅으로 미끄러지지 않았다. 그는 심한 충격을 받아 나자빠졌다. 25보 떨어진 거리에서 충격을 받은 효과는 트럭에 치이는 것과 유사하다. 말콤의 총알은 웨더바이의 왼쪽 허벅지를 관통하며 박살 냈다. 총격의 위력은 웨더바이의 다리 일부가 골목 곳곳에 흩어지게 만들었다. 몸이 허공에서 뒤집어진 그는 길바닥으로 거칠게 엎어졌다.

스패로우 4는 의심스러운 눈으로 말콤을 쳐다봤다. 말콤은 왜소한 교관 쪽으로 천천히 몸을 돌리며 교관의 떨리는 복부를 향해 총을 겨냥했다.

"그는 일당 중 한 명이에요!" 말콤은 그러려고 하지 않았음에도 숨을 헐떡였다. "그도 일당 중 하나라고요!" 말콤은 넋이 나가 아무 말도 못 하는 교관에게서 천천히 물러났다. 골목 끝에 당도한 말콤은 몸을 돌려 달아났다.

웨더바이는 부상이 주는 충격을 떨쳐내려 분투하며 신음 소리를 냈다. 통증은 아직 제대로 시작되지 않았다. 그는 대단히 강인한 사내였다. 하지만 그는 팔을 올리기 위해 갖은 애를 써야 했다. 그는 총은 어찌어찌 계속 쥐고 있었다. 기적적으로, 그의 정신은 맑은 상태를 유지했다. 그는 대단히 조심스레 겨냥하고는 사격했다. 또 다른 툭! 소리가 나며 총알이 극장 벽에 맞아 산산이 부서졌다. 하지만 총알은 그에 앞서 정부의 행정 절차를 가르치는 교관이자 남편이고 네 아이의 아버지인 스패로우 4의 목을 찢고 나갔다. 교관의 몸이 차 위로 쓰러져 구겨지자, 웨더바이는 엄청난 환희라는 기이한 기분을 느꼈다. 그는 아직 죽지 않았다. 콘돌은 다시 사라졌다. 그리고 탄도 분석관들이 누가 누구를 쐈는지를 결정하기 위해 사용할 총알은 한 발도 없을 터였다. 여전히 희망은 있었다. 그는 의식을 잃었다.

경찰차가 두 남자를 발견했다. 겁에 질린 가게 주인의 신고 전화에 경찰이 대응하기까지는 오랜 시간이 걸렸다. 조지타운 경찰서의 모든 병력이 저격수가 있다는 신고를 확인하느라 파견됐었기 때문이다. 신고는 장난전화인 걸로 밝혀졌다.

말콤은 네 블록을 달음박질치고서야 자신이 정말로 눈에 잘 띄는 존재라는 걸 깨달았다. 그는 속도를 늦추고는 모퉁이 몇 곳을 돈 다음, 지나가는 택시를 잡아 워싱턴 다운타운으로 갔다.

망할, 말콤은 생각했다. 그자는 일당 중 하나였어. 일당 중 하나였다고. 정보국은 그 사실을 모르는 게 분명했다. 전화기로 가야만 한다. 전화를 걸어야만 한다……. 공포가 엄습하기 시작했다. 가정해보자. 골목에 있던 그 남자가 유일한 이중간첩이 아니었다고 가정해보자. 그가 어떤 존재인지를 잘 아는 사람에 의해 그 자리에 파견됐다고 가정해보자. 패닉 라인의 반대편에 있는 남자도 이중간첩이라고 가정해보자.

말콤은 생존이라는 당면한 문제를 다루기 위해 그런 가정들을 하는 걸 중단했다. 그 문제를 충분히 고민하기 전까지는 감히 전화를 걸 엄두가 나지 않을 터였다. 그리고 그들은 그를 찾아다닐 것이다. 그들은 심지어 총격전이 벌어지기 전부터 그를, 지부의 유일한 생존자를 찾아다녔을 것이다. 그들은…… 하지만 그는 유일한 생존자가 아니었다! 그 생각이 그의 머릿속을 빠르게 가로질렀다. 그는 지부의 유일한 생존자가 아니었다. 하이데거가 있잖은가! 하이데거는 몸이 좋지 않아서 집에서 쉬고 있다! 말콤은 그의 뇌 곳곳을 뒤졌다. 주소가 어떻게 되지? 하이데거가 자기 집 주소가 어떻다고 말했었지? 말콤은 하이데거가 랩 박사에게 자기 집 주소를 말하는 걸 들었었다……. 마운트 로열 암스!

말콤은 택시 기사에게 자기가 처한 문제를 설명했다. 그는 소개팅 상대를 데리러 가는 길인데, 주소를 까먹었다. 아는 거라고는 그녀가 마운트 로열 암스에 산다는 것뿐이다. 젊은 연인을 도우려는 열성이 항상 넘치는 택시 기사는 차량 배치 담당자에게 연락해서 워싱턴 D.C.의 북서부 사분면에 있는 주소를 받았다. 택시 기사가 오래된 건물 앞에 그를 내려주자, 말콤은 팁으로 1달러를 건넸다.

하이데거의 이름이 적힌 테이프가 413이라는 숫자 옆에 붙어 있었다. 말콤은 초인종을 눌렀다. 응답이 없었다. 인터폰을 통해 누구냐고 물어보는 질문도 없었다. 다시 초인종을 누르는 동안, 그의 머릿속에 불편하지만 논리적인 가정이 자라났다. 결국 그는 다른 초인종 세 개를 눌렀다. 아무 반응이 없었다. 그래서 그는 초인종 한 줄을 다 눌렀다. 낡아빠진 인터폰이 신경질적인 소리를 내자, 그는 소리쳤다. "속달우편요!" 현관문의 버저가 울렸고 그는 안으로 달려 들어갔다. 아파트 413호를 노크했지만 아무 대답이 없었다. 하지만 그는 대답이 있을 거라는 기대는 않고 있었다. 그는 무릎을 꿇고 자물쇠를 살폈다. 그의 판단이 옳다면 단순한 구조의 용수철 자물쇠가 걸려 있을 것이다. 그가 읽은 수십 권의 책과 헤아릴 수 없이 많은 영화에서, 주인공은 딱딱한 플라스틱을 이용해 몇 초 안에 문에 달린 용수철을 연다. 플라스틱…… 딱딱한 플라스틱 조각을 어디서 찾을 수 있을까? 주머니를 몇 차례 미친 듯이 두드린 그는 지갑을 열고는 래미네이트를 입힌 CIA 신분증을 꺼냈다. 신분증은 그가 텐트렉스 인더스트리 주식회사의 직원임을 보증하면서 그의 외모와 신원과 관련한 적절한 정보를 제공하고 있었다.

말콤은 얼굴 정면과 옆얼굴을 찍은 그 사진들이 늘 마음에 들었다. 말콤은 20분간 재채기를 하고 앓는 소리를 내고 문을 밀고 당기고 흔들어보고 간청도 하고 으름장도 놓다 고개를 저었다. 그러다 결국 자물쇠를 열려고 동원한 그의 신분증이 쪼개졌다. 플라스틱이 쪼개지면서 그의 신분증이 틈바구니를 통해 닫힌 문 안으로 들어갔다.

좌절감이 분노로 바뀌었다. 말콤은 두 무릎에 이는 경련을 완화하려고 몸을 똑바로 세웠다. 그는 생각했다. 지금까지 아무도 나를 귀찮게 하지 않았다면, 조금 더 큰 소리를 내더라도 그리 많은 게 달라지지 않을 거야. 그날 겪은 분노와 공포, 좌절감의 지원을 받은 말콤은 문을 향해 발을 날렸다. 마운트 로열 암스에 설치된 자물쇠와 문들의 품질은 최고 수준이 아니다. 관리자들의 관심은 값싼 임대료에 있고, 건물을 건축하는 데 쏟는 관심도 이와 유사한 편이었다. 413호의 문이 안으로 날아갔다 문소란에 부딪혀 튕긴 후 되돌아오는 걸 그가 붙잡았다. 그는 문을 열 때보다 한층 더 조용히 문을 닫았다. 쪼개진 신분증 조각들을 집어 든 그는 방을 가로질러 침대와 그 위에 누운 물체로 향했다.

새벽 시간이라는 점 때문에 굳이 위장할 이유가 없었던 터라, 그들은 하이데거를 점잖게 다루는 수고를 할 필요가 없었다. 말콤이 파자마 상의를 들어 올렸다면 복부 아래에 가한 주먹질이 남긴 자국이 보였을 것이다. 사람이 죽으면 멍 자국도 시신에 그대로 남는 경향이 있기 때문이다. 시신의 얼굴은 거무스름한 파란색이었다. 다른 무엇보다도, 목을 조른 것 때문에 생긴 시반이었다. 실내에는 시신이 본의 아니게 배출한 악취가 풍겼다.

말콤은 부풀어 오르기 시작하는 시신을 살폈다. 유기물 관련 의학에 대해서는 아는 게 거의 없었지만, 이 정도 부패 상태가 두어 시간 내에 도달되는 게 아니라는 것쯤은 잘 알았다. 따라서 하이데거는 다른 사람들보다 먼저 살해당했다. '그들'은 사무실에 그가 없다는 걸 발견한 후에 여기에 온 게 아니라, 건물을 공격하기에 앞서 여기 왔던 것이다. 말콤은 이해가 되지 않았다.

하이데거의 오른쪽 파자마 소매가 바닥에 놓여 있었다. 말콤은 격투 때문에 소매가 그런 식으로 찢어지지는 않을 거라고 생각했다. 그는 하이데거의 팔을 살펴려고 곁에 있는 옷을 젖혔다. 그는 팔뚝 아래에서 조그마한 벌레가 만들 만한 종류의 작은 멍을 발견했다. 이게 벌레에 물린 자국이 아니라면…… 말콤은 대학교 부설병원에 견학 갔던 일을 떠올리며 생각했다. 서투르게 주입한 피하주사. 그들은 그에게 뭔가를, 아마도 그가 입을 열게끔 만들 뭔가를 가득 주사했다. 무엇에 대해? 말콤은 아무 생각도 나지 않았다. 그는 실내 수색을 시작하다 지문에 생각이 미쳤다. 주머니에서 손수건을 꺼내 문 바깥쪽을 비롯해서 그가 건드렸던 기억이 나는 모든 걸 닦았다. 그는 어수선한 서랍장에서 지저분한 핸드볼 글러브 한 짝을 찾아냈다. 장갑은 무척 작았지만, 그의 손가락들은 가려줬다.

옷장 서랍 수색을 마친 그는 벽장을 수색했다. 그는 선반 위에서 50달러와 100달러짜리 지폐가 가득 담긴 봉투를 발견했다. 얼마인지 세어볼 시간은 없었지만, 적어도 1만 달러는 되는 게 분명했다.

그는 옷가지들로 덮인 의자에 앉았다. 이해가 되지 않았다. 알코올중독자였던 회계원이, 뮤추얼 펀드의 장점에 대해 강의를 해대던 회계원이, 노상강도를 두려워하던 남자가 자기 집 벽장에 이렇게 많은 현금을 숨겨두고 있다니. 이해가 되지 않았다. 그는 시신을 바라보면서 생각했다. 어쨌든, 이제 하이데거가 저 돈을 필요로 할 일은 없을 거야. 말콤은 봉투를 팬티 안에 넣었다. 그는 마지막으로 실내를 빠르게 둘러본 후 조심스레 문을 열고 계단을 걸어 내려가 길모퉁이에서 다운타운으로 가는 버스를 탔다.

말콤은 자신이 당면한 첫 번째 문제는 추격자들을 피하는 거라고 생각했다. 현재, 그를 쫓는 '그들'은 최소한 둘일 터였다. 정보국, 그리고 협회를 공격한 정체불명의 집단. 그들 모두는 그의 생김새를 잘 알았다. 따라서 그의 첫 행보는 외모를 바꾸는 것이어야 했다.

이발소 표지판에 '대기할 필요 없음'이라고 적혀 있었다. 마침 광고가

홍보하는 내용을 정확히 반영하고 있었다. 말콤은 벽을 바라보며 재킷을 벗었다. 그는 자리에 앉기 전에 재킷 꾸러미 안으로 총을 밀어 넣었다. 그의 눈은 머리를 깎는 내내 한 순간도 재킷을 떠나지 않았다.

"어떻게 해드릴까, 젊은 양반?" 머리가 희끗한 이발사가 유쾌하게 가위를 짤깍거렸다.

말콤은 조금의 후회도 느끼지 않았다. 그는 헤어스타일이 의미하는 바가 얼마나 큰지를 잘 알았다. "짧게요. 크루 커트(crew cut, 해군처럼 짧게 자른 머리)보다 조금만 더 긴 정도로요. 손에 잡힐 정도로 길면 충분해요."

"와, 그러면 외모가 확 달라질 텐데." 이발사는 전기 가위를 콘센트에 꽂았다.

"그러겠죠."

"자, 젊은 양반, 야구에 관심 있으쇼? 나는 관심이 많아요. 오늘『포스트』에서 오리올스하고 스프링 트레이닝에 대한 기사를 읽었는데, 그 기자 짐작으로는……."

이발이 끝난 후 말콤은 거울을 들여다봤다. 지난 5년간 보지 못한 남자가 거기 있었다.

그가 다음에 들른 곳은 서니스 서플러스(정부가 보유한 잉여 물품을 판매하는 전문점 체인)였다. 말콤은 뛰어난 변장은 올바른 태도에서 시작된다는 걸 잘 알았지만, 뛰어난 소도구 역시 대단히 유용할 것이었다. 그는 재고품 전체를 뒤진 끝에 말쩡하게 박힌 패치들이 전체적으로 잘 어울리는 중고 야전 재킷을 찾아냈다. 왼쪽 주머니 위에는 '에반스'라는 이름표가 달려 있었고, 왼쪽 어깨에는 검정 바탕에 황금색 문자로 '공수(空輸)'라고 박힌 삼색 독수리 패치가 있었다. 말콤은 자신이 지금 막 101공수사단의 베테랑이 됐다는 걸 알았다. 그걸 구입한 그는 파란 스트레치 진으로 갈아입고 터무니없는 가격을 지불한 중고 점프 부츠-'15달러, 베트남에서 작전을 수행했다는 걸 보장함'-를 신었다. 속옷과 싸구려 풀오버, 검정색 운전용 장갑, 양말, 안전면도기, 칫솔도 샀다. 꾸러미를 팔에 끼고 매장을 나설 때, 그는 뾰족한 못에 엉덩이를 찔린 사람 흉내를 냈다. 그는 대단히 신중하게 딱딱한 걸음을 내디뎠다. 그는 지나치는 모든 여자를 건방진 모습으로 쳐다봤다. 다섯 블록을 지난 후, 그는 휴식이 필요했다. 그래서 워싱턴에 무수히 많이 있는 핫 숍 레스토랑 중 한 곳으로 들어갔다.

"코피 한 잔 주쇼." 웨이트리스는 말콤이 새로 익힌 남부 억양을 듣고도 눈 한 번 깜빡하지 않았다. 그녀는 그에게 커피를 갖다 줬다. 말콤은 휴식을 취하면서 생각을 하려고 애썼다.

말콤 뒤에 있는 부스에 아가씨가 두 명 있었다. 그는 평생 익힌 습관대로 두 여자의 대화에 귀를 기울였다.

"그러니까 휴가 동안 아무 데도 안 갈 거라는 거니?"

"안 가. 그냥 집에 처박혀 있을 거야. 2주간 세상하고 담 쌓고 지내려고."

"그러다 돌아버릴걸."

"그럴지도 모르지. 하지만 경과보고를 듣겠답시고 전화할 생각은 마라. 전화도 받지 않을 것 같으니까."

다른 아가씨가 깔깔거렸다. "그게 사귀고 싶어 안달 난 섹시남이 건 전화면 어쩔 거야?"

다른 아가씨는 코웃음을 쳤다. "그럼 그 남자는 2주간 기다려야 하는 거지. 나는 푹 쉴 거야."

"뭐, 네 인생이니까. 오늘 밤에 저녁 안 먹는 거 확실하니?"

"말은 고맙다만, 안 먹을 거야, 앤. 커피 다 마시면 집으로 운전해 갈 거야. 그러면 바로 이 순간부터 앞으로 2주간 내가 서둘러야 할 일은 하나도 없는 거지."

"그래, 웬디, 재미있게 지내라." 넓적다리들이 플라스틱을 가로지르는 소리가 났다. 앤이라는 아가씨가 말콤을 곧바로 지나쳐 문으로 걸어갔다. 그는 끝내주는 두 다리와 금발, 탄탄한 옆모습이 군중 속으로 사라지는 모습을 언뜻 봤다. 그는 이따금씩 코를 훌쩍이며 대단히 조용히 앉아 있었다. 은신처 문제에 대한 해답을 찾은 참이라 신경이 바짝 곤두서 있었다.

웬디라는 아가씨가 커피를 다 마시는 데 5분이 걸렸다. 그녀는 떠나면서 그녀 뒤에 앉아 있던 남자한테 눈길도 주지 않았다. 눈길을 줬더라도 많은 걸 보지는 못했을 것이다. 그가 메뉴판 뒤에 얼굴을 감추고 있었기 때문이다. 그녀가 계산을 마치고 문밖으로 나설 때, 말콤은 그녀의 뒤를 쫓았다. 그는 가게를 나서면서 카운터에 돈을 던졌다.

뒤에서 알 수 있는 거라고는 그녀는 키가 크고 말랐지만, 타마사처럼 고통스러울 정도로 깡마르지는 않았고, 단발에 검정머리이며, 다리 길이는 중간 정도라는 게 전부였다. 맙소사, 그는 생각했다. 왜 그녀는 금발일 수가 없는 걸까? 말콤은 운이 좋았다. 여자의 차는 북적이는 주차장의 뒤쪽 구역에 있었기 때문이다. 낡은 중절모 뒤에서 음흉한 눈길을 던지는 뚱뚱한 주차장 직원을 지나치는 그녀를 그는 태평하게 따라갔다. 여자가 낡은 콜베어의 문을 여는 순간, 말콤은 소리를 질렀다. "웬디! 세상에, 여기서 뭐 해?"

여자는 깜짝 놀랐지만 불안한 기색을 보이지는 않으면서, 군용 재킷 차림의 미소 짓는 남자가 그녀를 향해 걸어오는 걸 쳐다봤다.

"저한테 그러신 거예요?" 미간이 좁은 갈색 눈에 큰 입, 작은 코, 높이 솟은 광대뼈가 그녀의 생김새였다. 완벽하게 평범한 얼굴. 화장기가 거의 없었다.

"그렇췌. 나 기억 안 나, 웬디?" 그는 이제 그녀에게서 겨우 세 걸음 떨어져 있었다.

"그게…… 모르겠는데요." 그녀는 그의 한 손이 꾸러미를 들고 있고 다른 손은 재킷 안에 있다는 걸 알아차렸다.

말콤은 이제 그녀의 옆에 서 있었다. 그는 꾸러미를 그녀의 차 지붕에 올려놓고는 왼손을 태평하게 그녀의 머리 뒤로 올렸다. 그녀의 목을 강하게 움켜쥔 그는 그녀가 그의 다른 손에 있는 총을 볼 수 있을 때까지 그녀의 머리를 숙였다.

"비명을 지르거나 성급하게 몸을 움직였다가는 당신 살점이 거리 전체를 뒤덮게 될 겁니다. 이해됐습니까?" 말콤은 여자가 떠는 걸 느꼈지만, 그녀는 빠르게 고개를 끄덕였다. "이제 차에 타서 다른 문을 열도록 해요. 이 총은 창문도 뚫을 수 있어요. 나는 조금도 주저하지 않을 거예요." 여자는 재빨리 운전석에 올라 몸을 기울이고는 다른 문을 열었다. 말콤은 운전석 문을 쾅 닫고는 꾸러미를 들고서 천천히 차를 돌아가서는 차에 올랐다.

"제발 해치지 마세요." 여자의 목소리는 레스토랑에서보다 훨씬 부드러웠다.

"나를 봐요." 말콤은 목을 가다듬었다. "당신을 해치지는 않을 겁니다. 내가 말하는 대로 정확히 하기만 하면요. 나는 당신 돈을 원하지도 않고 당신을 겁탈할 생각도 없어요. 하지만 당신은 정확히 내가 말한 대로 행동해야 합니다. 어디에 삽니까?"

"알렉산드리아요."

"당신 집으로 갑시다. 운전은 당신이 하고요. 사람들한테 도와달라는 신호를 보낼 생각일랑 잊어버리도록 해요. 그러려고 시도하면 총을 쏠 거니까. 나는 부상당하는 신세가 될지도 모르지만, 당신은 죽은 목숨이 될 거예요. 그럴 만한 가치는 없잖아요. 오케이?" 여자가 고개를 끄덕였다.

"갑시다."

버지니아로 가는 자동차 여행은 긴장된 여행이었다. 말콤은 아가씨에게서 절대 눈을 떼지 않았고, 그녀는 도로에서 절대 눈을 떼지 않았다. 알렉산드리아 출구에서 나온 직후, 그녀는 아파트 단지로 둘러싸인 작은 마당에 들어섰다.

"어느 게 당신 집인가요?"

"첫 집요. 위에 두 층을 써요. 남자 한 명이 지하에 살고요."

"잘하고 있어요. 자, 우리가 걸어갈 때, 당신 친구를 집으로 데려가는 척해요. 명심해요. 내가 당신 바로 뒤에 있다는 걸."

두 사람은 차에서 내려 건물 쪽으로 몇 걸음을 걸었다. 아가씨는 몸을 떨면서 문을 여느라 고생했지만, 결국에는 문을 여는 데 성공했다. 그녀의 뒤를 따라 집으로 들어간 말콤은 점잖게 문을 닫았다.

나는 이 게임을 대단히 상세히 다뤄왔다. 학생들 입장에서는 자신이 직면한 상황이 무엇인지를, 그리고 현실 게임에서 맞닥뜨리는 문제들을 해결하는 작업에 어떻게 착수해야 하는지를 보는 게 중요하다고 생각하기 때문이다. 당신은 이런 상황에서 방어하고 역습하는 플레이를 해낼 능력이 없을지도 모른다. 그러나 체스 게임은 당신이 달성할 만한 가치가 있는 목표를 세운다: 당신의 상대 기사가 기동성도 더 뛰어나고 승리 가능성도 더 높은 처지에 있을 때 당신이 맞서 싸우는 방식.

　　－프레드 레인펠드, 『완벽 체스 강의』

목요일 저녁부터 금요일 오전까지

"당신 말 못 믿겠어요." 소파에 앉은 여자의 두 눈은 말콤에게서 떠나지 않았다. 그녀는 전에 그랬던 것만큼 겁에 질려 있지는 않았지만, 갈비뼈가 부러지고 있는 것 같은 기분을 느꼈다.

말콤은 한숨을 쉬었다. 그는 한 시간 동안 여자 맞은편에 앉아 있었다. 그는 그녀의 지갑에서 찾은 물건들을 통해 그녀의 이름이 웬디 로스로 스물일곱 살이며, 일리노이 주 카번데일에 살 때 운전면허를 땄고, 키가 178센티미터에 체중이 61킬로그램이며—그는 이건 과대 측정된 거짓말임을 확신했다—, RH+ O형의 피를 적십자에 주기적으로 헌혈하고 있고, 알렉산드리아 공공도서관의 카드를 소지한 이용자이자 서던 일리노이 대학 동창회 회원이며, 그녀의 고용주인 베흐텔, 바버, 시버스, 홀로론 앤 머클스턴을 위해 법원 소환장을 수령하고 배달할 수 있는 자격증을 교부받았다는 걸 파악했다. 그녀의 안색을 살핀 그는 그녀가 그를 믿지 않는다고 말했을 때 그녀가 겁에 질려 있으며 속내를 그대로 밝힌 거라는 걸 알았다. 말콤은 그녀를 탓하지 않았다. 사실은, 그도 자신이 한 이야기가 믿기지 않았다. 그럼에도 그는 그것이 진실이라는 걸 잘 알았다.

"이봐요," 그가 말했다. "내가 한 말이 사실이 아니라면, 내가 왜 그게 사실이라는 걸 당신에게 납득시키려고 기를 쓰겠어요?"

"나야 모르죠."

"오, 맙소사!" 말콤은 방을 서성거렸다. 그녀를 결박해놓고 그녀의 거처를 사용할 수도 있었지만, 그건 위험했다. 게다가 그녀는 대단히 유용한 존재가 될 수도 있었다. 재채기를 하던 중에 영감이 떠올랐다.

"봐요," 그는 윗입술을 닦으며 말했다. "적어도 내가 CIA에서 일했다는 걸 당신에게 입증할 수 있다고 칩시다. 그렇다면 내 말을 믿어줄 건가요?"

"어쩌면요." 새로운 표정이 아가씨의 얼굴을 가로질렀다.

"오케이, 이걸 봐요." 말콤은 그녀 옆에 앉았다. 그는 그녀의 몸이 긴장돼 있다는 걸 느꼈지만, 그녀는 훼손된 종잇조각을 받아 들었다.

"이게 뭔데요?"

"내 CIA 신분증요. 봐요, 이건 머리를 기른 내 모습이에요."

그녀의 목소리는 싸늘했다. "CIA가 아니라 텐트렉스 인더스트리라고 적혀 있잖아요. 이봐요, 나도 글은 읽을 줄 알거든요." 그녀가 그렇게 말하고 나서 그런 말투를 쓴 걸 후회했다는 걸 그는 알 수 있었지만, 그녀는 사과를 하지는 않았다.

"나도 거기 적힌 내용은 압니다!" 말콤은 점점 더 참을성을 잃으며 신경질적으로 변했다. 그의 계획은 먹혀들지 않을지도 모른다. "집에 D.C. 전화번호부 있나요?"

여자는 의자 옆에 있는 작은 테이블을 향해 고개를 까딱거렸다. 방을 가로지른 말콤은 큼지막한 책을 집어 여자에게 던졌다. 그녀는 긴장된 반응을 보이며 아무 문제 없이 전화번호부를 받았다. 말콤은 그녀에게 소리 질렀다. "거기서 텐트렉스 인더스트리를 찾아봐요. 어디서든지요! 인명별 페이지에서건 업종별 페이지에서건 어디서든지요. 신분증에 전화번호랑 위스콘신 애비뉴 주소가 있으니까, 회사 이름은 전화번호부에 반드시 들어 있어야 하잖아요. 봐요!"

여자는 전화번호부를 보고 또 봤다. 전화번호부를 닫은 그녀는 말콤을 바라봤다. "그러니까 당신은 존재하지 않는 곳을 위한 신분증을 갖고 있는 거네요. 그게 증명하는 게 뭐죠?"

"바로 그거예요!" 말콤은 흥분해서는 전화기를 들고 방을 가로질렀다. 전화선이 팽팽히 당겨졌다. "자," 그는 무척 낮은 목소리로 말했다. "중앙 정보국의 워싱턴 전화번호를 찾아봐요. 번호가 똑같아요."

아가씨는 전화번호부를 다시 열고는 페이지를 넘겼다. 그녀는 오랫동안 얼떨떨한 표정으로 앉아 있다 안색을 바꾸더니 미심쩍은 목소리로 말했다. "당신이 신분증을 만들기 전에 이것부터 확인했을지도 모르잖아요. 이런 상황이 생길 때를 대비해서요."

젠장, 말콤은 생각했다. 그는 폐에 있는 공기를 다 내뱉고는 깊은 숨을 쉰 다음 다시 시작했다. "좋아요. 내가 그랬을지도 모르죠. 하지만 사실을 알아낼 방법이 하나 있어요. 그 번호로 전화해봐요."

"다섯 시가 넘었어요." 여자가 말했다. "전화받는 사람이 아무도 없으면 아침까지 당신을 믿어야 하는 건가요?"

말콤은 참을성 있게, 침착하게 그녀에게 설명했다. "당신 말이 맞아요. 텐트렉스가 실제로 있는 회사라면 오늘 업무는 끝났겠죠. 하지만 CIA에 업무 종료는 없어요. 그 번호에 전화를 걸어 텐트렉스를 물어봐요." 그는 그녀에게 수화기를 건넸다. "하지만 명심해요. 옆에서 듣고 있을 테니까, 허튼짓하지 말아요. 내가 그러라고 하면 전화를 끊도록 해요."

여자는 고개를 끄덕이고는 전화를 걸었다. 벨이 세 번 울렸다.

"WE4-3926입니다."

"텐트렉스 인더스트리 부탁합니다." 아가씨의 목소리는 대단히 건조했다.

"죄송합니다." 부드러운 목소리가 대답했다. 딸깍거리는 희미한 소리가 회선을 통해 들려왔다. "텐트렉스의 직원은 모두 퇴근했습니다. 아침에 돌아올 겁니다. 전화 주신 분 성함이랑 무슨 업무 때문에 전화 주셨는지 물어도……."

말콤은 발신지 추적이 어렵다 해도 발신지를 파악할 가능성을 포착하기 전에 연결을 끊었다. 아가씨는 천천히 수화기를 내려놨다. 그녀는 처음으로 말콤을 똑바로 쳐다봤다. "당신이 하는 말을 다 믿어야 하는지는 모르겠어요." 그녀가 말했다. "하지만 그중 일부는 믿음이 가요."

"이게 증거의 마지막 조각이에요." 말콤은 바지에서 총을 꺼내 조심스레 그녀의 무릎에 올려놨다. 그는 걸어서 방을 가로지르고는 빈백(beanbag) 의자에 앉았다. 그의 손바닥은 축축하게 젖어 있었지만, 지금 위험을 감수하는 게 나중에 그러는 것보다 나았다. "당신은 총을 가졌어요. 당신은 내가 당신에게서 총을 뺏기 전에 적어도 나를 쏠 수 있을 거예요. 거기 전화기도 있죠. 나는 당신이 나를 믿는다고 생각할 정도로 당신을 믿어요. 원하는 곳 어디로건 전화를 걸어봐요. 경찰도 좋고 CIA나 FBI도 좋아요. 나는 신경 안 쓸 테니까. 그들에게 당신이 나를 붙잡았다고 말해봐요. 하지만 당신이 그랬을 때 어떤 일이 일어날지 당신도 알았으면 해요. 엉뚱한 사람이 전화를 받을지도 몰라요. 그들이 여기에 먼저 당도할지도 모르고요. 만약 그렇게 되면, 우리는 둘 다 죽은 목숨이에요."

여자는 무릎에 놓인 묵직한 총을 오랫동안 바라보며 소리 없이 앉아 있었다. 그런 후, 말콤이 바짝 귀를 기울여야 들을 수 있는 부드러운 목소리로 말했다. "당신을 믿어요."

그녀는 갑자기 분주히 움직이기 시작했다. 벌떡 일어서더니 총을 테이블에 올려놓고는 실내를 서성거렸다. "잘 모르겠어요……. 내가 당신을 돕기 위해 할 수 있는 일이 무엇인지는 모르겠지만 애는 쓸게요. 비어 있는 침실에 머물러도 좋아요. 으음." 그녀는 작은 주방을 쳐다보고는 온화한 목소리로 말했다. "먹을 것 좀 만들어야겠네요."

말콤은 활짝 웃었다. 그 자신도 잃어버렸다고 생각했던 진심 어린 웃음이었다. "그거 끝내주겠네요. 나를 위해 일 하나 해줄 수 있나요?"

"뭐든 좋아요, 뭐든. 뭐든지 할게요." 웬디는 목숨을 부지할 수 있을 것 같다고 생각하면서 긴장이 풀렸다. "샤워기 좀 써도 될까요? 등에 들어간 머리카락이 찔러대는 통에 죽을 지경이에요."

그녀는 그를 보고 활짝 웃었고, 두 사람은 같이 낄낄거렸다. 그녀는 그를 2층에 있는 욕실로 안내하고는 비누와 샴푸, 수건을 주었다. 그가 총을 가져갈 때 그녀는 한마디도 하지 않았다. 그녀가 그를 남겨두고 떠나자마자 그는 계단 쪽으로 살금살금 걸어갔다. 문이 열리는 소리도 나지 않고, 전화 다이얼을 돌리는 소리도 나지 않았다. 서랍이 열리고 닫히는 소리와 은제 식기들이 부딪치는 소리를 들은 그는 욕실로 돌아가 옷을 벗고는 샤워기 아래로 들어갔다.

말콤은 샤워기 아래에 30분간 머무르며 부드러운 물방울들이 그의 몸 곳곳으로 신선한 기운을 불어넣게 놔뒀다. 증기가 그의 콧구멍을 청소했다. 물을 잠글 무렵, 그는 자신이 얼추 사람 꼴을 갖춘 것 같다고 느꼈다. 새로 산 풀오버와 속옷으로 갈아입었다. 그러고는 머리를 단정히 정리하려고 무심결에 거울을 들여다봤다. 머리카락이 너무 짧아서 손으로 두 번 툭툭 치자 정리가 끝났다.

그가 계단을 내려가니 음반이 돌고 있었다. 그는 빈스 과랄디가 「흑인 오르페」를 위해 작곡한 영화 음악 앨범이라는 걸 알아차렸다. 노래는 〈당신 운명을 바람에 던져요〉였다. 그도 그 앨범을 갖고 있었다. 그래서 식사를 하려고 앉았을 때 그녀에게 그렇다고 말했다.

그린 샐러드를 먹는 동안, 그녀는 말콤에게 일리노이의 자그마한 소도시의 생활에 대해 말했다. 독일산 냉동 콩을 씹는 사이사이에, 그는 서던 일리노이 대학에서 보낸 생활에 대해 들었다. 매시드 포테이토에는 약혼 직전까지 갔던 남자에 관한 이야기가 버무려졌다. 즉석요리로 마련된 스위스산 스테이크 덩어리를 먹는 동안, 그는 워싱턴의 따분한 기업형 로펌에서 법률 비서로 일하는 게 얼마나 재미없는지를 알게 됐다. 새러 리(미국의 제빵회사)에서 사온 체리 덮인 치즈케이크를 먹느라 두 사람 다 한동안 말없이 시간을 보냈다. 그녀는 커피를 따르면서, 모든 걸 요약했다. "정말이지 너무도 재미가 없었어요. 물론, 조금 전까지는요."

설거지를 하는 동안 그는 '로널드'라는 자기 이름을 싫어하는 이유를 그녀에게 들려줬다. 그녀는 그를 절대로 그 이름으로 부르지 않겠다고 약속했다. 그녀는 비눗방울 한 움큼을 그에게 던졌지만, 그 즉시 그것들을 닦아줬다.

설거지가 끝난 후 그는 '굿나잇' 인사를 하고는 욕실을 향해 계단을 터덜터덜 올랐다. 그는 휴대용 케이스에 콘택트렌즈를 넣었다―이것들을 안경과 안경케이스하고 바꾸지는 않을 거라고 그는 생각했다―. 그는 이빨을 닦고는 갓 정돈된 침대를 향해 복도를 가로질렀다. 그러고는 베게 밑에 손수건을 밀어 넣고 총을 침실용 스탠드에 놓고는 잠자리에 들었다.

그녀는 자정을 조금 지난 시각에 그에게 왔다. 그는 처음에는 꿈을 꾸는 거라 생각했지만, 거친 숨소리와 그녀의 몸에서 나는 열기는 지나치리만치 현실적이었다. 잠에서 완전히 깬 그가 처음 한 생각은 그녀가 방금 샤워를 마쳤다는 거였다. 그는 섹스의 향긋한 향기와 섞인 배스파우더 냄새를 희미하게 맡을 수 있었다. 그는 그녀의 달아오른 몸을 자신에게로 당기면서 옆으로 몸을 말았다. 두 사람은 상대의 입술을 찾아냈다. 그녀의 혀가 그의 입술 사이로 밀고 들어왔다. 그녀는 엄청나게 흥분했다. 그는 속옷을 벗을 수 있도록 그녀의 두 팔에서 몸을 빼내느라 힘든 시간을 보냈다. 이즈음 두 사람의 얼굴은 상대의 체액 때문에 젖어 있었다. 결국에 알몸이 된 그는 그녀의 몸을 굴리고는 올라탔다. 그는 그녀의 허벅지 안으로 천천히 손을 밀어 넣었다. 그의 손가락들은 리듬감 있게 출렁이는 엉덩이들을 가로질러 그녀의 납작하고 탄탄한 복부를 올라 우뚝 선 커다란 젖꼭지를 향해 느릿하게 올라갔다. 그의 손가락들이 작은 가슴에서 한데 모였다. 살로 채워진 봉우리는 그의 손에 쉽게 들어왔다. 그는 난데없이 협회 건물을 걸어서 지나는 아가씨를 떠올렸다. 그녀의 큰 가슴은 정말로 끝내줬었다. 그는 손을 부드럽게 쥐었다. 웬디는 요란한 신음 소리를 내고는 그의 머리를 자기 가슴 쪽으로, 그의 입술을 긴장한 젖꼭지 쪽으로 끌어당겼다. 그의 입이 그녀의 가슴을 천천히 애무하는 동안, 그는 손을 아래로, 그녀의 두 다리 사이의 젖은 불길 쪽으로 뻗었다. 그가 그녀를 만지자, 그녀는 공기를 들이마시면서 등을 부드럽게, 그러면서도 확고하게 구부렸다. 그녀는 그를 찾았다, 그러고는 잠시 후 부드러운 신음을 내뱉었다. "지금, 제발 지금!" 그는 그녀를 올라탔다. 첫 경험을 하는 연인들이 그러는 것처럼 서투른 몸짓으로. 두 사람은 서로를 꽉 껴안았다. 그녀는 그가 그녀 몸의 모든 부분을 덮게 만들려고 애썼다. 그가 힘차게 허리를 놀리자 그녀의 몸 곳곳으로 불길이 퍼졌다. 그녀의 두 손은 그의 등을 내달렸다. 두 사람이 폭발하기 직전, 그는 그녀의 손톱들이 그의 엉덩이를 파고들며 그를 더욱더 세게 당기고 있다는 걸 깨달았다.

두 사람은 30분간 말없이 누워 있었다. 그러고는 다시, 느릿하게 그리고 더욱 조심스럽게, 하지만 한층 더 격렬하게 사랑을 시작했다. 일을 마친 후, 그녀는 그의 가슴을 부드럽게 안고는 말했다. "나를 사랑할 필요는 없어요. 나도 당신을 사랑하지 않아요. 어쨌든 그런 생각은 하지 않아요. 하지만 나는 당신을 원해요. 당신이 필요해요."

말콤은 아무 말도 하지 않았다. 그저 그녀를 가까이 끌어당기기만 했다. 두 사람은 잠들었다.

그날 밤 다른 사람들은 잠자리에 들지 못했다. 웨더바이가 총격을 당했다는 보고가 랭글리에 도착했을 때, 이미 곤두선 사람들의 신경은 한층 더 곤두섰다. 대단히 단호한 표정의 사내들을 가득 채운 엄호 차량들이 앰뷸런스보다 먼저 골목에 당도했다. 워싱턴 경찰은 상관들에게 '연방 경찰이라고 주장하는 정체불명의 남자들'이 목격자들을 심문하고 다닌다고 불

평을 늘어놨다. 두 정부 부처 사이의 충돌은 제3부처의 개입에 의해 방지됐다. 한층 더 공무용 차량처럼 보이는 차량 세 대가 사건 지역에 당도했다. 다림질한 흰색 셔츠와 짙은 색 정장 차림의 대단히 진지한 표정의 두 남자가 다른 부처의 지휘관들에게 이제는 FBI가 공식적으로 사건을 맡게 됐다는 걸 알리려고 군중 사이로 길을 내며 들어왔다. '정체불명의 연방 경찰들'과 워싱턴 경찰은 각자의 본부에 상황을 확인해주었고, 두 쪽 모두 자신들의 입장을 더는 밀어붙이지 말라는 얘기를 들었다.

FBI는 권력 실세들이 스파이 행위를 운용할 때 지켜야 할 기본 전제를 채택했을 때부터 사건에 개입해왔다. 1947년도의 국가안전보장법은 "정보국(CIA)은 경찰력 행사 권한과 소환장 발부 권한, 법집행 권한, 또는 내부 보안 기능을 갖지 못한다."고 명시했다. 그날 벌어진 사건들은 국내의 체제 전복 행위, FBI가 관할하는 행위라는 범주에 딱 맞아떨어졌다. 미첼은 자매기관들에게 세부적인 내용을 알려주는 걸 가급적이면 오래 미뤘지만, 결국 부국장은 압박에 굴복하고 말았다.

그러나 CIA는 공격이 일어난 곳이 어디건, 휘하 요원에게 자행된 공격을 수사할 권리를 거부당하려 하지 않을 터였다. 정보국이 벌이는 많은 미심쩍은 활동들이 법망이라는 깔때기를 통과할 때, 정보국은 거기를 빠져나갈 구멍을 갖고 있다. 법 제5조에 있는 이 구멍은 정보국이 '국가안전보장회의(NSC)가 간헐적으로 지휘하는 동안 국가 안보에 영향을 끼치는 정보활동과 관련한 그런 다른 기능이나 의무들'을 수행하는 걸 허용한다. 법은 국내에 있는 사람들을 심문할 권한을 정보국에 허용한다. 정보국 국장들은 상황의 성격이 극단적일 경우에는 정보국이 직접 행동에 나서는 게 정당하다는 결론을 내렸다. 이런 작전은 국가안전보장회의가 직접 내리는 지시에 의해 중단될 때까지 지속할 수 있었고, 지속될 터였다. CIA는, 물론, FBI의 협조에 감사해하면서 미래에 있을 도움에 대해 사의를 표하는 대단히 정중하지만 신랄한 서신을 보내 관련 내용을 FBI에 알렸다.

워싱턴 경찰에게는 시체 한 구, 그리고 버지니아에 있는 위치 불명의 병원으로 모습을 감춘, 상태가 심각하고 예후가 불확실한 총격 피해자 한 명이 떠맡겨졌다. 그들은 다양한 연방 요원들이 내뱉는 확언이 달갑지도 위안이 되지도 않았지만, '그들의' 사건을 계속 수사할 수는 없었다.

관할권이 뒤죽박죽인 상황은 현장에서 저절로 해결되는 경향이 있다. 사망자들과 비교해봤을 때 부처 간에 라이벌 의식을 표출해봐야 의미가 거의 없을 때가 그랬다. 각 부처 소속의 작전 책임자들은 그들의 활동을 조율하기로 합의했다. 저녁 무렵, 말콤을 작전 대상으로 삼은, 워싱턴 역사상 가장 규모가 큰 인간 사냥 중 하나가 펼쳐지기 시작했다. 아침 무렵, 사냥꾼들은 상당히 많은 내용을 파악했지만, 말콤의 행방에 대한 단서는 하나도 확보하지 못했다.

상황이 이러했으므로 워싱턴 복판의 사무실에 있는 테이블에 둘러앉은 남자들의 암울한 아침은 밝아질 기미가 보이지 않았다. 그들 대다수는 전날 밤 아주 늦은 시간까지 깨어 있었고, 기분은 행복감하고는 거리가 멀어도 한참 멀었다. 연락관 그룹에는 CIA 부국장들 전원과 국내 모든 정보기관에서 나온 대표자들이 포함돼 있었다. 테이블 상석에 앉은 남자는 정보사업부를 담당하는 부국장이었다. 그의 사업부에서 위기가 발생한 이래, 그는 수사를 책임지는 위치에 배정됐다. 그는 앞에 있는 엄숙한 표정의 남자들을 위해 사건을 요약했다.

"정보국 인원 여덟 명이 사망했고, 한 명은 부상당했으며, 이중간첩일 듯한 한 명은 실종 상태입니다. 다시 말하지만, 우리는 사건의 발생 원인에 대해서는 잠정적으로만, 그리고 저는 의심스럽다는 말도 꼭 해둬야겠습니다, 설명할 수 있을 뿐입니다."

"살인자들이 남겨놓고 간 쪽지를 가짜라고 판단하는 이유가 뭡니까?" 질문한 남자는 미 해군 군복을 입고 있었다.

부국장은 한숨을 쉬었다. 저 선장(Captain)은 늘 했던 말을 다시 하게 만들어야 직성이 풀렸다. "우리는 그게 가짜라고 말하지 않았습니다. 그렇다고 생각만 할 뿐이죠. 우리는 그걸 계략이라고 생각합니다. 살해 책임을 체코인들에게 돌리려는 시도라고 말입니다. 우리가 실재하는, 소중한 정보를 위해 프라하에 있는 그들의 기지 한 곳을 공격했던 건 분명합니다. 그때 우리가 살해한 사람은 딱 한 명이었습니다. 자, 그들은 많은 일에 관심이 있지만, 멜로드라마 같은 복수를 하는 건 그들의 관심사가 아닙니다. 모든 걸 깔끔하게 설명하는 쪽지를 현장에 남기는 것도 마찬가지입니다. 그들이 얻을 소득이 하나도 없는 경우에는 특히 더 그렇습니다."

"아하, 내가 한두 가지 질문을 해도 되겠소, 부국장?"

부국장은 즉시 강한 관심을 보이며 앞으로 몸을 기울였다. "물론입니다, 선배님."

"고맙소." 말을 한 남자는 우아하게 늙은, 왜소한 남자였다. 낯선 사람들 눈에는 분명 반짝거리는 눈을 가진 자상한 삼촌처럼 보일 것이다. "기억을 되살리려고 하는 질문이오만, 내가 틀렸다면 내 말을 끊도록 해요, 아파트에 있던 하이데거란 사람의 피에서 소듐 펜토탈(전신 마취제)이 검출됐다고요?"

"맞습니다, 선배님." 부국장은 긴장하면서 브리핑 과정에서 빠뜨린 세부 사항이 하나라도 있는지 기억하려 애썼다.

"그런데, 우리가 아는 한, 다른 사람들 중에 '심문당한' 사람은 아무도 없어요. 무척 이상하군요. 그들은 다른 사람들을 찾아가기에 앞서 밤중에 그를 찾아갔어요. 동이 트기 직전에 살해했죠. 그런데 당신 부하들은 웨더바이가 총에 맞은 그날 오후에 우리 애송이 말콤이 그의 아파트에 있었다는 걸 밝혀냈소. 당신은 하이데거가 이중간첩이라는 걸 보여주는 징후는 하나도 없다고 말했어요. 수입을 넘어서는 비용을 지출하지도 않았고, 별도의 재산이 있다는 흔적도 없고, 부패한 세력과 접촉했다는 신고도 없었고, 협박을 당할 만한 취약점도 없다고요?"

"전혀 없었습니다, 선배님."

"정신적으로 불안정했다는 흔적은요?" CIA 직원은 정신질환 발생 빈도가 미국에서 가장 높은 집단에 속한다.

"없습니다, 선배님. 그는 예전에 알코올중독이었다는 점을 제외하면 외톨이 기질이 약간 있기는 했지만 정상적이었던 걸로 보입니다."

"그래요, 나도 그렇다고 읽었소. 다른 사람들 수사 결과에서 평범하지 않은 점이 밝혀진 게 있나요?"

"하나도 없습니다, 선배님."

"부탁 하나만 합시다. 웨더바이가 의사들에게 한 말 좀 읽어주겠소? 그건 그렇고, 웨더바이의 상태는 지금 어떤가요?"

"호전되고 있습니다, 선배님. 의사들은 오늘 아침에 그의 다리를 절단했지만, 그래도 그가 생명에는 지장이 없을 거라고 합니다." 부국장은 그가 찾던 페이지를 찾아낼 때까지 서류를 뒤적였다. "여기 있군요. 자, 여러분은 그가 대부분의 시간 동안 의식불명 상태였다는 걸 명심해야 합니다.

그런데 그는 일단 깨어나서는 의사들을 둘러본 다음 '말콤이 나를 쐈소. 그가 우리 둘을 쐈소. 그를 붙잡아 처리하시오.'라고 말했습니다."

테이블 끄트머리에 동요가 일면서 해군 선장이 의자 앞으로 몸을 기울였다. 그는 발음이 불분명한 육중한 목소리로 말했다. "그 개자식을 찾아내 그놈이 들어가 있는 쥐구멍에서 끄집어내 박살을 내야 한다고 봅니다!"

노인은 싱긋 웃었다. "맞아요. 으음, 제멋대로인 우리 콘돌을 우리가 반드시 찾아내야 한다는 데는 나도 동의합니다. 하지만 그가 가여운 웨더바이를 쏜 이유를 우리에게 말하기 전에 그를 '박살 내는' 건 유감스러운 일이 될 거라고 생각하는 바입니다. 정말이지, 왜 사람들이 총에 맞은 걸까요? 우리한테 해줄 다른 얘기 있나요, 부국장?"

"없습니다, 선배님." 부국장이 가방에 서류를 넣으며 말했다. "우리가 모든 걸 다 다뤘다고 생각합니다. 여러분은 우리가 가진 정보를 모두 가졌습니다. 모두들 와주셔서 감사합니다."

남자들이 떠나려고 일어났을 때, 노인은 동료에게 몸을 돌리고는 조용히 말했다. "그 이유가 궁금하군요." 그러고는 미소를 지으며 고개를 절레절레 젓고는 방을 떠났다.

비록 몸이 좋지는 않았지만 웬디의 애무를 무시하는 게 불가능해질 정도가 돼서야 말콤은 잠에서 깨어났다. 그녀의 두 손과 입이 그의 몸 곳곳을 옮겨 다녔다. 그녀는 그가 무슨 일이 벌어지고 있는지를 파악하기 직전에 그를 올라탔고, 그는 그녀의 펄떡거리는 온기가 불길로 변해가는 걸 다시금 느꼈다. 일을 마친 후, 그녀는 처음 보는 대륙을 탐험하는 것처럼 그

84

의 몸을 부드럽게 만지며 그를 오랫동안 쳐다봤다. 그녀는 그의 이마를 만지더니 얼굴을 찌푸렸다.

"말콤, 괜찮아?"

말콤은 용감한 척하려는 의향이 전혀 없었다. 그는 고개를 젓고는 "아니."라는 거친 소리를 목에서 억지로 뽑아냈다. 그 딱 한 마디가 목 주위를 폐쇄하는 장치에 연료를 주입한 듯 보였다. 오늘 하루는 말을 하지 못할 것 같았다.

"자기 아프구나!" 웬디가 그의 아래턱을 잡았다. "벌려봐!" 그녀의 명령에 그가 입을 벌렸다. "세상에, 목 안이 빨개!" 그녀는 말콤을 뇌주고는 침대에서 벗어나기 시작했다. "의사 불러야겠어."

말콤은 그녀의 팔을 붙들었다. 그녀는 두려운 눈빛으로 그를 돌아보더니 미소를 지었다. "괜찮아. 의사 남편을 둔 친구가 있어. 그 사람 날마다 D.C.에 있는 진료소 가는 길에 여기를 지나거든. 아직 지나가지 않았을 거야. 그 사람이 아직 출근하지 않았으면 여기 들러서 아픈 친구 좀 봐달라고 부탁할 거야." 그녀는 낄낄거렸다. "자기는 걱정할 것 없어. 그 사람 아무한테도 말 안 할 거니까. 그 사람은 자기가 또 다른 비밀을 간직하게 됐다고 생각할 거거든. 오케이?"

말콤은 그녀를 잠시 쳐다보다 그녀의 팔을 뇌주고는 고개를 끄덕였다. 그는 의사가 스패로우 4의 친구를 데려온다고 해도 신경 쓰지 않을 터였다. 원하는 건 병세가 호전되는 것뿐이었다.

의사는 말수가 적은, 배가 불룩 나온 중년 남자였다. 그는 말콤의 입안을 찔러 체온을 재고 말콤이 이러다가는 토할지도 모르겠다고 생각할 정도로 오랫동안 그의 목을 들여다봤다. 결국 의사는 고개를 들고 말했다.

"가벼운 패혈성 인후염에 걸렸군요, 총각." 그는 주위를 맴돌며 불안해하는 웬디를 쳐다봤다. "걱정할 것 하나도 없어요. 정말로요. 우리는 이 친구 고쳐낼 거요." 말콤은 의사가 가방에 든 무언가를 만지작거리는 걸 유심히 살폈다. 의사가 말콤 쪽으로 몸을 돌렸을 때, 그의 손에는 피하주사기가 있었다. "몸 굽히고 바지 내려요."

말콤의 머릿속에 작은 구멍이 난 흐물대는 싸늘한 팔이 번뜩 떠올랐다. 그는 얼어붙었다.

"제발 말 좀 들어요. 그렇게 많이 아프지는 않을 거니까. 페니실린일 뿐이오."

의사는 말콤에게 주사를 놓은 후 웬디에게 몸을 돌렸다. "여기 있소." 그는 그녀에게 종잇조각을 건네며 말했다. "이걸 조제하고, 저 친구가 잘 먹는지 확인해요. 적어도 하루는 쉴 필요가 있을 거요." 의사는 웬디에게 몸을 기울이며 미소를 지었다. 그는 속삭였다. "웬디, 내 말은 푹 쉬라는 뜻이오." 그는 문으로 가는 내내 키득거렸다. 현관에서 그녀에게 몸을 돌린 그는 낮은 소리로 말했다. "청구서는 누구 앞으로 보낼까요?"

웬디는 수줍게 웃으며 그에게 20달러를 건넸다. 의사가 뭐라 말을 시작했지만, 웬디는 그의 말을 짧게 끊었다. "이 정도 형편은 되는 사람이에요. 그는, 우리는, 왕진 와주셔서 정말로 감사드려요."

"흐음." 의사는 비꼬는 투로 코웃음을 쳤다. "그래야 마땅하죠. 커피브레이크에 늦었군요." 그는 그녀를 보려고 잠시 말을 멈췄다. "있잖소, 저 친구는 내가 당신에게 필요한 처방이라고 오랫동안 생각해온 그런 종류의 사람이오." 그는 손을 흔들며 떠났다.

웬디가 위층에 당도했을 때 말콤은 잠들어 있었다. 그녀는 조용히 아파트를 떠났다. 그녀는 의사를 기다리는 동안 작성한 리스트를 쇼핑하며 오전을 보냈다. 그녀는 처방된 약을 조제한 것 말고도 말콤의 속옷 몇 벌과 양말 몇 켤레, 셔츠와 바지 몇 개, 재킷, 그가 어떤 읽을거리를 좋아하는지 몰라 네 종류의 상이한 페이퍼백을 샀다. 그녀는 쇼핑한 물건들을 점심 차릴 시간에 맞춰 집까지 운반했다. 그녀는 이따금씩 그녀가 맡은 환자의 상태를 확인하며 오후와 저녁 시간을 조용히 보냈다. 그녀의 얼굴에서는 온종일 미소가 떠나지 않았다.

미국의 커다란, 때때로 다루기 버거운 정보기관 커뮤니티를 감독하다 보면 감시자들을 누가 감시하는가?(*sed quis custodiet ipsos Custodes*)라는 고전적인 문제가 제기된다. 1947년도의 국가안전보장법은 정보기관 각각에 독립적으로 존재하는 내부 견제 기구들 외에도, 행정부가 바뀔 때마다 구성원이 달라지는 집단인 국가안전보장회의를 창설했다. 국가안전보장회의에 대통령과 부통령은 늘 포함됐고, 내각의 주요 각료들도 포함되는 게 보통이었다. 국가안전보장회의의 기본 임무는 정보기관들의 활동을 감독하고 그런 활동들을 인도하는 정책적 결정을 내리는 것이다.

하지만 국가안전보장회의의 멤버들은 거대한 정보기관 네트워크를 감독하는 것 말고도 힘든 임무가 많은 대단히 바쁜 사람들이다. 멤버들은 대체로 정보 관련 사안에 전념할 시간이 없다. 따라서 정보기관 커뮤니티에 관한 대다수 결정은 스페셜 그룹으로 알려진 국가안전보장회의 산하 '소위원회'에 의해 내려진다. 내부자들은 스페셜 그룹을 '54/12그룹'이라고 일컫는 경우가 잦다. 아이젠하워 대통령 집권 초기에 비밀명령 54/12에 의해 창설된 그룹이기 때문이다. 54/12그룹은 정보기관 커뮤니티 외부에는 사실상 알려져 있지 않다. 심지어 이 그룹의 존재를 아는 사람조차 소수에 불과하다.

54/12그룹의 구성도 행정부에 따라 다 다르다. 이 그룹에는 CIA 국장과 국무부 정치 담당 차관이나 그의 부관, 국방부 장관과 국방부 부장관이 포함되는 게 보통이다. 케네디 행정부, 그리고 존슨 행정부 초기에 54/12그룹에서 대통령을 대표한 중심인물은 맥조지 번디였다. 다른 멤버들은 매콘과 맥나마라, 로스웰 길패트릭-국방부 부장관-, U. 알렉시스 존슨-국방부 정치 담당 차관-이었다.

미국의 정보기관 커뮤니티를 감독하다 보면 소규모의 전임 전문가 집단들에게조차 여러 가지 문제가 제기된다. 그중 하나는 감독자들이 정보기관을 규제하는 데 필요한 정보의 많은 부분을 피감기관들에 의존해야 한다는 것이다. 당연히도, 그런 상황은 미묘하고도 당혹스럽다.

지휘권 분열이라는 문제도 있다. 예를 들어, 어느 미국 과학자가 NASA에 고용된 동안 간첩 행위를 하다 러시아로 망명하고서도 간첩 행위를 계속하지만 그 행위를 프랑스에서 할 경우, 그를 '무효화'할 책임은 미국의 어느 기관에 있는가? 그가 FBI 관할일 때 간첩 행위를 시작했기 때문에 FBI에? 아니면 CIA 관할 구역으로 활동 영역을 옮겼기 때문에 CIA에? 관료들 사이의 시기심이 노골적인 라이벌 의식으로 증폭될 가능성이 있기 때문에, 그런 의문들은 굉장히 중요해진다.

54/12그룹은 결성 직후 내부 정보 문제와 지휘권 분열 문제를 해결하려 애썼다. 54/12그룹은 소규모의 특별 보안 섹션을 설립했다. 54/12그룹을 위해 일하는 스태프 말고는 신원이 알려지지 않은 섹션이었다. 특별 섹션의 임무에는 연락관 업무도 포함됐다. 특별 섹션의 우두머리는 모든 정

보기관에서 파견된 주도적인 스태프 멤버들로 구성된 위원회의 일원으로 봉사한다. 그는 관할권 분쟁을 중재할 권한을 갖는다. 특별 섹션은 정보기관 커뮤니티가 54/12그룹에 제공한 모든 정보를 독립적으로 평가하는 책임도 진다. 그러나 가장 중요한 것은, 특별 섹션이 '그룹[54/12그룹] 규제를 위해, 비상 상황이 요구하는 그런 필수 보안 기능들'을 수행할 권한을 갖는다는 것이다.

54/12그룹은 특별 섹션의 임무 수행을 돕기 위해 섹션 우두머리에게 소규모 스태프를 파견했고, 그가 다른 주요 보안 그룹과 정보 그룹에서 필요한 스태프와 권한을 끌어다 쓰는 것을 허용했다.

54/12그룹은 자신들이 잠재적인 문제를 빚어냈다는 걸 잘 안다. 특별 섹션은 정부 조직 대다수가 보여주는 자연스러운 성향을 따를 수도 있었다. 규모가 커지면서 다루기 버거울 정도로 비대해질 수도 있는 성향 말이다. 그렇게 되면서, 그들은 해결하려고 창설된 문제의 일부가 돼버렸다. 특별 섹션은, 규모가 작기는 하지만, 어마어마한 권한과 그에 못지않은 잠재력을 갖고 있다. 섹션이 저지르는 작은 실수는 엄청난 규모로 증폭될 수 있다. 54/12그룹은 자신들이 창설한 조직을 조심스레 감독한다. 그들은 섹션 내에 존재하는 관료적 성향이 증대될 가능성을 확실하게 점검하고, 섹션이 벌이는 작업을 최소한의 수준으로 유지하며 섹션의 활동을 세심하게 검토하면서 섹션 책임자로는 비범한 인력들만 배치한다.

말콤과 웬디가 의사를 기다리고 있을 때, 큰 덩치에 유능해 보이는 남자가 펜실베이니아 애비뉴의 대기실에 앉아 대단히 특별한 호출에 응하려고 대기하고 있었다. 그의 이름은 케빈 파웰이었다. 그는 참을성 있게,

하지만 열성을 다해 기다렸다. 그런 호출을 받는 건 날마다 있는 일이 아니었다. 드디어 비서가 손짓을 했고, 그는 자상하고 세심한 삼촌처럼 생긴 남자의 사무실로 들어갔다. 노인은 파웰에게 의자에 앉으라는 몸짓을 보였다.

"와, 케빈, 자네를 보니 정말 좋군."

"이렇게 뵈니 좋습니다, 어르신. 건강해 보이십니다."

"자네도 그래, 이 친구야, 자네도 건강해 보여. 여기 있네." 노인은 파웰에게 서류 폴더를 던졌다. "읽어보게." 파웰이 서류를 읽는 동안, 노인은 그를 꼼꼼히 살폈다. 성형외과 의사들은 그의 귀에 놀라운 일을 성공시켰다. 경험 많은 사람만이 그의 왼쪽 겨드랑이 가까이에 있는 조그만 혹을 발견할 수 있었다. 파웰이 고개를 들자 노인이 물었다. "자네 생각은 어떤가?"

파웰은 신중하게 단어를 골랐다. "굉장히 이상합니다, 어르신. 무슨 뜻인지 확실치가 않습니다. 굉장히 많은 걸 의미하는 게 분명하지만 말입니다."

"내 생각하고 똑같군. 내 생각이 딱 그래. 정보국하고 수사국(FBI) 모두 시내를 샅샅이 뒤지면서 공항과 버스, 기차를 감시하는 팀들을 운용하고 있네. 통상적인 절차대로 활동하는데, 다른 게 있다면 그 규모가 믿기 어려울 정도로 크다는 점뿐이지. 자네도 알듯, 대다수 작전의 성패를 좌우하는 건 이런 통상적인 활동이잖아. 그들이 일을 썩 잘하고 있다는 말은 해야겠네."

그는 숨을 쉬기 위해, 그리고 파웰에게서 흥미롭다는 기색을 끌어내기 위해 말을 멈췄다. "웨더바이가 총에 맞고 어느 정도 지난 후에 우리 애송이의 머리를 깎아준—상당히 예측 가능하지만 그의 입장에서는 칭찬받을 만한 행동이지—이발사를 그들이 찾아냈네. 그런데 말이야, 그는 일을 근사하게 해나가고 있어. 정보국에서는 오늘 늦은 저녁쯤에는 그를 심문했으면 하지. 어디까지 말했더라……. 아하, 그래. 그들은 그 지역을 탈탈 털어 그가 옷가지를 산 곳을 찾아냈지만, 그다음부터는 그를 놓치고 말았어. 그들은 다음에는 어디를 살펴야 할지 감도 못 잡고 있지. 나는 개인적으로 아이디어를 한두 개 갖고 있지만, 나중을 위해 비축해둘 셈이네. 자네가 내 대신 확인해줬으면 하는 점이 몇 개 있네. 내 대신 그에 대한 대답을 해줄 수 있는지 확인해주게. 또는 내가 찾지 못한 질문들을 찾아주든지.

왜? 전체 사건이 왜 이렇게 된 거지? 체코슬로바키아가 한 짓이라면, 왜 그 특별한 지부를, 분석관들만 모아놓은 아무 일도 하지 않는 지부를 공격한 걸까? 만약 그렇지 않다면, 우리는 우리의 원래 의문으로 돌아가게 되네.

방법을 살펴보게. 왜 그리도 노골적일까? 하이데거는 왜 전날 밤에 공격을 당한 걸까? 그는 아는데 다른 사람들은 모르는 게 뭘까? 그가 특별한 존재였다면, 다른 사람들은 왜 죽인 걸까? 말콤이 그들을 위해 일한다면, 그들은 하이데거를 그리도 심하게 심문할 필요가 없었을 거야. 말콤이 그들에게 전말을 얘기해줄 수 있었을 테니까.

그렇다면 우리에게는 우리 애송이 말콤이 남네. 많은 '왜'가 따라붙는 말콤이. 그가 이중간첩이라면, 그는 왜 패닉 절차를 이용했을까? 그가 이중간첩이라면, 그는 왜 사람들을 만나기로 한 걸까? 가여운 동료의 정체를 알아차린 그가 형편이 좋을 때 스패로우 4를 제거하려고? 그가 이중간첩이 아니라면, 왜 그는 그를 안전한 곳으로 데려가려고 호출한 두 남자에게 총질을 한 걸까? 왜 그는 총질 후에 하이데거의 아파트에 갔을까? 그리고, 물론, 지금 그는 어디에, 왜, 어떻게 있을까?

이런 질문에서 자라나는 다른 질문도 많지만, 나는 이것들이 주된 질문들이라고 생각하네. 동의하나?"

파웰은 고개를 끄덕이고 말했다. "동의합니다. 제가 어떻게 도와드려야 합니까?"

노인은 미소를 지었다. "이 친구야, 자네가 내 섹션에 파견 근무를 온 건 행운이야. 자네도 알듯, 우리는 관료제 때문에 생긴 난장판을 정리하려고 창설됐어. 나는 여기 있는 내 가여운 늙은 영혼을 이리로 저리로 몰아대는 그 책상물림들 중 일부가 내가 죽거나 은퇴할 때까지 서류 처리하는 일에만 매달릴 거라 가정한다고 상상하네. 그런데 나는 그 대안들 중 어느 것에도 매력을 느끼지 않아. 그래서 나는 연락관 업무를 서류 작업은 최소화하고 행동은 최대화하는 작업으로 재규정했네. 왕년에 그랬던 것과 흡사하게 대단히 우수한 정보원 팀을 훔쳐와서는 나만의 작은 작업장을 설치하기로 한 거지. 정보기관 커뮤니티라는 공식적인 미로에서, 나는 재미있게 갖고 놀 혼란스러운 상황을 많이 갖고 있네. 한때 알고 지내던 어느 극작가가 그러더군. 혼란을 빚어내는 최고의 방법은 그 신(scene)에 배우들을 엄청나게 많이 등장시키는 거라고. 나는 다른 이들이 연출한 혼란을 그럭저럭 잘 활용해왔네. 내가 해온 활동 중 일부는," 그는 겸손한 톤으로 덧붙였다. "비록 소소한 것일지는 몰라도, 이 나라에 어느 정도 가치가 있는 일이었다고 생각하네.

이제 우리는 이 작은 사건에 이르렀네. 사실 이걸 내가 맡아야 할 업무라고 보기는 어렵지만, 이 망할 사건이 자꾸 호기심을 불러일으키지 뭔가. 게다가 정보국과 수사국이 사건 전체를 다루는 방법에 뭔가 잘못된 게 있다고 생각하네. 우선, 이건 대단히 기이한 상황이야. 그런데 그들은 무척이나 평범한 수단들을 사용하고 있지. 둘째, 그들은 서로서로 스텝이 엉켜 자빠지고 있네. 그들이 하는 말대로, 양쪽 다 말콤을 체포하려고 열심이지. 그리고 내가 뭐라 제대로 표현할 수가 없는 게 하나 있네. 이 사건과 관련한 뭔가가 나를 괴롭힌단 말이야. 이런 사건은 절대로 일어나서는 안 돼. 사건의 배후에 있는 아이디어와 사건이 스스로 모습을 드러내는 방식 모두가 대단히…… 잘못됐어. 대단히 부적절해. 이 사건은 정보국의 영역을 벗어난 사건이라고 생각하네. 정보국이 무능해서가 아니라―나는 그들이 한두 가지 사소한 지점을 놓쳤다고 생각하지만―그들이 올바른 위치에서 사건을 바라보지 않아서 그렇다는 거네. 이해하겠나, 자네?"

파웰은 고개를 끄덕였다. "그리고 어르신은 올바른 위치에 있으신 거죠, 맞습니까?"

노인은 미소를 지었다. "글쎄, 발 하나를 문 안에 들여놓았다고 말하도록 하세. 자, 자네가 해줬으면 하는 일이 여기 있네. 우리 애송이의 의료 기록 봤나? 굳이 볼 것 없네, 내가 말해줄 테니까. 그 친구는 감기에 많이 걸렸었어. 그러니 호흡기에 문제가 있을 거야. 의료진의 치료가 필요한 경우가 자주 있었지. 자, 자네가 두 번째 패닉 콜의 녹취록을 기억한다면, 그는 재채기를 하고는 감기에 걸렸다고 말했네. 나는 그의 감기가 상당히 악화됐을 거라는 데, 그래서 그가 어디에 있건 도움을 얻으려고 모습을 드러낼 거라는 데 내기를 걸겠네. 자네 생각은 어떤가?"

파웰은 어깨를 으쓱했다. "시도해볼 가치가 있는 듯합니다."

노인은 기뻐했다. "나도 그렇게 생각하네. 정보국도 수사국도 여기까지는 도달하지 못했으니까, 우리는 독무대를 갖게 된 거지. 자, 자네가 D.C. 형사들로 구성된 특별팀을 이끌도록 조치해놨네. 내가 어떻게 그런 일을 했는지는 조금도 신경 쓰지 말게. 아무튼 그렇게 해놨으니까. 수도권의 일반의들부터 시작하게. 그들 중에 우리 애송이 비슷한 사람을 치료한 적이 있는지―그의 새 인상착의를 활용해서―찾아내란 말일세. 그랬다는 의사가 없을 경우, 그런 사람을 만나면 우리에게 신고하라고 당부하고. 그럴듯한 이야기를 지어내도록 해. 그래야 그들이 자네들에게 정보를 공개할 테니까. 또 하나, 우리도 그를 찾고 있다는 걸 다른 사람들에게 발각되면 안 되네. 똑같은 상황에서 지난번에는 두 명이 총에 맞았으니까."

파웰이 떠나려고 일어났다. "할 수 있는 일은 다 하겠습니다, 어르신."

"좋군, 좋아, 이 친구야. 자네를 믿을 수 있다고 생각하고 있었네. 나는 여전히 이 문제를 고민 중이네. 뭔가 다른 생각이 떠오르면 알려주지. 행운을 비네."

파웰이 방을 떠났다. 문이 닫힐 때, 노인은 미소를 지었다.

케빈 파웰이 워싱턴의 의학 커뮤니티를 확인하는 고통스럽고 지루한 작업을 시작했을 때, 이상한 눈을 가진 대단히 눈에 띄는 남자가 서니스 서플러스 앞에 선 택시에서 내렸다. 남자는 파웰이 방금 검토한 것과 똑같은, 복사된 파일을 읽으며 오전을 보냈다.

그는 대단히 위엄 있게 생긴 신사로부터 그 파일을 받았다. 이상한 눈을 가진 남자에게는 말콤을 찾기 위한 계획이 있었다. 차를 타고 인근 지역을 돌아다니는 데 한 시간을 쓴 그는 이제는 걸어 다니기 시작했다. 그는 술집에서, 신문 가판대에서, 관공서에서, 민간 건물에서, 2분쯤 들렀다 갈 수 있는 곳이라면 어디에서건 멈춰 서서 화가가 단발을 한 말콤의 인상을 추정해 그린 그림을 보여줄 터였다. 사람들이 그에게 얘기하는 걸 주저하는 듯 보일 때, 남자는 위엄 있게 생긴 남자가 입수한 증명서 다섯 세트

중 하나를 슬쩍 내보인다. 오후 3시 30분에 그는 피곤했지만, 그걸 내색하지는 않았다. 그는 그 어느 때보다 단호했다. 그는 커피를 마시려고 핫 숍에 들렀다. 그는 나오는 길에 그때쯤은 몸에 밴 방식대로 캐셔에게 그림과 배지를 자동적으로 보여줬다. 점원이 그 남자를 알아봤을 때, 누구라도 그가 충격을 받았다는 걸 알아차렸을 것이다.

"그래요. 이 개자식 봤어요. 허겁지겁 나가면서 나한테 돈을 던진 놈이에요. 굴러떨어진 동전을 줍느라 스타킹을 뜯어먹었지 뭐예요."

"혼자였습니까?"

"그래요. 누가 이런 재수 없는 놈하고 같이 있고 싶어 하겠어요?"

"놈이 어느 쪽으로 갔는지 봤나요?"

"봤다마다요. 나한테 총이 있었으면 쏴버렸을 텐데. 저쪽으로 갔어요."

남자는 조심스레 커피 값을 치르고는 캐셔에게 팁으로 1달러를 남겼다. 그는 그녀가 가리킨 방향으로 걸어갔다. 한 남자가 안전을 위해 그 특별한 길로 서둘러 가게끔 만들 만한 건 아무것도 없었고, 그럴 만한 이유도 없었다. 그렇다면…… 그는 주차장으로 들어가 중절모를 쓴 뚱뚱한 남자를 상대하려고 D.C. 형사로 변신했다.

"그래요. 이 사람 봤어요. 영계랑 같이 차에 탔죠."

눈에 띄게 생긴 남자는 두 눈을 찌푸렸다. "어떤 영계죠?"

"변호사 사무실에서 일하는 여자요. 회사가 거기 일하는 사람들 전원을 위해 여기에 주차 공간을 임대했어요. 엄청나게 끝내주는 여자는 아니지만, 클래스는 있는 여자예요. 무슨 말인지 알겠어요?"

"내 생각도 그래요." 가짜 형사가 말했다. "내 생각도 같다고요. 그 여자 이름이 뭔가요?"

95

"잠깐만요." 모자를 쓴 남자가 뒤뚱거리며 작은 사무실로 들어갔다. 그는 장부를 갖고 돌아왔다. "봅시다. 63번 구역…… 63번 구역이라. 그래요, 여기 있어요. 로스, 웬디 로스. 여기 그 여자 알렉산드리아 주소가 있네요."

찌푸려진 두 눈이 제공된 장부를 잠깐 훑으며 목격한 정보를 기록했다. 그의 두 눈은 중절모를 쓴 남자에게로 돌아갔다. "고맙소." 눈에 띄게 생긴 남자가 걸어서 주차장을 떠나기 시작했다.

"별말씀을. 그런데, 이놈은 무슨 짓을 저지른 거요?"

남자가 걸음을 멈추고 돌아섰다. "뭐, 별일 아닙니다. 그냥 찾는 겁니다. 그는…… 뭔가에 노출됐는데―당신한테 해가 되지는 않을 겁니다―그가 괜찮은지 확인하고 싶어서 찾는 겁니다."

10분 후, 눈에 띄게 생긴 남자는 전화 부스에 있었다. 도시 건너편에서 위엄 있게 생긴 신사가 울리는 일이 거의 없는 전용 전화기를 들었다. "예." 하고 응대한 그는 상대의 목소리를 알아차렸다.

"확실한 단서를 잡았습니다."

"그럴 줄 알고 있었소. 그걸 확인해줄 사람을 확보하시오. 하지만 절대로 피치 못할 상황이 발생하지 않는 한, 그가 행동에 나서게 놔두지는 마시오. 더 이상의 실수가 생기지 않도록 당신이 직접 이 문제를 처리하기를 바라오. 지금 당장 당신이 전문적인 관심을 가질 더 긴급한 문제가 있소."

"병실에 있는 우리 친구 말인가요?"

"그래요. 유감이지만 그는 상태가 악화돼야만 해요. 가급적 빨리 4번 장소에서 만납시다." 통화가 끊겼다.

남자는 짧은 통화를 한 번 더 하기에 충분할 정도로 오래 전화 부스에 머물렀다. 그런 후 택시를 잡아타고 희미해지는 빛 속으로 떠났다.

웬디가 스튜가 담긴 쟁반을 말콤에게 가져갈 때, 소형 자동차가 웬디의 아파트 위쪽에 있는 도로 건너편에 주차했다. 운전사는 웬디의 현관문을 또렷하게 보기 위해 크고 깡마른 몸을 대단히 이상한 자세로 굽혀야 했다. 그는 아파트를 감시하며 기다렸다.

게임이 정상적인 경로를 계속 밟을 거라는 걸 당연하게 여길 때, 즉 우리가 대단히 위력적인 자원-장군, 희생하는 기물, 스테일메이트(승자 없이 게임이 끝나게 되는 상태)-을 제공하는 데 실패했을 때, 지나친 자신감은 실수를 낳는다. 피해자는 나중에 이렇게 투덜거릴 것이다. '그렇게 멍청해 보이는 수(手)를 상상할 수 있는 사람이 세상에 어디 있겠어요?'

-프레드 레인펠드, 『완벽 체스 강의』

토요일

"좀 나은 것 같아?"

말콤은 눈을 들어 웬디를 쳐다보고는 그렇다고 인정해야만 했다. 목의 통증은 미미한 수준으로 진정됐고, 스물네 시간 가까이 잠을 잔 덕분에 기운이 무척 많이 회복됐다. 코에서는 여전히 쉬지 않고 콧물이 흐르고 말을 하면 통증이 따랐지만, 그 정도 가벼운 통증도 서서히 잦아들고 있었다.

몸의 통증이 줄어드는 동안, 마음의 통증은 커졌다. 그날이 토요일이라는 걸, 동료들이 살해되고 그가 어떤 남자에게 총질을 한 뒤로 이틀이 지났다는 걸 그는 잘 알았다. 지금쯤, 머리가 팽팽 돌아가고 무시무시한 결단력을 가진 집단 대여섯 곳이 워싱턴을 완전히 뒤집어엎고 있을 것이다. 그 집단들 중 최소한 한 곳은 그의 죽음을 원했다. 다른 집단들도 그에게 그리 애착을 갖지 않을 것이다. 방 건너편의 서랍장에는 죽은 사람에게서 훔쳐온, 아니 훔친 건 아니더라도 최소한 그 사람의 아파트에서 들고 온

9,382달러가 놓여 있었다. 그는 지금 여기에 있다. 무슨 일이 벌어졌는지에 대한 생각도, 무슨 일을 해야 할지에 대한 두리뭉실한 생각도 없이 침대에 누워 앓는 신세로. 다른 무엇보다도, 여기 그의 침대 위에는 티셔츠를 입은 특이하게 생긴 여자가 웃으며 앉아 있다.

"있잖아, 난 정말로 이해가 안 돼." 그가 쉰 목소리로 말했다. 정말로 이해가 안 됐다. 그 몇 시간 동안 그 문제에 몰두한 그는 앞뒤가 맞는 잠정적인 가정을 고작 네 개만 찾아낼 수 있었다—정보국이 누군가에 의해 침투당했다; 누군가가 그의 과를 공격했다; 누군가가 하이데거의 집에 돈을 '숨겨두는' 것으로 하이데거에게 이중간첩 누명을 씌우려 했다; 그리고 그 누군가는 그가 죽기를 원했다.

"앞으로 어떻게 할 건지는 알아냈어?" 웬디의 집게손가락이 시트 아래에 있는 말콤의 허벅지 윤곽을 따라갔다.

"아니." 그는 성난 목소리로 말했다. "오늘 밤 늦게 패닉 넘버로 전화를 걸어볼까 해. 당신이 나를 전화 부스에 데려가준다면."

그녀는 앞으로 몸을 기울이고는 그의 이마에 가볍게 입을 맞췄다. "어디든 데려다 드리지요." 그녀는 미소를 짓고는 그에게 가볍게 입을 맞췄다. 그의 두 눈에, 뺨에, 거기서 내려가 입술에, 다시 내려가 목에. 시트를 뒤집은 그녀는 그의 가슴에 입을 맞추고는 거기서 내려가 그의 배에, 그리고 그 아래에 입을 맞췄다.

그 후, 두 사람은 샤워를 했고 그는 콘택트렌즈를 꼈다. 그는 침대로 돌아갔다. 방에 돌아온 웬디는 옷을 다 차려입은 상태였다. 그녀는 그에게 페이퍼백 네 권을 던졌다. "자기가 뭘 좋아하는지 몰라서. 하지만 이 책들이 있으면 내가 나가 있는 동안에도 심심할 일은 없을 거야."

"어디……" 말콤은 하던 말을 멈추고 침을 삼켜야 했다. 여전히 목이 아팠다. "어디 가려는 건데?"

그녀는 미소를 지었다. "이봐요, 바보 아저씨. 장을 봐야 돼요. 우리가 먹을 게 부족하고, 자기한테 필요한 게 여전히 몇 가지 있잖아. 자기가 정말로 착하게만 굴면, 못된 짓만 하지 않으면, 깜짝 선물을 가져올지도 몰라." 걸어서 나가던 그녀가 문가로 돌아왔다. "전화가 오면 말이야, 벨이 두 번 울리고 끊긴 다음에 다시 벨이 울리는 게 아니면 받지 마. 나는 그런 식으로 전화를 걸 거니까. 내가 우수한 스파이 되는 법을 배우고 있는 것 같지 않아? 나 찾을 사람 아무도 없으니까, 자기가 조용히만 있으면 자기가 여기 있다는 걸 아무도 모를 거야." 그녀의 목소리는 더 진지한 톤을 띠었다. "그러니까, 걱정할 것 없어, 오케이? 자기는 여기에서 완벽하게 안전해." 몸을 돌린 그녀는 방을 나섰다.

말콤이 책 한 권을 막 집었을 때 그녀의 머리가 문설주에 갑자기 나타났다. "자기," 그녀가 말했다. "지금 막 무슨 생각이 나서 말이야. 만약에 내가 패혈성 인후염에 걸리면, 그것도 성병으로 분류될까?" 말콤은 그녀를 향해 책을 던졌지만 책은 빗나갔다.

웬디가 문을 열고 차로 걸어갈 때, 그녀는 거리 건너편에 주차된 차에 탄 남자가 무기력 상태에서 벗어나는 걸 알아차리지 못했다. 평범하게 생긴 남자였다. 오전 내내 따사한 봄날의 햇빛이 판을 치고 있었음에도 펑퍼짐한 레인코트를 입고 있었다. 화창한 날씨는 오래갈 수 없다는 걸 잘 아는 사람인 듯했다. 남자는 웬디가 주차장에서 차를 몰고 나가는 모습을 주시했다. 그는 손목시계를 바라봤다. 그는 3분을 기다릴 참이었다.

대다수 공무원에게 토요일은 휴일이지만, 일부 공무원에게는 그렇지 않다. 이 특별한 토요일에 다양한 직급에 속한 많은 공무원이 침울한 기분으로 분주하게 초과 근무를 하고 있었다. 그런 사람 중 하나가 케빈 파웰이었다. 그와 부하들은 의사 216명과 얘기를 나눴고, 간호사와 인턴, 다른 갖가지 종류의 의료직 종사자들의 의견을 들었다. 절반이 넘는 워싱턴 지역 일반의와 인후 전문의들에게 질문을 던졌다. 지금은 화창한 토요일 오전 11시였다. 파웰이 마호가니 책상 뒤에 있는 노인에게 보고한 내용 전체는 딱 한 단어로 요약할 수 있었다—전무(全無).

그런 소식을 듣고도 노인의 활기는 약해지지 않았다. "그렇군. 계속 애쓰도록 하게. 내가 할 수 있는 말이라고는 계속 노력하라는 게 전부일세. 위안 삼을 게 있다면, 우리도 다른 사람들하고 같은 처지에 있다는 거야. 그들은 그저 멍하니 지켜보는 것 말고는 할 일이 바닥났을 테지만 말이야. 그런데 일이 하나 생겼어. 웨더바이가 죽었다네."

파웰은 얼떨떨했다. "그의 상태가 나아지고 있다고 말씀하셨던 걸로 기억합니다만."

노인은 두 팔을 벌렸다. "그랬었지. 지난밤 늦게나 오늘 아침 일찍 그를 심문할 계획이었네. 새벽 1시 직후에 도착한 심문팀이 그가 죽어 있는 걸 발견했다는군."

"어떻게 말입니까?" 파웰의 목소리에는 상당한 의심의 분위기가 배어 있었다.

"어떻게냐고? 출입문을 지킨 경비원은 병실을 출입한 건 의료 인력들뿐이었다고 맹세했네. 웨더바이는 랭글리 병원에 있었기 때문에 보안이 철저했을 거라고 확신하네. 의사들 말로는, 그가 받은 충격과 출혈을 감안하면, 그가 총상 때문에 목숨을 잃는 것도 전적으로 가능한 일이라는군. 그들은 그가 놀랄 만큼 잘 회복하고 있다고 확신했네. 그들은 지금 현재는 철저히 부검을 하고 있지."

"굉장히 이상하군요."

"그렇지? 그런데 이상한 사건이기 때문에 이런 일이 일어날 거라고 예측하는 게 가능했는데도 그러지를 못했어. 이 사건 전체가 이상하잖아. 아참, 우리가 이 얘기를 전에도 한 적이 있었지? 자네한테 들려줄 새로운 소식이 있네."

파웰은 책상 가까이로 몸을 기울였다. 그는 피곤했다. 노인은 말을 이었다. "정보국하고 수사국이 사건을 다루는 방식이 만족스럽지 않다는 얘기를 자네한테 했었지? 그들은 앞이 막막한 담벼락을 들이받았어. 그렇게 된 이유 중 일부는 그들의 수사 방식이 그들을 그리로 이끌어갔기 때문이라고 나는 확신하네. 그들은 사냥꾼이 사냥감을 찾아다니는 방식으로 말콤을 찾아다녔어. 그들이 노련한 사냥꾼인 건 맞아. 하지만 그들은 한 가지나 두 가지를 놓치고 있어. 나는 자네가 사냥감 입장에 서서 말콤을 찾아다니기 시작했으면 하네. 자네는 우리가 그에 대해 가진 정보를 모두 읽어봤고 그의 아파트에도 가봤었지. 자네는 그 친구의 사고방식을 일부나마 공유해야 해. 그의 입장에 서서 자네가 어떤 처지에 처하게 될 건지 보도록 하게.

자네에게 도움이 될 만한 소식이 두어 가지 있네. 그가 어디에 있건, 그가 그곳에 당도하려면 교통수단이 필요했을 거야. 도보로 이동하는 남자는 눈에 쉽게 뜨이잖나? 그리고 우리 애송이는 그걸 피하고 싶어 할 거고. 수사국은 그가 택시를 타지는 않았을 거라고 확신하는 편이네. 나는 그들의 수사 방향을 나무랄 이유는 하나도 없다고 보네. 그가 버스를 탔을 거라고는 생각하지 않아. 매장에서 구입한 물건 꾸러미를 들고 그러지는 않았을 거야. 게다가, 버스에서 누구를 만나게 될지는 아무도 모를 일 아닌가.

그러니 거기에 자네 문제가 있네. 부하를 한 명이나 두 명쯤 고르게. 올바른 사고방식에 자신들을 이입할 줄 아는 친구들을. 그가 마지막으로 목격된 장소에서 시작하도록 해. 그런 후에는 그가 했던 방식대로 자네가 직접 몸을 감춰보는 거야."

파웰은 문을 열기 직전에 미소 짓는 노인을 쳐다보며 말했다. "이 사건 전체와 관련해서 이상한 일이 하나 더 있습니다, 어르신. 말콤은 현장 요원 훈련을 받은 적이 전혀 없습니다. 분석관에 불과한 그가 지금 포위망을 얼마나 잘 피해 다니고 있는지 보십시오."

"그래, 그것도 상당히 이상하지." 노인은 대답했다. 그는 미소를 지으며 말했다. "있잖나, 우리 애송이 말콤을 만나고 싶다는 생각이 점점 간절해지는군. 나를 위해서라도 그 친구를 찾아내게, 케빈. 나를 위해 선속하게 찾아내란 말일세."

말콤은 커피 한 잔이 필요했다. 뜨거운 액체는 그의 목을 더 낫게 만들어주고 카페인은 그에게 생기를 불어넣을 터였다. 그는 부드러운 목 근육들을 당기지 않으려고 조심하며 천천히 큰 웃음을 지었다. 웬디와 지내려는 남자에게는 많은 정력이 필요했다. 그는 아래층 주방으로 갔다. 그가 포트를 불에 올려놓았을 때 초인종이 울렸다.

말콤은 얼어붙었다. 총은 위층에, 당연히 그가 침대에 있을 때 서둘러 팔을 뻗으면 닿을 수 있는 침대 바로 옆에 있었다. 말콤은 발끝으로 살금

살금 문으로 다가갔다. 초인종이 다시 울렸다. 그는 일방향 유리로 된 구멍을 통해 어깨에 가방을 메고 한 손에 소포를 든 따분하게 생긴 집배원이 서 있는 걸 보며 안도의 한숨을 쉬었다. 그러면서 한편으로는 짜증이 났다. 그가 대답하지 않으면, 집배원은 소포를 배달할 때까지 계속 찾아올지도 모른다. 말콤은 자기 몸을 내려다봤다. 꽉 끼는 반바지에 티셔츠 차림이었다. 아 참, 그는 생각했다. 집배원은 이런 모습을 전에도 봤을지 몰라. 그는 문을 열었다.

"좋은 아침입니다, 선생님. 안녕하세요?"

집배원의 쾌활함이 말콤에게 전염된 듯 보였다. 그는 미소로 화답하고는 쉰 목소리로 말했다. "감기에 좀 걸렸네요. 무얼 도와드릴까요?"

"여기 소포가 있습니다. 받는 분이 미스……" 집배원은 잠시 말을 멈추고는 말콤에게 음흉한 미소를 지었다. "미스 웬디 로스로군요. 속달우편을 수령했다는 증명서가 필요한데요."

"그녀는 지금은 여기 없어요. 나중에 다시 오시면 안 되나요?"

집배원은 머리를 긁적였다. "글쎄요, 그럴 수도 있지만…… 선생님께서 서명해주시면 일이 더 쉬워질 것 같은데요. 젠장, 정부는 서명이 돼 있기만 하면 서명한 사람이 누구인지는 신경 쓰지 않거든요."

"좋습니다." 말콤이 말했다. "펜 있나요?"

집배원은 자기 몸의 주머니들을 툭툭 쳤지만 펜은 찾지 못했다.

"들어오세요." 말콤이 말했다. "내가 펜을 갖고 오죠."

집배원은 실내로 들어오며 미소를 지었다. 그는 등 뒤에 있는 문을 닫았다. "선생님 덕분에 곤란한 일들을 피할 수 있어서 오늘 하루가 훨씬 수월해졌습니다." 그가 말했다.

말콤은 어깨를 으쓱했다. "별일도 아닌데 신경 쓰지 마세요." 몸을 돌린 그는 펜을 찾아 주방으로 갔다. 그가 문을 통해 들어오는 동안, 그의 정신은 집배원이 소포를 내려놓고 우편물 가방을 벗는 걸 멍하니 보고 있기만 했다.

집배원은 대단히 행복했다. 그가 받은 명령은 말콤이 아파트에 있는지 여부를 알아내고 아파트를 정찰하라는 것, 그리고 절대적으로 안전하고 확실하게 실행할 수 있을 경우에만 공격하라는 거였다. 말콤을 공격하는 결단력을 성공적으로 보여주면 보너스가 따라올 거라는 걸 그는 잘 알고 있었다. 여자는 나중에 돌아올 터였다. 그는 소음기가 달린 스텐 경기관총을 우편물 가방에서 꺼냈다.

말콤은 주방 모서리를 돌아 나오기 직전에 집배원이 스텐 경기관총을 무장하면서 낸 딸각 소리를 들었다. 말콤은 펜을 찾지 못했다. 그는 한 손에는 커피포트를, 다른 손에는 빈 잔을 들고 있었다. 그는 친절한 집배원이 원기를 회복시켜줄 무언가를 좋아할지 모른다고 생각했었다. 말콤이 모퉁이를 돌면서 그를 향해 돌려지는 기관총을 본 순간에도 이성적으로 생각하는 걸 멈추지 않았다는 사실이 그가 목숨을 잃지 않은 데 큰 몫을 했다고 할 수 있다. 그는 끓는 커피가 든 포트와 빈 컵을 집배원을 향해 곧바로 던졌다.

집배원은 말콤이 오는 소리를 듣지 못했다. 그가 맨 처음에 떠올린 생각은 얼굴로 날아오는 물체들에 집중됐다. 그는 두 팔을 급히 올려 총으로 머리를 막았다. 커피포트가 총에 부딪혀 튕겨나갔지만, 뚜껑이 날아가면서 뜨거운 커피가 맨팔과 위를 바라보는 얼굴로 쏟아졌다.

집배원은 비명을 지르며 총을 내던졌다. 총은 마룻바닥을 가로질러 미끄러져 가다 웬디의 스테레오가 올려져 있는 테이블 아래에서 멈췄다. 말콤은 절박한 심정으로 총을 향해 몸을 던졌지만, 검정 로퍼(간편화) 때문에 발을 헛디뎠을 뿐이다. 쓰러지는 몸을 두 손으로 지탱한 그는 비틀거리며 일어섰다. 어깨 너머를 재빨리 살펴본 그는 몸을 수그렸다. 집배원이 말콤의 머리 위를 날았다. 이단옆차기가 이어졌다면, 말콤의 뒤통수는 박살 나고 목은 부러졌을 가능성이 컸다.

집배원은 지난 6개월간 무술도장에서 수련한 적이 전혀 없었음에도 어려운 착지를 완벽하게 해냈다. 하지만 그는 웬디의 할머니가 그녀에게 생일선물로 준 작은 양탄자에 착지했다. 양탄자는 왁스를 바른 마룻바닥을 따라 미끄러졌고, 집배원은 넘어지면서 두 손을 짚었다. 그는 말콤보다 두 배나 빨리 몸을 일으켰다.

두 남자는 서로를 응시했다. 말콤이 오른쪽에 있는 총을 쥐려면 적어도 3미터는 몸을 옮겨야 했다. 어쩌면 집배원보다 먼저 테이블에 도착할 수도 있겠지만, 그가 총을 채 당기기도 전에 집배원은 그의 후방을 완전히 장악할 터였다. 말콤은 집배원보다 문에 더 가까이 있었지만, 문은 닫혀 있었다. 문을 열려면 소중한 시간 몇 초를 허비해야 할 것이다.

집배원은 말콤을 쳐다보며 미소 지었다. 그는 구두 앞부분으로 단단한 나무로 된 바닥을 시험해봤다. 미끄러웠다. 그는 능숙하고 숙련된 몸놀림으로 신고 있던 로퍼에서 발을 빼냈다. 그는 슬리퍼 같은 양말을 신고 있었다. 그가 바닥에 두 발을 문지르자 양말도 벗겨졌다. 맨발이 된 집배원은 빠르게 발을 내디딜 준비를 마쳤는데, 그의 준비 과정은 예상하지 못한 방식으로 그에게 봉사했다. 그의 맨발이 끈적끈적한 바닥에 들러붙은 것이다.

말콤은 미소 짓는 상대방을 바라보다 죽음을 받아들이기 시작했다. 그는 상대방의 무술 실력이 갈색 띠라는 걸 알 길이 전혀 없었지만, 자신이 살아남을 가능성이 없다는 것만큼은 잘 알았다. 무술에 대한 말콤의 지식은 무시해도 좋을 수준이었다. 그는 숱하게 많은 책에서 결투 장면을 읽었고 영화에서도 그런 장면을 봤었다. 그는 어렸을 때 싸움을 두 번 했는데, 한 번은 이겼고 한 번은 졌다. 대학교 때 체육 강사는 해병대에서 배운 귀여운 수법 몇 가지를 학생들에게 가르치며 세 시간을 보냈다. 이성적인 판단을 내린 말콤은 상대 남자의 자세를 따라 하려 애썼다. 두 다리는 구부리고 두 주먹은 꽉 쥐고, 왼팔은 앞으로 내밀고는 마룻바닥과 수직이 되도록 구부리고, 오른팔은 허리 가까이 붙였다.

집배원은 자신과 먹잇감을 갈라놓은 4미터 거리를 아주 느린 발놀림으로 좁히기 시작했다. 말콤은 오른쪽을 향해 동그라미를 그리기 시작하면서도 굳이 왜 이런 수고를 해야 하는 건지 조금은 궁금해하고 있었다. 집배원은 말콤과 2미터 떨어진 곳에서 행동에 나섰다. 고함을 지른 그는 왼팔로 말콤의 얼굴을 치려는 속임수 동작을 취했다. 집배원의 예상대로 말콤은 오른쪽으로 급히 몸을 수그렸다. 왼손을 거둬들인 집배원은 왼쪽 어깨를 떨어뜨리고는 왼발 엄지발가락 아래쪽을 오른쪽을 향해 빙그르 돌렸다. 동그라미를 270도 그린 오른쪽 다리의 끝이 말콤의 수그린 머리에 닿았다.

그런데 수련을 하지 않고 보낸 6개월은, 훈련되지 않은 아마추어를 상대로 싸울 때에도, 완벽한 결과를 기대하기에는 긴 시간이었다. 발차기는 말콤의 얼굴은 빗나갔지만 그의 왼쪽 어깨는 강타했다. 그 충격으로 말콤은 벽으로 날아갔다. 몸을 추스른 그는 이어지는 핸드 촙(손을 모아 세운 손날이나 손등으로 가격하는 기술)을 피하지 못했다.

집배원은 자신에게 무척이나 화가 났다. 그는 두 번이나 상대를 놓쳤다. 상대가 부상을 당한 건 사실이었다. 하지만 상대는 이미 목숨을 잃었어야 마땅했다. 집배원은 실력이 출중한 상대를 만나기 전에 수련장에 돌아가 수련을 더 열심히 해야겠다고 다짐했다.

뛰어난 가라데 사범은 가라데는 정신력이 4분의 3이라는 걸 강조할 것이다. 집배원은 그걸 잘 알았다. 그래서 그는 상대를 죽이는 데 온 정신을 쏟았다. 어찌나 거기에 집중했던지, 그는 웬디가 말콤이 자는 걸 방해하지 않으려고 조용히 문을 열고 닫는 소리를 듣지 못했다. 그녀는 수표책 가져가는 걸 깜빡했었다.

웬디는 꿈을 꾸고 있었다. 이 모습은, 두 남자가 그녀의 거실에 서 있는 이 광경은 생시가 아니었다. 한 남자는, 경련을 일으키는 왼팔로 자기 목숨을 구하려 애쓰는 남자는 그녀의 말콤이었다. 이상한 자세로 선 다부진 체격의 작은 남자는 그녀를 등지고 있었다. 그러다 대단히 부드러운 소리로 "너는 말썽을 충분히 부렸어!"라고 말하는 낯선 목소리를 들은 그녀는 이게 끔찍한 현실이라는 것을 깨달았다. 낯선 남자가 말콤에게 천천히 다가갈 때, 그녀는 주방 모퉁이를 조심스레 돌아가 자석으로 벽에 붙여놓은 반짝거리는 칼 세트에서 기다란 카빙 나이프(carving knife)를 잡았다. 그녀는 낯선 남자를 향해 걸어갔다.

집배원은 나무로 된 바닥에 힐이 딸깍거리는 소리를 들었다. 말콤을 향해 빠르게 속임수 동작을 취한 그는 새로운 도전에 맞서려고 몸을 돌렸다. 오른손에 칼을 어설프게 쥔 겁에 질린 여자가 서 있는 모습을 봤을 때, 그의 뇌에 쌓여가던 걱정이 그 순간 곧바로 멈춰 섰다. 그는 그녀가 몸을 떨며 뒷걸음질 치는 동안 몸을 피하고 낮추면서 재빨리 그녀에게 다가갔다. 그는 그녀가 소파에 부딪히기 직전까지 그녀가 뒷걸음질 치게 놔뒀다가 행동에 나섰다. 그의 왼발이 큰 원을 그리며 앞으로 킥을 날렸고, 그러자 그녀의 무감각해진 손에서 칼이 날아갔다. 세찬 백핸드 공격을 가한 그의 왼손 관절들은 그녀의 왼쪽 광대뼈 바로 아래 살갗을 찢었다. 넋이 나간 웬디는 소파로 푹 쓰러졌다.

하지만 집배원은 공격자가 여러 명인 상황과 관련한 중요한 격언을 잊었다. 두 명 이상의 상대에게 공격당하는 사람은 계속 움직이면서 상대방 각자에게 빠른 공격을 번갈아가며 가해야 한다. 상대방 전원을 제압하기 전까지 한 명 한 명에게 집중하는 걸 중단할 경우, 그는 자신을 노출시킨 상태에 머물게 된다. 집배원은 킥을 날린 후 곧바로 말콤을 공격하려 몸을 돌렸어야 했다. 그런데 그는 그러는 대신, 웬디에게 최후의 일격을 가하려 했다.

집배원이 웬디에게 백핸드로 가격할 무렵, 말콤은 스텐 경기관총을 손에 넣었다. 떨리는 왼팔은 총열을 받치는 용도로만 쓸 수 있었지만, 그럼에도 그는 집배원이 마지막 공격을 가하려고 왼손을 올렸을 때 총을 조준하는 데 성공했다.

"안 돼!"

집배원이 다른 상대를 향해 몸을 돌린 바로 그때 말콤이 방아쇠를 당겼다. 기침을 하는 듯한 소리들은 집배원의 가슴에 붉은 액체가 뿜어내는 줄이 꽃처럼 피어나기 전까지는 멈추지 않았다.

집배원의 몸이 소파 위로 날아가 바닥에 쿵 하고 떨어졌다.

말콤은 웬디를 일으켜 세웠다. 그녀의 왼쪽 눈이 불룩해지면서 감기기 시작했고 피가 뺨으로 흘러내렸다. 그녀는 조용히 흐느꼈다. "세상에, 세상에, 세상에."

말콤이 그녀를 진정시키는 데는 5분이 걸렸다. 그는 블라인드 사이로 조심스레 밖을 살폈다. 아무도 보이지 않았다. 거리 건너편의 노란색 밴은 비어 있는 듯 보였다. 그는 현관문을 겨냥한 기관총을 웬디의 두 팔 사이에 집어넣고는 그녀를 아래층에 놔뒀다. 그는 그녀에게 문으로 들어오는 건 뭐든지 쏴버리라고 말했다. 재빨리 옷을 입은 그는 돈과 옷가지, 웬디가 그를 위해 구입한 물품들을 웬디가 가진 여분의 여행 가방에 꾸렸다. 그가 아래층에 내려왔을 때, 웬디는 정신을 차린 상태였다. 그는 가방을 꾸리라며 그녀를 위층으로 보냈다. 그녀를 올려 보낸 그는 시체를 뒤졌지만 아무것도 발견하지 못했다. 10분 후에 그녀가 내려왔을 때, 얼굴을 씻은 그녀는 여행 가방 하나를 가져왔다.

말콤은 심호흡을 하고는 문을 열었다. 그는 리볼버 위에 코트를 걸쳤다. 스텐 경기관총을 가져갈 수는 없었다. 그 총이 무슨 짓을 했는지를 그는 잘 알았다. 그에게 총을 쏘는 사람은 아무도 없었다. 그는 차를 향해 걸어갔다. 여전히 총알은 날아들지 않았다. 심지어 눈에 띄는 사람도 없었다. 그는 웬디에게 고개를 끄덕였다. 그녀는 가방을 끌면서 차로 뛰어왔다. 두 사람은 차에 올랐고 그는 말없이 차를 몰았다.

파웰은 피곤했다. 그와 다른 워싱턴 형사 두 명은 말콤이 마지막으로 목격된 지역의 모든 거리를 따라 다니며 수사를 벌이고 있었다. 그들은 모든 건물의 사람들에게 질문을 던졌다. 그들이 발견한 거라고는 이전에도 질문을 받았던 사람들이 다였다. 새 아이디어를 찾으려 애쓰며 가로등에 기대 있던 파웰의 눈에 부하 한 명이 서둘러 달려오는 게 보였다.

강력반의 앤드류 월시 형사였다. 그는 균형을 잡으려고 파웰의 팔을 붙들었다. "뭔가 찾은 것 같습니다, 팀장님." 월시는 말을 잠시 멈추고는 숨을 골랐다. "우리가 오기 전에 질문을 받은 사람들이 많다는 걸 아시죠? 그게 말입니다, 한 사람을, 주차장 직원을 찾아냈습니다. 주차장 직원이 자기한테 물어본 경찰한테 뭔가를 말했는데, 공식 보고서에는 없는 내용입니다."

"젠장, 무슨 내용인데?" 파웰은 더 이상 피곤하지 않았다.

"그 경찰이 그에게 보여준 스케치를 보고는 말콤을 확인해줬답니다. 그것 말고도, 말콤이 여자랑 같이 차에 오르는 걸 봤다는 말도 했답니다. 여기 여자 이름하고 주소가 있습니다."

"이게 언제 일인가?" 파웰은 냉기와 불안감을 느끼기 시작했다.

"어제 오후입니다."

"서둘러!" 파웰은 차를 향해 거리를 내달렸고 헐떡거리는 경찰이 뒤를 따랐다.

그들이 세 블록을 운전해 갔을 때, 자동차 계기판에 놓인 전화기가 울렸다. 파웰이 전화기를 들었다. "예?"

"팀장님. 의료진 조사팀이 닥터 로버트 크누드센이 콘돌의 인상착의 스케치가 어제 패혈성 인후염을 치료해준 남자와 같다고 말했다고 보고했습니다. 그는 용의자를 웬디 로스의 아파트에서 치료했습니다. 로스의 철자는 R-o⋯⋯."

파웰은 차량 배치 담당자의 말을 끊었다. "우리가 지금 그 여자 아파트로 가는 길이다. 팀원 전원 다 그 지역에 모이도록. 하지만 내가 도착하기 전까지는 집에 접근하지 말기 바란다. 그들에게 가급적 빨리, 그러면서도 조용히 도착하라고 전하라. 이제 두목님을 연결하라."

파웰은 1분을 다 채운 후에야 전화기 저쪽에서 가벼운 목소리가 들려오는 걸 들었다. "그래, 케빈. 무슨 소식인가?"

"말콤의 은신처로 가는 길입니다. 두 집단 모두 동시에 그걸 생각해냈습니다. 자세한 건 나중에 보고드리겠습니다. 다른 게 하나 있습니다. 공식 증명서를 가진 누군가가 말콤을 찾아다녔지만 발견한 내용은 보고하지 않았습니다."

긴 침묵이 흐른 뒤에 노인이 말했다. "이게 많은 걸 설명해줄 수 있겠군. 많은 걸 말이야. 조심, 또 조심하게. 자네가 제 시간에 당도하기 바라네." 통화가 끊겼다. 파웰은 수화기를 돌려놓고는 그가 지나치게 늦은 것 같다는 결론으로 돌아갔다.

10분 후, 파웰과 다른 형사 세 명이 웬디의 초인종을 눌렀다. 그들은 1분을 기다린 다음, 제일 덩치 좋은 남자가 문짝을 발로 차서 열었다. 5분 후, 파웰은 그가 발견한 내용을 노인에게 요약 보고했다.

"여기서 찾은 낯선 남자는 신원 불명입니다. 집배원 유니폼은 가짜입니다. 소음기 달린 스텐 경기관총은 협회를 공격할 때 사용된 무기일 겁니다. 제 생각에는 그와 다른 누군가, 아마도 우리 애송이 말콤이 격투를 벌인 것 같습니다. 말콤이 총으로 그를 꺾은 걸 겁니다. 총은 집배원 거라고 확신합니다. 그의 가방이 총기 소지에 알맞게 손질돼 있으니까요. 우리 애송이의 운발이 굉장히 잘 유지되고 있는 듯합니다. 여자의 사진을 찾아냈고, 여자의 자동차 번호판 번호도 입수했습니다. 어떻게 처리하기를 원하십니까?"

"경찰한테 전국에 지명수배를 하라고 하게…… 살인죄로. 그렇게 하면 우리를 감시하면서 우리 증명서를 쓰고 있는 친구가 당황할 테지. 지금 당장은 죽은 자가 누구인지를 알고 싶네. 빨리 알고 싶어. 그의 사진과 지문을 최우선 긴급 사안으로 해서 모든 기관에 발송하게. 다른 정보는 하나도 포함시키지 말고. 자네 팀은 말콤하고 여자를 찾는 일을 시작하게. 내 짐작에, 우리는 한동안 기다려야 할 것 같군."

파웰과 부하들이 그들의 차로 걸어갈 때 짙은 색 세단이 아파트 옆을 지나갔다. 운전자는 키가 크고 극도로 마른 사람이었다. 그와 동승한, 눈에 띄는 두 눈을 선글라스 뒤에 감춘 남자가 손짓으로 계속 가라는 신호를 보냈다. 그들이 운전해서 지나치는 걸 아무도 알아차리지 못했다.

말콤은 규모가 작은 우울한 중고차 판매소를 찾아낼 때까지 알렉산드리아 주위를 돌아다녔다. 두 블록 떨어진 곳에 차를 세운 그는 차를 구매하라며 웬디를 보냈다. 10분 후, 그녀는 차량 등록 목적으로 자기 신분은 미시즈 A. 에저튼이라고 맹세하며 별도로 100달러를 현금으로 지불하고는 약간 낡은 닷지를 몰고 판매소를 떠났다. 말콤은 공원까지 그녀를 따라갔다. 두 사람은 짐을 옮겨 싣고는 콜베어에서 번호판을 제거했다. 그런 후 그들은 닷지에 올라 천천히 차를 몰았다.

말콤은 다섯 시간을 운전했다. 웬디는 여행 내내 한마디도 하지 않았다. 그들이 버지니아 주 피어리스버그의 모텔에 차를 세웠을 때, 말콤은 숙박부에 자신들의 이름을 에반스 부부라고 적었다. 그는 '지나가는 차들 때문에 먼지를 뒤집어쓰지 않도록' 모텔 뒤에 차를 세웠다. 모텔을 운영하는 늙은 여자는 어깨를 으쓱하고는 시청하던 TV로 다시 눈길을 던졌다. 그녀는 그런 사람들을 전에도 본 적이 있다.

웬디는 침대에 꿈쩍도 않고 누워 있었다. 말콤은 천천히 옷을 벗었다. 그는 약을 먹고 콘택트렌즈를 빼낸 후에 그녀 옆에 앉았다.

"옷 벗고 잠 좀 자, 허니."

그녀는 몸을 돌리고는 그를 천천히 쳐다봤다. "지금 생시지, 그렇지?" 부드러우면서도 사무적인 분위기의 목소리였다.

"모든 게 생시에 일어난 일이야. 자기는 그 남자를 죽였어. 내 아파트에서 자기가 그 남자를 죽였어."

"놈이 죽지 않았으면 우리가 죽었을 거야. 자기도 알잖아. 자기도 애썼어."

그녀는 몸을 돌렸다. "나도 알아." 그녀는 일어나 천천히 옷을 벗었다. 그녀는 불을 끄고는 침대로 올라왔다. 그녀는 전과는 달리 그의 몸 가까이로 파고들지 않았다. 말콤이 한 시간 후 잠자리에 들었을 때, 그는 그녀가 여전히 깨어 있다는 걸 확신했다.

"빛이 밝은 곳은 어둠도 짙다."

-괴테

일요일

"아하, 케빈, 우리 일에 진전이 있는 듯 보이는군."

노인의 활기차고 밝은 단어들은 파웰의 정신을 장악한 무감각한 기분을 조금도 풀어주지 못했다. 그는 몸이 아팠지만, 통증은 아주 적었다. 그는 휴식기를 한 번 놓친 것보다 훨씬 더 가혹한 압박을 견디는 훈련을 해왔다. 하지만 3개월간의 휴식기와 회복기 동안, 파웰은 일요일 아침에 늦잠을 자는 데 익숙해졌다. 더불어, 현재 맡은 임무에서 느낀 좌절감 때문에 짜증이 나 있었다. 현재까지 그가 이 사건에 개입해서 한 일은 일을 다 마친 다음에 추후 승인을 받아야 하는 일이었다. 2년의 훈련 기간과 10년의 현장 경험이 이런저런 하찮은 심부름을 하고 정보를 수집하는 데 활용되고 있었다. 그런 일은 경찰이면 누구나 할 수 있는 일이고, 많은 경찰이 그러고 있었다. 파웰은 노인의 낙관론을 공유하지 않았다.

"어떻게 말입니까, 어르신?" 파웰은 낙담하고 있었음에도 공손하게 말했다. "콘돌과 여자의 흔적을 찾았습니까?"

"아니, 아직은 아냐." 대단히 긴 밤을 지새웠음에도 노인은 생기가 넘쳤다. "여자가 차를 구입했을 가능성은 여전히 있지만, 아직 확인되지는 않았네. 우리 진전은 다른 방향에서 이뤄졌어. 죽은 자의 정체를 파악했다네."

115

파웰은 정신을 가다듬었다. 노인은 말을 계속했다.

"우리 친구는 한때 미 해병대 소속 캘빈 로이드 병장이었어. 그는 1959년에 한국 해병대의 고문으로 주둔하던 중에 느닷없이 부대를 떠났지. 그는 서울의 어느 마담과 그녀가 거느린 아가씨 한 명을 살해한 사건에 휘말렸을 가능성이 높아. 해군은 직접적인 증거는 하나도 못 찾았지만, 그 마담하고 그가 기지 통근(commuter) 서비스를 운영하다 리베이트 문제로 사이가 틀어졌다고 판단하네. 시신들이 발견된 직후, 로이드는 부대를 무단이탈했지. 해병대는 그를 그리 열심히 찾지는 않았어. 1961년에 해군 정보부대는 그가 도쿄에서 갑작스레 사망했다는 내용의 보고서를 받았네. 그러다 1963년에 그가 라오스에서 활동하는 무기 딜러 대여섯 명 중 한 명이라는 사실이 확인됐지. 그가 맡은 일은 기술 관련 조언이었던 게 분명해. 당시 그는 빈센트 데일 마로닉이라는 남자와 연관돼 있었네. 마로닉에 대해서는 나중에 더 얘기해주지. 로이드는 1965년에 시야에서 사라졌어. 어제 전까지만 해도, 그는 사망한 걸로 알려졌지."

노인은 말을 멈췄다. 파웰은 말을 하고 싶다는 신호를 보내며 목을 가다듬었다. 정중한 승낙의 몸짓을 본 파웰은 입을 열었다. "으음, 적어도 우리는 그 정도는 알게 됐군요. 그런데 그 조그만 남자의 시체가 그의 정체를 알려주는 것 말고 어떤 도움이 됩니까?"

노인은 왼손 검지를 들었다. "조급하게 굴지 말게, 친구. 조금만 참아보라고. 우리 걸음을 천천히 내디디면서 어떤 경로들이 어디서 엇갈리는지 보도록 하잔 말일세.

웨더바이 부검 결과는 개연성만 낳았지만, 실제로 일어난 일들을 바탕으로 판단할 때 나는 그런 가능성을 대단히 높게 평가하고 싶네. 그의 죽음이 혈중에 투입된 공기방울 때문일 가능성이 있지만, 병리학자들은 그렇다고 확언하지는 않을 거야. 의사들은 사인은 외부적인 게 분명하다고, 따라서 자신들 잘못은 아니라고 주장하네. 나는 그 주장에 동의하고 싶어. 우리 입장에서 웨더바이를 심문하지 못하는 건 딱한 일이지만, 누군가에게는 대박이 터진 거지. 자네가 묻는다면, 나는 엄청난 대박이라고 대답하겠네.

나는 웨더바이가 이중간첩이었다고 확신하네. 누구를 위해 일했는지는 감도 못 잡겠지만 말이야. 없어진 걸로 밝혀진 파일들, 우리보다 앞서 증명서를 들고 시내를 돌아다니는 우리 친구, 협회 공격 계획. 이 모든 게 내부 정보의 냄새를 풍기거든. 웨더바이 제거를 놓고 보면, 누군가의 입장에서 그는 지나치게 위험한 누설자가 될 수도 있었다는 결론이 이어지네. 그래서 극장 뒤에서 그런 총격전이 있었던 거야. 우리는 이 문제를 전에도 얘기했었지만, 나한테 뭔가 새로운 생각이 떠올랐다네.

우리 탄도 분석관들이 스패로우 4와 웨더바이의 시신을 검토한 결과를 받았네. 누군가가 웨더바이를 쏴서 다리를 거의 절단시키기에 이르렀지. 우리 분석관에 따르면, 그건 무른 납 총알을 장전한 357구경 매그넘이었어. 하지만 스패로우 4는 목에 깔끔한 총알구멍만 있었네. 탄도 분석관들은 두 사람이 같은 총에 맞았다고 생각하지 않아. 그건, 웨더바이가 살해당하지 않았다는 사실과 함께, 전체 상황을 수상쩍어 보이게 만들지. 나는 우리 애송이 말콤이 이런저런 이유에서 웨더바이를 쏘고 도망쳤다고 생각하네. 웨더바이는 부상을 당했지만, 목격자인 스패로우 4를 제거하지 못할 정도로 심한 부상을 당하지는 않았지. 하지만 그건 흥미로운 소식은 아냐.

1958년부터 1969년 말까지, 웨더바이는 아시아에 배치돼 있었네. 주로 홍콩에 있었지만, 한국, 일본, 대만, 라오스, 태국, 캄보디아, 베트남에서도 잠깐씩 활동했지. 그는 특수 현장 요원에서부터 주둔지 우두머리까지 조직의 상부로 차근차근 승진해 올라갔어. 그가 고인이 된 우리 집배원과 같은 기간에 거기 있었다는 걸 자네도 눈치챘겠지? 이제는 사소하지만 무척이나 흥미로운 샛길로 빠져보세. 자네는 마로닉이라는 남자에 대해 무얼 알고 있나?"

파웰은 이마를 찡그렸다. "그는 일종의 특수 요원이었다고 생각합니다. 제 기억으로는 프리랜서였습니다."

노인은 미소를 지으며 기뻐했다. "아주 좋아. 자네가 '특수'라는 말로 뜻하는 게 무엇인지를 내가 제대로 이해했는지는 확신이 서지 않지만 말이야. 자네가 극도로 유능하고, 빈틈없고, 조심성 있고 무척이나 성공적이라는 뜻으로 그 단어를 썼다면, 자네 말이 맞아. 그런데 자네 말이 어느 한 쪽에 헌신적이고 충실하다는 뜻이라면, 틀렸어도 크게 틀린 거고. 빈센트 마로닉은 지난 몇 년간 최고의 프리랜스 요원이었어. 아니, 내가 틀린 게 아니라면 현재도 그런 요원이지. 어쩌면 그의 전문 분야에서는 이번 세기 최고의 요원일 거야. 정교함과 무자비함, 상당한 조심성을 필요로 하는 단기(短期) 작전의 경우, 그는 돈으로 고용할 수 있는 최고의 인물이었어. 무시무시하게 전문적인 자였지. 그가 미국인인 건 분명하지만, 어디서 그런 훈련을 받았는지는 확실치 않아. 그의 능력들은 하나하나 떼어놓고 보면 비교 대상을 찾을 수 없을 정도로 뛰어난 편은 아니었어. 그보다 더 뛰어난 기획자, 더 뛰어난 저격수, 더 뛰어난 파일럿, 더 뛰어난 파괴 공작원, 이런저런 특수 분야에 더 뛰어난 요원들이 존재했고 존재하고 있지. 하지만 그자는 경쟁자들의 그것을 훌쩍 뛰어넘는 수준으로 자신의 역량을 추동해나가는 불굴의 투지와 강인함을 갖고 있어. 그는 대단히 위험한 인물이야. 나조차 두려워하는 자들 중 하나지.

60년대 초에 그가 프랑스 정보기관을 위해 일하는 게 드러났었어. 주로 알제리에서였지만, 주목하게, 동남아시아에 남아 있는 프랑스의 이해관계를 위해서도 일부 활동했었지. 그는 1963년부터 시작해서 우리 사업의 그 분야에 관심을 갖게 됐네. 그는 다양한 시기에 영국과 중공, 이탈리아, 남아프리카, 콩고, 캐나다를 위해 일했고, 짧은 기간 동안 우리 정보국을 위해 일한 적도 두 번 있었네. IRA(아일랜드 공화국군)와 —이번에는 프랑스의 예전 고용자들에 맞서— OAS(프랑스의 극우 군인 집단)를 위한 컨설팅 서비스도 했었고. 그는 늘 고용주에게 만족감을 줬고 그가 실패했다는 보고서는 하나도 없어. 그는 몸값이 굉장히 비싸네. 루머에 따르면 그가 한탕 할 일거리를 찾고 있었다는군. 그가 정확히 왜 이 사업을 하는지는 분명치 않지만, 이게 그가 자신의 재능을 써서 준(準)합법적인 방식으로 최대한의 보상을 받을 수 있게 해주는 분야이기 때문이라는 게 내 짐작이네. 자, 여기가 흥미로운 부분이야.

1964년에 마로닉은 대만의 장제스 총통에게 고용됐네. 표면상으로는 중국 본토를 상대로 한 활동에 이용됐지만, 당시 장제스는 대만 원주민, 그리고 그와 같이 본토에서 이주해 온 집단에 속한 일부 반체제 인사들 때문에 고생하고 있었어. 마로닉은 체제 유지를 위해 고용된 거야. 워싱턴은 국민당 정부의 국내 정책 중 일부가 달갑지 않았어. 워싱턴은 우리 국익 면에서 보면 장제스가 동원한 수단들이 지나치게 가혹할지도 모른다고 두려워했네. 장제스는 워싱턴의 그런 생각에 동의하지 않으면서 자기 나름대로 기분 내키는 길을 가기 시작했지. 동시에, 우리는 마로닉에 대해 염려하기 시작했고. 그는 지나치게 뛰어난 데다 누구건 고용할 수 있는 존재였거든. 그가 미국에 맞서는 일에 고용된 적은 한 번도 없었지만, 그런 일이 일어나는 건 순전히 시간문제였지. 정보국은 마로닉을 종료시키기로 결정했네. 예방 조치인 동시에 장제스에게 보내는 미묘한 경고로써 말이야. 자, 자네 생각에 마로닉 종료 명령이 하달됐을 때 대만에 배치된 요원이 누구였을 것 같나?"

파웰은 90퍼센트 확신했기에 조심스레 말했다. "웨더바이입니까?"

"제대로 맞혔어. 웨더바이는 종료 작전의 책임자였어. 그는 작전은 성공적이었다고 보고했지만, 문제가 하나 있었어. 종료 방법은 마로닉이 묵고 있는 임시 숙소에 폭탄을 터뜨리는 거였지. 폭탄을 심은 중국인 요원과 마로닉 모두 사망했네. 당연히, 폭발은 두 사람의 시신을 모두 날려버렸지. 웨더바이는 현장 목격자로서 그 공격을 확인했었네. 자, 조금만 도와주게. 자네 생각에 마로닉이 최소한 다섯 개의 상이한 임무에 보좌관으로 고용한 사람이 누구였을 것 같나?"

그건 짐작이 아니었다. 파웰은 말했다. "우리의 죽은 집배원 캘빈 로이드 병장이군요."

"다시 맞혔군. 자, 여기 또 다른 결정타가 있네. 우리는 마로닉의 자료에 대해서는 가진 게 별로 없어. 흐릿하게 찍힌 사진 두 장하고 개략적인 인상착의 따위뿐이지. 누구 파일이 없어졌는지 추측해보게." 노인은 파웰에게 말할 기회조차 주지 않고 자신이 던진 질문에 대답했다.

"마로닉의 파일이야. 더불어, 우리한테는 로이드 병장에 대한 기록이 하나도 없어. 깔끔하지, 그렇지?"

"정말 그렇군요." 파월은 여전히 얼떨떨했다. "마로닉이 관련됐다는 생각은 어떻게 하신 겁니까?"

노인은 미소를 지었다. "그냥 귀납적인 직감을 발휘한 거야. 협회 공격 같은 일을 저지를 능력도 되고 성향도 되는 남자를 찾아 머리를 굴리고 또 굴려봤어. 10여 명의 인물 중에 마로닉의 파일이 없어졌다는 게 밝혀지는 순간, 호기심이 동하더군. 해군 정보부가 로이드의 신분증명서를 보내왔는데, 그의 파일에 그가 마로닉과 일한 적이 있다는 언급이 있더란 말이야. 톱니바퀴들이 돌아가기 시작했어. 두 사람이 웨더바이하고 연결되는 순간 조명이 번쩍 들어오면서 밴드가 연주를 시작했지. 내 낡아빠진 가여운 뇌를 작동시키면서 대단히 성공적인 아침을 보냈다네. 비둘기들 모이 주고 벚꽃 향기에 취했어야 마땅한 계절인데 말이야."

노인이 휴식을 취하고 파월이 생각에 잠긴 동안 실내는 조용했다. 파월이 입을 열었다. "그러니까 어르신은 마로닉이 우리를 상대로 일종의 작전을 벌이고 있고 웨더바이는 그를 위해 이중간첩 노릇을, 아마도 때때로 수행했었다고 판단하시는 거군요."

"아니," 노인이 부드럽게 말했다. "그렇게 생각하지는 않아."

노인의 대답에 파월은 깜짝 놀랐다. 그는 그냥 눈동자를 고정한 채 부드러운 목소리가 계속 이어지기만을 기다릴 수밖에 없었다.

"제일 먼저 제기되는 질문이자 가장 명백한 질문은 '왜'야. 일어난 모든 사건과 사건들이 일어난 방식을 감안할 때, 나는 그 질문에 현실적이고 논리적으로 접근할 수 있다고는 생각하지 않아. 그 질문에 논리적으로 접근할 수 없다면, 우리는 잘못된 가정에서, 그러니까 '이 작전의 핵심 목표는 CIA'라는 가정에서 출발하고 있는 거야. 그러고 나면 '누구'라는 다음 질문이 있지. 표리부동한 웨더바이와, 적어도 로이드의 도움을 받은 마로닉에게 지금과 같은 방식으로 우리를 공격하라며 대가를 지불하려 들-나는 상당한 대가를 지불했을 거라 상상하네-자가 누구일까? 체코가 한 복수라는 허위 쪽지를 감안하더라도 나는 어느 누구도 생각이 나지를 않아. 그렇게 되면, 물론, 우리는 '왜'라는 질문으로 다시 돌아가게 되고, 우리는 죽어라 바퀴를 굴리면서도 제자리만 돌 뿐 아무 성과도 내지 못하고 있지. 아니, 나는 묻고 대답해야 할 적절하고 필수적인 질문은 '누구냐'나 '왜냐'가 아니라 '무엇이냐'라고 생각해. 무슨 일이 벌어지고 있는 걸까? 우리가 그 질문에 대답할 수 있다면, 다른 질문들과 그에 따른 대답들은 저절로 따라올 거야. 지금 현재, 그 '무엇'으로 향하는 열쇠는 우리 애송이 말콤 하나밖에 없어."

파웰은 지친 기색으로 한숨을 쉬었다. "그러면서 우리는 처음에 출발했던 곳으로, 잃어버린 우리 콘돌을 찾는 일로 돌아온 셈이군요."

"정확히 우리가 출발했던 지점은 아냐. 부하들을 시켜 아시아 지역을 굉장히 광범위하게 파고 있어. 웨더바이하고 마로닉하고 로이드하고 연관된 건 무엇이건 찾고 있지. 그들이 아무것도 못 찾을지도 모르지만, 결과야 누가 알겠나. 우리는 상대에 대한 더 나은 아이디어도 갖고 있어. 마로닉을 찾고 있는 부하들도 있네."

"어르신이 재량껏 부릴 수 있는 전체 조직으로 말콤이나 마로닉 둘 중한 명을 날려버릴 수 있겠군요. 그런데 그렇게 부르니까 꼭 코미디언 콤비 이름처럼 들리지 않습니까?"

"우리는 조직을 활용하고 있는 게 아니네, 케빈. 우리는 우리를 활용하고 있어. 거기에 D.C. 경찰한테서 슬쩍할 수 있는 걸 덧붙여서."

파웰은 목이 잠겼다. "그래봐야 별것도 없습니다! 50명쯤 지휘하고 있지만, 경찰은 그리 많은 걸 제공하지 못합니다. 정보국은 현재 이 사건에 수백 명이 달라붙어 있는데 말입니다. 수사국하고 국가안보국(NSA)하고 다른 기관들 인력은 제외하더라도요. 어르신이 제게 준 정보를 그들에게 준다면, 그들은⋯⋯."

조용히, 그러나 단호하게 노인이 말을 끊었다. "케빈, 잠시 생각해보게. 웨더바이는 정보국 내부의 이중간첩이었어. 낮은 지위에 있는 하수인들과 함께 했을 가능성이 있지. 우리 짐작에, 그는 허위 증명서를 입수했고, 필요한 정보를 전달했어. 심지어는 직접 현장에 나가기까지 했지. 그가 이중간첩이었다면, 누가 그의 처형을 지휘했을까? 엄격하게 비밀에 부쳐진 그의 소재지를 알아내고 처형자—아마도 유능한 마로닉—가 거기에 들락거릴 수 있도록 보안 설정에 대해서도 충분히 파악한 자는 누구일까?" 그는 파웰의 얼굴에 얼핏 스쳐가는, 이해했다는 기색을 보기 위해 잠시 말을 멈췄다. "맞아, 또 다른 이중간첩이야. 내 감이 맞는다면, 굉장히 고위층에 있는 이중간첩이야. 우리는 더 이상은 정보가 누설되는 위험을 감수할 수 없어. 우리는 아무도 믿을 수가 없기 때문에 이걸 우리 자체적으로 직접 해 나가야만 하는 거야."

파웰은 입을 열기 전에 얼굴을 찌푸리며 주저했다. "제안 하나 해도 되겠습니까, 어르신?"

노인은 의도적으로 놀라움을 표했다. "그럼, 당연히 그래도 되지, 이 친구야! 자네는 뛰어난 머리를 제대로 활용해야 돼. 자네 상관의 심기를 건드리는 건 아닐까 걱정이 될 때조차 말이야."

파웰은 엷은 미소를 지었다. "우리는 누설자가 있다는 걸, 상당히 지위가 높은 누설자가 있다는 걸 압니다. 실제로는 어떨지 몰라도, 적어도 그렇다고 짐작하고 있습니다. 말콤을 추적하는 걸 그만두고 상부에서 벌어지는 정보 누설을 막는 데 집중하는 건 어떨까요? 우리는 누설자가 침투할 수 있는 집단이 어떤 집단인지를 알아내 그들을 상대로 작업할 수 있습니다. 그들이 현재까지는 흔적을 남기지 않았더라도 우리 감시 인력들은 그들을 잡아낼 겁니다. 이 사건이 가하는 압박 때문에 그들은 무슨 조치를 취할 수밖에 없을 겁니다. 적어도, 그들은 마로닉과 계속 연락을 취해야만 합니다."

"케빈," 노인이 조용히 대답했다. "자네 논리는 타당하네. 하지만 자네가 가정을 세우려고 동원한 전제조건들은 자네 계획을 무효로 만들고 있어. 자네는 우리가 누설의 출처가 될 수 있는 집단을 식별해낼 수 있을 거라 가정하지. 그런데 우리 정보기관 커뮤니티가 가진 골칫거리 중 하나가 —실제로 내가 지휘하는 섹션이 존재하는 이유 중 하나가—상황이 너무 거대하고 복잡해서 그런 집단의 규모가 50명은 쉽게 넘고 100명은 족히 상회할 거라는 것, 어쩌면 200명이나 되는 인력이 필요할지도 모른다는 거야. 누설자도 그 점을 잘 알고 있어. 우리 누설자는 어쩌면 자기 비서 단속을 어설프게 하는 사람이거나, 그렇지 않다면 이중간첩을 연락관으로 둔 사람일 수도 있어.

설령 누설 행위가 부차적인 유형이 아니라고 하더라도, 비서나 전문장비 기술자를 통해 이뤄지는 것이라고 하더라도, 그런 행위를 감시하는 작업이 불가능하지는 않더라도, 엄청난 규모의 작업이 될 거야. 자네는 이미 우리가 가진 자원 조달의 한계를 지적했었네. 자네 제안을 실행에 옮기려면, 우리는 의심스러운 집단에 속한 일부 인사의 승인과 지원이 필요할 거야. 그러니 그런 일은 절대로 실행되지 않을 걸세.

우리가 다뤄야 할 사람들 집단에 고유한 문제점도 있네. 그들은 정보 비즈니스 분야의 전문가야. 우리가 감시한다는 걸 그들이 알아챌지도 모른다고 생각하지는 않나? 설령 그들이 눈치채지 못한다고 하더라도, 그들이 지휘하는 부(部)들은 각기 우리가 회피하며 작업해야 할 나름의 보안 시스템을 갖고 있네. 예를 들어, 공군 정보부의 장교들은 감시와 전화 도청을 포함한 예정에 없는 불시 점검의 대상이야. 그런 점검은 장교들이 정직한지를 확인하기 위해, 그리고 누군가가 그들을 감시하고 있지는 않은지 확인하기 위해 행해지지. 그러니 우리는 보안팀들 그리고 경계심 많고 경험 많은 용의자를 피해야만 할 거야.

우리가 처한 문제는," 노인은 손가락을 모으며 말했다. "정보기관에 고유한 전형적인 문제야. 우리 조직은 세계에서 가장 큰 보안 조직이자 정보 조직일 거야. 아이러니하게도 이 나라에서 나가는 정보의 흐름은 차단하고 들어오는 정보의 흐름은 증대시키는 일에 동시에 전념하는 기관이지. 우리는 화물에 잘못 붙여진 스티커 같은 극도로 사소한 사실을 분석하는 일에 숙련된 인력 100명을 지금 당장이라도 배정할 수 있네. 똑같은 규모의 인력을 소규모 집단 아무 곳에나 투입해서 이틀 안에 그 집단이 해온 모든 짓에 대해 파악할 수도 있고, 우리가 찾아낼 수 있는 중요한 지점과 관련이 있는 곳에 어마어마한 압력을 가할 수도 있지. 거기에 문제가 있어. 우리는 이 사건에서 중요한 지점을 찾을 수가 없네. 우리는 우리 조직 내에 누설자가 있다는 걸 알지만, 그가 있는 영역을 고립시킬 수 있기 전까지는, 누설자를 정확하게 집어내려는 노력의 일환으로 기계를 뜯어 분석할 수는 없는 노릇인 거야. 그런 활동은 헛짓거리나 다름없게 될 거야.

꼴사나운 건 말할 것도 없고, 위험한 일일 가능성도 높지. 게다가, 우리가 누설자를 살피는 작업을 시작한 순간, 상대는 우리가 누설자가 있다는 걸 알아차렸다는 걸 알게 될 거야.

이 문제 전체를 풀어주는 열쇠가 말콤이야. 그는 우리를 위해 누설자가 누구인지를 정확하게 집어내줄 수 있을지도 몰라. 그렇지 않더라도 최소한 특정 방향으로 우리를 안내해줄지도 모르고. 그가 그런다면, 그렇게는 못 하더라도 우리가 마로닉의 활동과 정보기관 커뮤니티 내부에 있는 누군가의 연결고리를 밝혀낸다면, 우리는 물론 용의자가 누구인지를 파악하게 될 걸세. 하지만 우리가 확실한 연결고리를 손에 넣기 전까지, 그런 활동은 엉성한 마구잡이 작업이 될 거야. 나는 그런 종류의 작업은 좋아하지 않아. 비효율적인 데다가 생산적이지도 않은 게 보통이거든."

파웰은 딱딱한 어조로 그가 느끼는 민망함을 덮었다. "죄송합니다, 어르신. 제가 생각이라는 걸 해보지도 않았던 것 같습니다."

노인은 고개를 저었다. "정반대지, 이 친구야." 그는 외쳤다. "자네는 생각을 하고 있었어. 그리고 그건 굉장히 훌륭한 일이야. 생각은 우리가 우리 인력한테 훈련시킬 수 있는 일이 아니야. 이 거대한 조직들이 하지 말라고 막는 경향이 있는 게 바로 그런 생각이지. 길거리에서 맹목적으로 반응하는 로봇이 되는 것보다는, 여기 사무실에서, 말하자면, 경솔하게 고려하고 형편없이 착상한 계획일지라도 심각하게 고민하고 제안하는 게 훨씬 나은 일이야. 맹목적인 행동은 모두를 곤경에 빠뜨릴 뿐만 아니라, 사망이라는 결말로 이어지게끔 하는 좋은 방법이지. 계속 생각하게, 케빈. 하지만 조금 더 철저하게 생각하도록 하게."

"그렇다면 계획은 여전히 말콤을 찾아 집으로 안전하게 데려오는 거군요. 맞습니까?"

노인은 미소를 지었다. "딱 맞는 말은 아냐. 우리 애송이 말콤에 대해 많은 생각을 해봤네. 그는 우리 열쇠야. 그들의 정체가 무엇이건, 그들은 우리 애송이가 죽기를 원해. 그가 죽기를 간절히 원하지. 우리가 그를 계속 살려둘 수 있다면, 그리고 우리가 그들이 그의 죽음에 모든 활동을 집중하게끔 만들기에 충분할 정도로 그를 그들의 골칫거리로 만들 수 있다면, 우리는 콘돌을 열쇠로 탈바꿈시키는 데 성공하는 걸세. 마로닉 일당이 말콤에게 집중하면, 그들은 그들 자신을 스스로 옭아매는 자물쇠가 돼버릴 걸세. 우리가 조심스럽게 움직이고 약간의 운만 따른다면 우리는 그 열쇠로 자물쇠를 열 수 있을 거야. 오, 우리는 여전히 우리 콘돌을 찾아내야해. 빨리, 다른 누구보다도 먼저. 나는 우리가 그런 방향으로 나아가는 걸 도와줄 추가 조치들을 취하고 있네. 우리가 그를 찾아내면, 우리는 그를 준비시켜야 하네. 자네가 휴식을 조금 취하고 나면, 내 어시스턴트가 자네 한테 지시를 내릴 거고 우리가 받은 추가 정보도 알려줄 걸세."

파웰은 나가려고 자리에서 일어났다가 말했다. "저한테 마로닉에 대해 뭐라도 주실 수 있습니까?"

노인이 말했다. "프랑스 정보기관에 있는 친구가 그들이 가진 파일 사본을 비행기 편으로 파리에서 발송했네. 내일이나 돼야 도착할 거야. 일을 더 서두를 수도 있었지만, 우리 상대한테 경보를 발령하고 싶지는 않았어. 자네가 이미 알고 있는 것 말고 자네에게 알려줄 수 있는 유일한 사실은, 소문에 의하면, 마로닉이 외모 면에서 굉장히 눈에 띄는 사람이라는 거야."

파웰이 노인의 사무실을 떠난 그때, 말콤은 잠에서 깨어나기 시작했다. 그는 몇 초간 가만히 누워 그간 일어난 모든 일을 회상했다. 그러던 중에 부드러운 목소리가 그의 귀에 속삭였다. "일어났어?"

말콤은 몸을 돌렸다. 웬디가 한쪽 팔꿈치에 몸을 기대고는 부끄러운 기색으로 그를 쳐다보고 있었다. '굿모닝' 인사를 한 그는 목이 나아졌고 목소리도 거의 정상이 됐다고 느꼈다.

웬디의 얼굴이 빨개졌다. "나…… 어제 일 미안해. 내가 정말 형편없었다는 거 말이야. 나는…… 나는 그런 일 비슷한 걸 본 적도 없고 한 적도 없어서 충격이……."

말콤은 키스로 그녀의 얘기를 막았다. "괜찮아. 굉장히 끔찍한 일이었어."

"우리 이제 뭘 해야 하는 거야?" 그녀가 물었다.

"나도 확실히는 몰라. 여기에 적어도 하루나 이틀은 숨어 있어야겠지." 그는 가구가 드문드문 놓인 실내를 둘러봤다. "약간 심심할 거야."

웬디가 그를 올려다보다 활짝 웃었다. "글쎄, 심하게 심심하지는 않을 거야." 그녀는 그에게 가볍게 입을 맞추고는 다시 맞췄다. 그녀는 그의 입을 그녀의 작은 가슴 쪽으로 잡아당겼다.

30분 후에도 그들이 결정한 건 여전히 하나도 없었다.

"내내 이러고 있을 수는 없어." 말콤이 결국 입을 열었다.

웬디가 침울한 표정으로 입을 열었다. "왜 안 된다는 거야?" 하지만 그녀도 수긍의 한숨을 쉬었다. "우리가 할 수 있는 일이 뭔지 알아냈어!" 그녀는 침대 밖으로 몸을 반쯤 기울이고는 바닥을 더듬었다. 말콤은 그녀가 떨어지지 않도록 그녀의 팔을 붙잡았다.

"도대체 뭐 하는 거야?" 그가 물었다.

"가방 찾는 거야. 우리가 큰 소리로 읽을 책을 몇 권 갖고 왔거든. 자기는 예이츠 좋아한다고 했잖아." 그녀는 침대 밑을 뒤졌다. "말콤, 못 찾겠어. 책이 여기 없어. 다른 건 다 가방에 있는데 책만 행방불명이야. 내가 분명…… 아아아!" 말콤이 갑자기 손아귀에 힘을 주는 바람에 웬디는 침대로 잽싸게 돌아와 말콤의 손아귀에서 벗어나려고 애썼다. "말콤, 뭐 하는 거야? 아프잖아……."

"책. 없어진 책들." 말콤은 몸을 돌려 그녀를 쳐다봤다. "그 없어진 책들에 뭔가 중요한 게 있어! 그게 이유인 게 분명해!"

웬디는 어리둥절해했다. "하지만 그건 그냥 시집들이야. 아무 데서나 손에 넣을 수 있는 책들이라고. 내가 갖고 오는 걸 그냥 깜빡한 걸 거야."

"그 책들 말고, 협회 책들. 하이데거가 없어졌다는 걸 알아낸 책들!" 그는 그녀에게 이야기를 들려줬다.

말콤은 흥분이 커져가는 걸 느꼈다. "그들에게 없어진 책들에 대한 얘기를 해줄 수 있다면 그들도 작업에 착수할 뭔가를 얻게 될 거야. 우리 과가 공격당한 이유는 책들이었던 게 분명해. 그들은 하이데거가 예전 기록들을 헤집고 있다는 걸 알게 된 거야. 그들은 누군가 다른 사람이 알고 있을 경우에 대비해 모두를 공격해야 했겠지. 정보국에 그런 정보 조각들을 줄 수만 있다면, 정보국도 퍼즐을 한데 맞출 수 있을 거야. 적어도, 내가 어디를 가건 사람들이 총에 맞는 것에 대한 내 얘기보다는 많은 걸 줄 수 있는 무언가를 내가 갖게 될 거야. 그들은 그게 못마땅했던 거야."

"그런데 정보국에는 어떻게 말할 거야? 지난번에 자기가 거기에 전화했을 때 무슨 일이 일어났는지 기억하지?"

말콤은 얼굴을 찌푸렸다. "그래, 자기 말이 무슨 뜻인지 알아. 하지만 지난번에는 그들이 만남을 마련했어. 적대 세력이 정보국에 침투했다고 하더라도, 그들이 패닉 라인에서 오가는 내용이 무엇인지를 알더라도, 나는 여전히 우리는 괜찮다고 생각해. 지금까지 벌어진 모든 일을 놓고 볼 때, 이 상황에는 수십 명이 관련돼 있는 게 분명해. 적어도 그들 중 일부는 깨끗한 사람들일 거야. 그들은 내가 전화로 한 말을 전달하기만 할 거야. 내가 한 말은 어딘가에서 제대로 된 벨을 울릴 거야." 그는 잠시 말을 멈췄다. "가자. 워싱턴으로 돌아가야 해."

"자기, 잠깐만!" 그가 침대에서 튀어나가 욕실로 향할 때, 말콤의 팔을 붙들려고 쭉 뻗은 웬디의 손은 팔을 놓치고 말았다. "왜 돌아가는 건데?"

말콤은 샤워기를 켰다. "그래야 하니까. 장거리전화는 몇 초 이내에 추적할 수 있지만, 시내전화는 추적이 더 오래 걸리거든." 금속으로 된 벽에 물이 떨어지는 박자가 빨라졌다.

"그렇지만 우리가 죽을 수도 있잖아!"

"뭐라고?"

"우리가 살해당할지도 모른다고 했어." 웬디는 고함을 지르면서도 가급적 소리를 낮추려고 노력했다.

"살해는 여기서도 당할지 모르잖아. 당신이 내 등을 할퀴고 나도 당신 등을 할퀴어댈 테니까."

"정말 실망스럽소, 마로닉." 날 선 단어들이 두 남자 사이의 긴장된 공기를 갈랐다. 위엄 있게 생긴 화자(話者)는 동행의 두 눈이 쏘아대는 눈빛을 보고는 자신이 실수했다는 걸 알았다.

"내 이름은 르바인입니다. 그걸 명심하십시오. 그런 실수를 다시는 저지르지 말 것을 권고합니다." 눈에 띄게 생긴 남자의 딱딱한 단어들이 다른 남자의 자신감을 약화시켰지만, 위엄 있게 생긴 신사는 당혹감을 감추려 애썼다.

"내 실수는 지금까지 저질러진 다른 실수들에 비하면 하찮은 거요." 그가 말했다.

르바인이라고 불리기를 원하는 남자는 자신을 바라보는 평범한 눈을 향해 아무런 감정도 내보이지 않았다. 그와 한동안 알고 지낸 예리한 관찰자라면 낙담에서 비롯된 분노와 창피함이 짧은 순간 드러났다 사라졌다는 걸 감지했을지도 모른다.

"작전은 아직 끝나지 않았습니다. 몇 가지 차질이 있었지만 실패한 건 전혀 아닙니다. 우리가 작전에 실패한 거라면, 우리 두 사람 다 여기 있지 못할 겁니다." 주장하는 바를 강조하려는 듯, 그는 주위를 서성거리는 군중을 몸짓으로 가리켰다. 일요일은 국회의사당 건물을 찾는 관광객들로 북적이는 날이다.

위엄 있게 생긴 남자는 자신감을 되찾았다. 그는 확고한 목소리로 속삭였다. "그렇다고는 해도 차질이 있었잖소. 당신이 제대로 지적했듯, 작전은 아직 끝나지 않았소. 작전은 일정대로라면 사흘 전에 완료됐어야 했다는 걸 상기시킬 필요는 없을 거요. 사흘 말이오. 사흘이면 많은 일이 일어날 수 있소. 우리가 갈팡질팡한 걸 생각하면 우리는 굉장히 운이 좋았던 거요. 작전이 길어질수록, 여러 가지가 표면화될 위험이 커질 거요. 그게 얼마나 처참한 일이 될지는 우리 둘 다 잘 알고 있지 않소."

"실행 가능한 일은 모두 다 해보고 있습니다. 우리는 또 다른 기회를 기다려야 합니다."

"또 다른 기회가 생기지 않는다면? 그러면 어쩔 거요? 내 좋은 친구, 그러면 어쩔 거요?"

르바인이라고 불리는 남자가 몸을 돌려 그를 쳐다봤다. 다시 한번, 다른 남자는 걱정스러웠다. 르바인이 말했다. "그러면 기회를 만들면 됩니다."

"흐음, 앞으로는 더 이상…… 차질이 없기를 바라는 바요."

"차질은 전혀 없을 거라 예상합니다."

"좋소. 앞으로도 계속 정보국 내에서 일어나는 진전 사항을 모두 알려 주겠소. 당신이 나한테도 같은 일을 해주기를 기대하오. 더 할 말은 없다고 생각하오만."

"하나 있습니다." 르바인이 차분하게 말했다. "이런 유형의 작전이 특정 종류의 내부적인 차질들 때문에 곤란해지는 경우가 때때로 있습니다. 보통 이런…… 차질들은 특정 인력에게 생깁니다. 이런 차질들은 당신 같은 작전 지휘자들에 의해 기획됩니다. 영구적인 차질이라는 뜻이죠. 그런 차질을 가리키는 보편적인 용어가 '배신'입니다. 내가 이 작전의 지휘자라면, 나는 그런 차질을 피하려고 엄청나게 조심할 겁니다. 내 말에 동의하지 않으십니까?" 상대의 얼굴을 가로지르는 창백한 안색은 의견 차이가 없다는 걸 르바인에게 알려줬다. 르바인은 정중한 미소를 짓고는 고개를 끄덕여 작별 인사를 한 다음 걸어 나갔다. 위엄 있게 생긴 남자는 그가 대리석 복도를 활보하며 시야에서 사라지는 걸 지켜봤다. 신사는 살짝 몸서리를 치고는 아내와 아들, 새로 맞은 며느리와 함께 일요일 브런치를 먹으러 집으로 향했다.

말콤과 웬디가 옷을 차려입는 동안 두 남자가 국회의사당을 떠났다. 그 순간 전화 트럭 한 대가 랭글리의 외곽 관문에 차를 세웠다. 탑승자와 그들의 임무를 확인했다는 승인이 떨어진 후, 그들은 통신센터로 향했다. 다른 지부에서 차출해 온 특수 보안 인력 한 명이 전화 수리공 두 명을 대동했다. 정보국 인력 대다수는 콘돌이라 불리는 남자를 찾고 있었다. 보안 인력은 자신을 데이비드 버로스 소령이라고 밝힌 서류들을 갖고 있었다. 그의 실명은 케빈 파웰이었고, 전화 추적 장비 점검이라는 표면적인 방문 목적을 내세운 전화 수리공 두 명은 콜로라도에서 날아온 지 채 네 시간도 되지 않은 고도로 훈련된 공군 전자장비 전문가들이었다. 그들은 임무를 완료하고 나면 3주간 격리될 터였다. 그들은 추적 장비를 점검하는 것 외에도, 새 장비를 설치하면서 기존 장비의 배선에 몇 가지 복잡한 조정 작업을 했다. 두 남자 모두 일급비밀이라는 딱지가 붙은 배선도를 보며 작업하는 동안 침묵을 지키려 애썼다. 작업을 개시하고 15분이 지난 후, 그들은 6킬로미터 남짓 떨어진 전화 부스에 있는 제3의 남자에게 전자 신호를 보냈다. 그는 번호를 하나 불렀고, 또 다른 신호가 수신될 때까지 전화기가 울리게 놔둔 후, 전화를 끊고는 빠른 걸음으로 떠났다. 전문가 중 한 명이 파웰에게 고개를 끄덕였다. 장비를 꾸린 세 남자는 여기 왔을 때 그랬던 것처럼 남의 눈에 띄지 않게 센터를 떠났다.

한 시간 후, 파웰은 워싱턴 다운타운에 있는 작은 방에 앉았다. 사복경찰 두 명이 방 밖에 앉아 있었다. 동료 요원 세 명이 실내에 흩어져 있는 의자에 느긋하게 앉아 있었다. 파웰이 앉은 책상에는 의자가 두 개 있었는데, 하나는 비어 있었다. 파웰은 책상에 있는 전화기 두 대 중 한 대와 통화를 했다.

"전화 연결했고 실행 준비 끝났습니다, 어르신. 장비는 두 번 테스트했습니다. 우리 쪽에서 확인했는데, 패닉 룸에 있는 우리 요원 말로는 거기서는 모든 게 선명하다고 합니다. 지금부터, 콘돌이 패닉 넘버로 거는 모든 전화는 여기서 울릴 겁니다. 전화를 건 게 우리 애송이라면 우리는 그를 확보할 겁니다. 그렇지 않다면…… 글쎄요. 우리가 위장을 잘할 수 있기를 바라야죠. 물론, 우리가 회선 우회를 무효화하면서 통화 내용을 듣기만 할 수도 있습니다."

노인의 목소리는 그가 느끼는 기쁨을 드러냈다. "잘했네, 이 친구야. 잘했어. 다른 일들은 어떻게 돼가나?"

"마리안 말로는 『포스트』 협조 건은 한 시간 안에 마무리될 거랍니다. 이 일 때문에 우리 엉덩이의 상당 부분이 불 속에 들어갔다는 걸 어르신께서 알아주셨으면 합니다. 언젠가는 정보국에 우리가 그들의 패닉 라인을 도청했다는 걸 알려야 할 겁니다. 그들이 그걸 고마워할 리는 없겠죠."

노인은 싱긋 웃었다. "그건 걱정 말게, 케빈. 전에도 여러 사람 엉덩이가 불 속에 들어갔었고 앞으로도 그런 일은 또 있을 거니까. 게다가 그들의 엉덩이도 노릇노릇 익고 있어. 우리가 그들에게 이 일을 밝히더라도 그들이 심하게 기분 나빠 하지는 않을 거라 생각하네. 현장에서 보고 들어온 거 있나?"

"없습니다. 아무도 말콤이나 여자의 흔적에 대한 보고를 하지 않습니다. 우리 애송이가 잠수를 탄 것처럼, 우리 상대도 잠수를 탄 것 같습니다."

"그래. 나도 똑같은 생각을 많이 해봤어. 상대가 그를 붙잡았다고는 생각하지 않아. 나는 현재까지는 그의 활동이 무척 자랑스럽네. 내 추후 연락처 알고 있나?"

"예, 어르신. 무슨 일이 생기면 바로 전화드리겠습니다." 노인은 전화를 끊었고, 파웰은 짧은 기다림이 되기를 바라면서 편한 자세를 취했다.

웬디와 말콤은 해가 막 질 무렵에 워싱턴에 도착했다. 말콤은 시내 복판으로 차를 몰았다. 링컨 기념관에 주차한 그는 짐을 모두 내리고는 차 문을 단단히 닫았다. 그들은 메릴랜드 주 베데스다를 통해 워싱턴에 들어왔다. 그들은 베데스다에서 세면용품과 옷가지, 금발 가발, 그리고 웬디가 '시각적 변장과 시선 분산용'으로 찰 큼지막한 뽕브라, 절연테이프 한 롤과 장비 몇 점, 357구경 매그넘 탄환 한 박스를 구입했다.

말콤은 신중하게 계산한 위험을 감수했다. 가장 눈에 띄는 은폐 장소가 가장 안전한 곳인 경우가 잦다는 에드거 앨런 포의 '도둑맞은 편지' 원칙을 활용한 그와 웬디는 의사당행 버스를 탔다. 그들은 협회에서 채 400미터도 떨어지지 않은 이스트 캐피톨 스트리트에 있는 여행자용 숙소를 임대했다. 우중충한 호스텔의 여주인은 오하이오에서 온 신혼부부를 환영했다. 그녀가 맞은 손님 대다수는 관광으로 주말을 보낸 후 체크아웃하고는 고향으로 향했다. 여주인은 그들이 반지도 끼지 않았고 신부의 눈에 멍이 들어 있다는 것조차 신경 쓰지 않았다. 사랑하는 젊은 부부에 대한 믿음직한 이미지를 연출하기 위해 —아니면 말콤이 그렇다고 속삭였던 것처럼— 젊은 부부는 일찌감치 방에 처박혔다.

"전쟁에서 중요한 건 병력의 규모가 아니라 지휘관이다."

-나폴레옹

월요일 오전부터 오후 중반까지

빨간 전화기가 질러대는 날카로운 비명에 설핏 낮잠에 빠져들었던 파웰은 깜짝 놀랐다. 그는 두 번째 신호가 울리기 전에 수화기를 붙들었다. 실내에 있는 다른 요원들이 발신지를 추적하고 통화를 녹음하기 시작했다. 파웰은 통화 내용에 정신을 쏟느라 아침 햇살 속에서 허둥지둥 움직이는 요원들의 형체를 희미하게만 보았다. 그는 심호흡을 하고는 말했다. "493-7282입니다."

수화기 저편의 약한 목소리가 아득히 멀게 느껴졌다. "콘돌입니다."

파웰은 신중하게 준비한 대화를 시작했다. "듣고 있습니다, 콘돌. 제 말 잘 들으세요. 정보국이 침투당했습니다. 그게 누구인지는 우리도 확신하지 못하지만, 당신이 아니라는 것만큼은 확신합니다." 파웰은 말콤의 반론이 시작되는 걸 짧게 끊었다. "당신이 무고하다는 걸 주장하느라 시간 허비하지 마십시오. 우리는 이걸 잠정적인 가정으로 받아들였습니다. 자, 웨더바이 일행이 당신을 데리러 왔을 때 웨더바이를 쏜 이유가 뭡니까?"

수화기 저편의 목소리는 믿지 못하겠다는 투였다. "스패로우 4가 얘기하지 않던가요? 그 남자가, 웨더바이라고 했나요?, 나한테 총을 쐈습니다! 그는 목요일 오전에 협회 밖에 주차된 차에 타고 있었습니다. 똑같은 차예요."

"스패로우 4는 죽었습니다. 골목에서 총에 맞아서요."

"내가 쏜 게……."

"압니다. 우리는 웨더바이가 그랬다고 생각합니다. 우리는 당신과 여자에 대해서도 압니다." 파웰은 상대가 이걸 충분히 이해하도록 말을 멈췄다. "당신을 쫓아 여자의 아파트에 갔다가 시체를 발견했습니다. 당신이 그를 공격한 겁니까?"

"간신히 그랬죠. 하마터면 놈한테 당할 뻔했습니다."

"부상당했습니까?"

"아뇨. 약간 뻐근하고 멍한 정도입니다."

"안전합니까?"

"한동안은 꽤 그런 편입니다."

파웰은 긴장한 채 몸을 앞으로 기울이며 가망은 없지만 지극히 중요한 질문을 던졌다. "당신 집단이 공격당한 이유에 대해 짚이는 게 있습니까?"

"있습니다." 말콤이 하이데거가 발견한 사라진 책들과 회계 장부상의 불일치에 대해 빠르게 얘기하는 동안 파웰의 땀에 젖은 손은 수화기를 더 꽉 움켜쥐었다.

말콤이 말을 멈추자, 파웰은 얼떨떨한 목소리로 물었다. "하지만 이게 모두 무슨 의미인지에 대한 생각은 하나도 없는 거죠?"

"없습니다. 자, 우리를 안전한 곳으로 데려가기 위해 무슨 일을 해줄 겁니까?"

파웰의 목소리가 갑자기 작아졌다. "으음, 거기에는 사소한 문제가 있을 겁니다. 당신을 함정에 빠뜨려 공격하고 싶어서 그러는 게 아니라, 당신이 지금 정보국하고 통화하고 있는 게 아니라서 그러는 겁니다."

8킬로미터 떨어진 홀리데이 인의 전화 부스에 있는 말콤의 배가 뒤틀리기 시작했다. 그가 무슨 말을 하기도 전에 파웰이 다시 입을 열었다.

"자세한 얘기는 할 수 없습니다. 당신은 그냥 우리를 믿어야만 할 겁니다. 정보국에 침투한 자가 굉장히 높은 레벨에 있는 게 분명하기 때문에, 우리는 장악당한 상태입니다. 우리는 패닉 라인에 접속해서 당신의 전화를 가로챘습니다. 제발 끊지 마십시오. 우리는 정보국에 있는 이중간첩을 밝혀내 이 사건이 무엇 때문에 일어난 것인지를 알아내야 합니다. 당신이 우리가 가진 유일한 방법입니다. 그래서 당신이 우리를 돕기를 원합니다. 당신에게는 달리 도리가 없습니다."

"헛소리 말아요! 당신이 또 다른 보안 요원일지도 모르잖아요. 그렇지 않을지도 모르고요. 당신이 괜찮은 사람이라고 하더라도, 도대체 왜 내가 당신을 도와야 하는 거죠? 이건 내가 하는 종류의 업무가 아닙니다! 나는 이런 내용의 글을 읽는 사람이지, 그걸 실행하는 사람이 아니란 말입니다."

"대안을 고려해보십시오." 파웰의 목소리는 차가웠다. "당신의 운발이 영원히 지속될 수는 없습니다. 게다가 우리 말고도 대단히 결단력 있고 유능한 사람들이 당신을 찾고 있습니다. 당신이 말했듯, 이게 당신의 전문 분야는 아닙니다. 누군가가 당신을 찾아낼 겁니다. 우리가 없다면, 당신이 할 수 있는 일이라고는 올바른 누군가가 당신을 찾아내기를 바라는 것밖에는 없습니다. 우리가 올바른 누군가라면, 그렇다면 만사는 이미 오케이입니다. 우리가 그렇지 않다면, 최소한 당신은 우리가 당신이 했으면 하고 바라는 일이 무엇인지는 압니다. 앞을 보지 못하는 채로 뛰어다니는 것보다는 그게 더 낫지 않습니까. 우리 지시가 마음에 들지 않으면 언제든 그 지시를 따르지 마십시오. 마지막으로 결정적인 상황이 있습니다. 우리는 당신이 정보국과 통화할 때 쓰는 통신 연결고리를 통제하고 있습니다. 심지어 우리는 전화번호부에 기재된 회선에도 인력을 배치해뒀습니다." —이건 거짓말이었다.— "당신이 집에 갈 수 있는 유일한 방법은 랭글리에 직접 모습을 드러내는 겁니다. 거기에 무턱대고 간다는 아이디어가 마음에 듭니까?"

파웰은 말을 멈췄지만 대답은 들리지 않았다. "나도 그럴 거라고는 생각하지 않습니다. 우리가 부탁하는 내용이 지나치게 위험하지는 않을 겁니다. 우리가 근본적으로 원하는 거라고는 당신이 은신 상태를 유지하면서 적들이 숨어 있는 소굴을 계속 자극하는 것뿐입니다. 자, 지금까지 우리가 파악한 내용은 이렇습니다." 파웰은 그가 가진 모든 정보를 말콤에게 간결하게 설명했다. 설명을 막 마쳤을 때, 발신지 추적을 담당하는 부하가 와서는 어깨를 으쓱했다. 파웰은 어리둥절해하면서도 말을 이었다. "자, 우리가 당신과 의사소통할 수 있는 또 다른 방법이 있습니다. 북 코드 사용법을 압니까?"

"글쎄요…… 다시 한번 설명을 듣는 게 나을 것 같은데요."

"좋습니다. 무엇보다 먼저 『여성의 신비』 페이퍼백을 구하십시오. 이 책은 판본이 하나밖에 없습니다. 알겠습니까? 좋습니다. 자, 우리가 당신과 연락을 주고받고 싶을 때면, 우리는 언제든 『포스트』에 광고를 게재할 겁니다. 광고는 첫 섹션에 실릴 거고, 제목은 '행운의 복권 오늘의 당첨번호'일 겁니다. 그리고 그 밑에 하이픈으로 연결된 일련의 번호들이 있을 겁니다. 각 수열의 첫 숫자는 페이지 번호고, 두 번째는 줄 번호, 세 번째는 단어 번호입니다. 상응하는 단어를 책에서 찾을 수 없으면, 단순한 숫자-알파벳 코드를 사용할 겁니다. A가 숫자 1이고, B는 숫자 2라는 식입니다. 우리가 그런 단어를 암호화하면 첫 번호는 13이 될 겁니다. 우리에게 전할 얘기가 있으면 『워싱턴 포스트』, 1번 사서함, 행운의 복권 담당자를 주소로 해서 보내면 『포스트』가 그 내용을 우리에게 전달할 겁니다. 알겠습니까?"

"알았습니다. 패닉 라인을 여전히 사용할 수 있나요?"

"그러지 않는 게 낫습니다. 무척 위험하니까요."

파웰은 방 건너편의 발신지 추적 담당자가 또 다른 전화기에 대고 미친 듯이 속삭이는 모습을 볼 수 있었다. 파웰은 물었다. "필요한 게 있습니까?"

"아뇨. 자, 내가 어떤 일을 하기를 원합니까?"

"당신 전화로 정보국에 전화를 걸 수 있습니까?"

"이 정도로 긴 통화를 위해서요?"

"그래서는 절대 안 됩니다. 1분 남짓의 통화여야만 합니다."

"가능합니다만 다른 전화로 옮겼으면 합니다. 적어도 30분 안에는 전화를 못 할 겁니다."

"좋습니다. 다시 전화를 거십시오. 그러면 우리는 그 전화를 통과시키겠습니다. 자, 우리가 당신이 말했으면 하고 원하는 내용은 이겁니다." 파웰은 그에게 계획을 들려줬다. 두 남자가 모두 만족해했을 때 파웰이 말했다. "하나 더 있습니다. 당신이 앞으로 가지 않을 지역을 하나 고르십시오."

말콤은 잠깐 고민했다. "체비 체이스."

"좋습니다." 케빈이 말했다. "당신은 정확히 한 시간 후에 체비 체이스 지역에서 신고를 당할 겁니다. 그로부터 30분 후에는 체비 체이스 경찰이 당신의 인상착의에 부합하는 남자와 여자 한 명씩을 추격하던 중에 부상을 당할 겁니다. 그렇게 되면 모든 기관이 체비 체이스에 병력을 집중시킬 거고, 당신은 운신할 여유를 갖게 될 겁니다. 그 정도 시간이면 충분합니까?"

"한 시간 후로 해도 괜찮을까요?"

"좋습니다."

"하나 더 있습니다. 지금 저랑 통화하는 분은 누구시죠?"

"로저스라고 부르십시오, 말콤." 통화가 끊겼다. 파웰이 수화기를 전화기에 올려놓기 무섭게 추적 담당자가 그에게 달려왔다.

"이 개자식이 무슨 짓을 했는지 아세요? 무슨 짓을 했는지 아시냐고요?" 파웰은 고개를 젓기만 했다. "그가, 그 개자식이 한 짓을 알려드리죠. 놈은 시내 전역으로 차를 몰고 다니면서 유료 전화들을 전선으로 한데 연결했어요. 그런 다음에 전화를 걸고는 그 회선들이 걸려온 전화를 다른 회선을 통해 전송하도록 만들고, 각각의 전화는 통화를 단말기로 다시 전송하게 만들었어요. 첫 회선을 추적하는 데 1분 조금 넘게 걸렸어요. 우리 감시팀이 곧장 거기를 덮쳤는데, 그들이 발견한 건 집에서 만든 '고장' 표지판이 걸리고 그가 회선 연결 작업을 한 빈 전화 부스였어요. 그들은 다른 전화를 추적해달라면서 우리한테 전화를 걸어야 했죠. 우리가 이미 세 번이나 추적을 한 뒤였는데, 추적해야 할 접속된 전화기가 아마 더 있을 거예요. 이 개자식!"

파웰은 몸을 뒤로 젖히고는 며칠 만에 처음으로 폭소를 터뜨렸다. 말콤 관련 서류에서 그가 여름철에 전화 회사에서 일한 적이 있다는 부분을 발견했을 때, 그는 다시금 폭소를 터뜨렸다.

말콤은 전화 부스를 떠나 주차장으로 걸어갔다. 플로리다 번호판을 단 임대한 유 홀(주로 이사를 위해 임대하는 차량) 픽업에는 선글라스를 낀 글래머 금발 여자가 껌을 씹으며 앉아 있었다. 말콤은 잠시 그늘에 서서 주차장을 확인했다. 그런 후 그는 주차장으로 걸어가 트럭에 올랐다. 그는 웬디에게 엄지손가락 두 개를 치켜 올리고는 싱글거리기 시작했다.

"이봐, 자기." 그녀가 말했다. "뭐야? 뭐가 그렇게 재미있는데?"

"당신이. 멍청해 보여."

"엥. 가발하고 뽕은 자기 생각이었잖아! 나도 어쩔 도리가 없어⋯⋯." 그는 손을 올려 그녀의 저항을 짧게 끊었다.

"그건 일부일 뿐이야." 그는 여전히 낄낄거리며 말했다. "당신이 자기 모습을 볼 수 있어야 하는 건데."

"뭐, 내가 끝내주게 보이는 건 나도 어쩔 수 없어." 그녀는 좌석 깊이 몸을 던졌다. "그 사람들 뭐래?"

그들이 또 다른 전화 부스로 차를 모는 동안, 말콤은 그녀에게 내용을 들려줬다.

미첼은 첫 통화를 한 이후로 패닉 라인 전용 전화기에 담당 인력을 배치해놓았다. 그가 쓰는 간이침대가 책상에서 채 1미터도 안 되는 곳에 놓여 있었다. 그는 지난 목요일 이후로 햇빛을 보지 못했다. 샤워도 하지 못했다. 화장실을 갈 때는 전화기가 따라왔다. 패닉과의 과장은 그에게 강장제 주사를 놓아야 할지 여부를 고민하고 있었다. 부국장은 미첼을 계속 전화기에 배치하기로 결정했다. 말콤이 다시 전화를 걸어왔을 때 새 담당자가 말콤을 인지할 가능성보다는 그를 그냥 놔뒀을 때 그럴 가능성이 더 높았기 때문이다. 미첼은 피곤하기는 했지만, 여전히 강인한 남자였다. 지금 현재 그는 *결심*이 굳은 강인한 남자였다. 그가 10시에 마시는 커피를 입술에 갖다 댔을 때 전화기가 울렸다. 그는 수화기를 거머쥐느라 커피를 흘렸다.

"493-7282입니다."

"콘돌입니다."

"도대체 어디에……."

"닥쳐요. 이 전화 추적하고 있다는 거 압니다. 그러니까 시간이 많지 않겠죠. 어쨌든 통화를 계속하도록 하죠. 그건 그렇고, 정보국이 침투당했습니다."

"뭐라고요!"

"거기 있는 누군가는 이중간첩입니다. 골목에 있던 남자가," 말콤은 하마터면 "웨더바이"라고 말할 뻔했다. "나를 먼저 쐈습니다. 목요일 오전에 그가 협회 앞에 차를 세워놨기 때문에 그를 알아봤습니다. 아무튼 골목에 있던 다른 남자가 분명히 당신에게 그 얘기를 했겠죠. 그러니까……."

말콤은 말을 끊을 거라 예상하며 말하는 속도를 늦췄다. 예상이 맞았다.

"스패로우 4는 피격당했습니다. 당신이……."

"내가 그런 거 아닙니다! 내가 왜 그런 짓을 하겠습니까? 그렇다면 당신들도 몰랐다는 건가요?"

"우리가 아는 거라고는 당신이 처음에 전화를 걸었을 때보다 목숨을 잃은 사람이 두 명 더 생겼다는 게 전부입니다."

"내가 나한테 총질한 남자를 죽였을 수는 있습니다. 하지만 마로닉은 죽이지 않았습니다."

"누구요?"

"마로닉요. 스패로우 4라고 불린 남자."

"그건 스패로우 4의 이름이 아닙니다."

"아니라고요? 내가 쏜 남자가 땅에 뒹굴더니 마로닉이라고 외쳤어요.

그래서 스패로우 4의 이름이 마로닉인 줄 알았는데요." -마음 편하게 하자고, 과장하지 말자고 말콤은 생각했다.- "그럼 그 문제는 제쳐두죠. 시간이 없으니까요. 우리를 공격한 자가 누구건 그들은 하이데거가 알아낸 무언가를 찾고 있습니다. 하이데거는 기록을 보다 찾아낸 뭔가 이상한 점에 대해 우리 모두에게 얘기했습니다. 그는 랭글리에 있는 누군가에게 그 문제를 알릴 거라고 했습니다. 그게 내가 이중간첩이 있다고 짐작한 이유입니다. 하이데거는 잘못된 상대에게 얘기를 한 겁니다.

잘 들어요. 내가 우연히 뭔가를 발견했습니다. 내 생각에는 뭔가를 더 잘 알아낼 수 있을 것 같아요. 하이데거의 숙소에서 뭔가를 찾아냈어요. 당신들이 시간만 주면 문제를 처리할 수 있을 거라고 생각합니다. 당신들이 나를 찾아다녀야만 한다는 걸 압니다. 당신들이 나타나 나를 찾아낼까 두렵습니다. 상대방이 내가 죽기를 바라게끔 만드는 게 무엇인지를 밝혀낼 때까지 추적을 미뤄줄 수는 없나요?"

미첼은 잠시 머뭇거렸다. 발신지 추적 담당자가 말콤이 계속 얘기하게 만들라는 신호를 미친 듯이 보내왔다. "우리가 그럴 수 있는지 없는지 모르겠습니다. 어쩌면······."

"더는 시간이 없어요. 뭔가를 더 찾아내면 다시 전화하겠습니다." 회선이 죽었다. 미첼은 추적 담당자가 고개를 절레절레 젓는 걸 지켜봤다.

"그가 한 말을 도대체 어떻게 판단하는 겁니까?"

미첼은 말한 사람을, 보안 요원을 쳐다봤다. 휠체어에 앉은 남자는 고개를 저었다. "판단하지 않아. 판단하는 건 내 일이 아니니까. 이 사건의 경우도 그래." 미첼은 방 안을 둘러봤다. 그의 시선은 그가 베테랑 요원이라는 것을 알아본 남자에게 당도했을 때 멈췄다. "제이슨, 자네한테 마로닉이라는 이름은 무슨 의미가 있나?"

제이슨이라 불린, 별다른 특징이 없는 남자가 천천히 고개를 끄덕였다. "들어본 적이 있는 이름입니다."

"나도 그래." 미첼이 말했다. 그는 수화기를 들었다. "기록실이죠? 마로닉이라는 이름을 가진 인물에 대해 당신들이 갖고 있는 모든 걸 원합니다. 당신들이 떠올릴 수 있는, 마로닉이라고 발음되는 모든 스펠링을 가진 인물들 파일을 다 가져오도록 해요. 오늘이 가기 전에 사본 여러 부가 필요할 겁니다. 그러니 서둘러요." 그는 통화를 끊고는 부국장의 번호로 다이얼을 돌렸다.

미첼이 부국장과 연결될 때까지 기다리는 동안, 파월은 노인과 연결됐다. "우리 애송이가 일을 잘해냈습니다, 어르신."

"그 소식 들으니 기쁘군, 케빈, 기뻐."

파월은 한결 가벼운 목소리로 말했다. "딱 적당한 정도의 진실과 짓궂은 정도의 정보들을 섞었습니다. 그 덕에 정보국은 올바른 방향으로 굴러가기 시작할 겁니다. 하지만 그들이 우리를 따라잡지는 않았으면 합니다. 어르신이 옳다면, 우리 친구 마로닉은 불안감을 느끼기 시작할 겁니다. 우리 콘돌을 찾으려고 그 어느 때보다도 더 기를 쓸 겁니다. 어르신한테 들어온 새로운 소식이 있습니까?"

"전혀 없네. 우리 인력들이 여전히 관련자 전원의 과거를 캐고 있네. 우리 외부에서는 경찰만이 말콤과 여자의 아파트에서 살해된 남자 사이의 연관성에 대해 알고 있네. 경찰은 공식적으로는 그 사건과 그녀의 실종을 평범한 살인 사건의 일부로 취급하고 있어. 올바른 시점이 되면, 고만고만

한 소식들이 적절한 인물들 손에 들어갈 거야. 내가 알 수 있는 한, 만사가 정확히 계획대로 진행되고 있네. 자, 나는 굳은 표정으로 또 다른 따분한 회의에 들어가야 할 것 같군. 가서 우리 친구들을 점잖게 올바른 방향으로 몰아가야지. 자네는 그 회선에 계속 붙어 있는 게 나을 것 같네. 전화를 가로채지는 말고, 언제든 행동에 나설 채비를 갖춘 채로 말이야."

"알겠습니다, 어르신." 파웰은 전화를 끊었다. 그는 실내에 있는 활짝 웃는 남자들을 쳐다보고는 커피를 즐기려고 의자에 편히 몸을 기댔다.

"도대체 이놈의 사건은 도무지 이해를 못 하겠군요!" 해군 선장은 자신의 주장을 강조하기 위해 손으로 탁자를 두드리고는 푹신하고 널찍한 의자에 몸을 파묻었다. 방은 답답했다. 선장의 겨드랑이 아래 땀자국이 커졌다. 그는 생각했다. 하고 많은 시간 중에 에어컨이 고장 난 때라니.

부국장이 참을성 있게 말했다. "선장님, 그게 무슨 뜻인지를 정말로 확실히 아는 사람은 우리들 중에도 없습니다." 그는 그의 말이 끊긴 부분에서 말을 계속하기 위해 목을 가다듬었다. "제가 말씀드렸듯, 우리가 콘돌로부터 받은 정보를 제외하면—그게 얼마나 정확한 정보건—우리는 사실 지난번 회의 때보다 더 진전된 게 없습니다."

선장은 오른쪽으로 몸을 기울이고 "그렇다면 이 망할 놈의 회의는 왜 소집한 건데?"라고 속삭여서는 옆에 앉은 FBI 요원을 난처하게 만들었다. 부국장이 날카로운 눈빛을 쏴댔지만 선장에게는 아무 효과가 없었다.

부국장은 말을 이었다. "여러분도 아시듯, 마로닉의 파일이 사라졌습니다. 우리는 영국에 그들이 가진 파일의 사본을 요청했습니다. 공군 제트기가 세 시간이면 여기로 파일을 가져올 겁니다. 여러분 중에 밝히고 싶은 견해가 있는 분은 발표하셨으면 합니다."

FBI에서 온 남자가 즉시 입을 열었다. "콘돌이 한 말이 부분적으로 옳다고 생각합니다. CIA는 침투당했습니다." 그의 정보국 소속 동료가 몸을 꼼지락거렸다. "하지만, 저는 우리가 그걸 과거형으로 말해야 한다고, 침투'당했었다'고 말해야 한다고 생각합니다. 웨더바이는 분명 이중간첩이었습니다. 그는 협회를 일종의 택배 시스템으로 활용했고, 하이데거는 우연히 그걸 발견한 듯합니다. 그걸 알아차린 웨더바이는 협회를 공격해야만 했습니다. 콘돌은 그 사건을 설명해줄 수 있는 열쇠입니다. 웨더바이는 멍청한 실수를 저질렀습니다. 그가 거느린 비밀조직의 일부 멤버들이 여전히 돌아다니고 있을 겁니다. 하지만 저는 그의 운명이 정보의 누설을 봉쇄했다고 생각합니다. 제 생각에, 우리가 지금 해야 할 중요한 일은 콘돌을 데려오는 겁니다. 그가 우리에게 줄 수 있는 정보를 확보하면, 우리는-마로닉이라는 자가 실제로 존재한다면, 그자를 포함해서-남아 있는 몇 안 되는 잔존 세력을 파악하고 우리가 잃은 정보가 얼마나 많은지 파악하려고 애써야 할 겁니다."

부국장은 주위를 둘러봤다. 그가 회의 종료를 선언하려고 할 때, 노인이 그의 눈을 사로잡았다.

"한두 가지 의견을 말해도 되겠소, 부국장?"

"물론입니다, 선배님. 선배님 의견이라면 언제든 환영입니다."

실내에 있는 사람들은 주의를 더 잘 기울이려고 자세를 바로잡았다. 선장도 자세를 바로잡았다. 불만스러운 기색이 풍기는 공손함에서 비롯된 몸놀림이기는 했지만.

노인은 입을 열기에 앞서 FBI 대표를 향해 호기심 어린 눈길을 보냈다.

"내 생각은 수사국에서 오신 우리 동료하고는 다르다는 말을 꼭 해야겠군요. 그의 설명은 굉장히 그럴듯합니다만, 내가 충격적이라는 것을 알게 된 불일치가 한두 가지 있습니다. 웨더바이가 이중간첩 중에 최고위층 요원이었다면, 그는 어떻게, 왜 죽은 걸까요? 이게 논란의 여지가 있는 질문이라는 걸 압니다. 최소한 연구소 인력들이 현재 하고 있는 철저한 조사가 종료되기 전까지는 말입니다. 나는 연구소가 그가 살해당했다는 걸 알아낼 거라고 확신합니다. 그런 종류의 명령은 고위급에서 내려와야 하는 걸 겁니다. 더불어, 나는 이중간첩-택배 시스템 설명 전체에도 뭔가 잘못된 게 있다고 느낍니다. 확실한 건 하나도 없고, 순전히 감으로만 말입니다. 우리는 사소한 변화를 두 가지 주면서 우리가 해온 방식을 거의 그대로 밀고 나가야 한다고 생각합니다.

첫째, 관련자 전원의 배경을 캐고 그들의 경로가 교차되는 지점을 찾아야 합니다. 우리가 무얼 발견할지 누가 알겠습니까? 둘째, 콘돌에게 활보하고 다닐 기회를 줍시다. 그가 뭔가를 발견할지도 모르니까요. 그의 포위망을 조금 풀어주고 배경 조사에 집중합시다. 여러분만 괜찮다면, 나는 다음 회의에 밝혔으면 하는 다른 아이디어를 몇 개 갖고 있습니다. 지금은 이게 내가 가진 전부입니다. 고맙소, 부국장."

"감사합니다, 선배님. 여러분, 물론 최종 결정은 정보국 국장님의 몫입니다. 하지만 저는 우리가 추천하는 의견들이 상당한 무게를 갖게 될 거라고 장담합니다. 우리가 뚜렷한 결정을 내리기 전까지는, 저는 우리가 지금까지 해온 대로 계속 해나갈 계획입니다."

노인은 부국장을 쳐다보며 말했다. "우리가 당신에게 할 수 있는 지원은 모두 다 할 거라고 믿어도 좋습니다."

그 즉시 FBI 요원이 쏘아붙였다. "우리는 그러지 않는다는 겁니까?" 노인을 쏘아본 그는 대답으로 기이한 미소를 받았다.

"여러분," 부국장이 말했다. "여러분이, 지금은 물론이고 과거에, 저희에게 보내주신 지원에 대해 여러분 모두에게 감사드리고 싶습니다. 모두들 와주셔서 감사드립니다. 다음 회의 일정은 추후에 통고하겠습니다. 좋은 하루 보내십시오."

사람들이 떠나는 동안, FBI 요원이 노인을 힐끔 봤다. 그는 자신도 모르게 반짝거리는, 기이한 눈빛의 두 눈을 응시하고 있었다. 그는 서둘러 방을 나섰다. 방에서 나가는 길에, 해군 선장이 재무부 대표에게 투덜거리느라 몸을 돌렸다. "젠장, 야전 보직에 그대로 있었어야 하는 건데! 이런 따분한 회의 때문에 진이 다 빠진다니까." 코웃음을 치며 해군모를 쓴 그는 성큼성큼 회의실에서 멀어졌다. 부국장은 방을 나서는 마지막 사람이었다.

"이건 전혀 마음에 들지 않소."

두 남자는 이동하는 군중의 바로 옆에서 의사당 구내를 따라 산책했다. 오후의 관광객 러시는 줄어들고 있었고, 일부 공무원들은 일찍 퇴근하고 있었다. 의회 입장에서 월요일은 시간이 느리게 흐르는 날이다.

"나 역시 마음에 들지 않소, 친구. 하지만 우리는 상황을 우리가 바라는 방식대로가 아니라 있는 그대로 다뤄야만 합니다." 나이가 더 많은 남자는 눈에 띄게 생긴 동행을 찬찬히 훑어보고는 말을 이었다. "하지만, 최소한 우리는 예전보다 아는 게 조금 더 많소. 예를 들어, 지금 우리는 콘돌이 죽는 게 얼마나 중요한지를 알고 있잖소."

"콘돌만 그래야 하는 게 아니라고 생각합니다." 드물게 부는 워싱턴의 바람이 눈에 띄게 생긴 남자의 목소리를 따스한 날씨에도 몸을 떠는 동행에게 실어갔다.

"무슨 뜻이오?"

대답에는 혐오감이 묻어 있었다. "말이 안 됩니다. 웨더바이는 강인하고 경험 많은 요원이었습니다. 그는 충격을 당했음에도 어찌어찌 스패로우 4를 죽였습니다. 당신은 정말로 그런 남자가 내 이름을 외쳤을 거라고 믿는 겁니까? 그가 실수를 저질렀다고 칩시다. 그런데 왜 내 이름을 외치겠습니까? 말이 안 됩니다."

"그렇다면 제발 설명해주시오. 말이 되는 게 무엇인지?"

"확실하게 말하지는 못하겠습니다. 하지만 우리가 모르는 무슨 일인가가 진행되고 있습니다. 아니면 최소한 내가 모르는 무슨 일인가가요."

정신적인 충격 탓에 위엄 있게 생긴 남자의 목소리가 떨렸다. "내가 당신에게 정보를 주지 않고 있다는 뜻으로 하는 말은 아니겠죠?"

바람이 긴 침묵을 채웠다. 천천히, 르바인-마로닉이 대답했다. "모르겠습니다. 그렇지는 않을 거라 봅니다만, 가능성은 존재하죠. 반론을 펴는 수고 따위는 마십시오. 나는 가능성을 바탕으로 행동하는 사람이 아닙니다. 하지만 당신이 우리의 지난번 대화를 명심하기를 바랍니다."

남자들은 말없이 5, 6분을 걸었다. 의사당 구내를 벗어난 그들은 한가로운 걸음으로 대법원 건물을 지나 이스트 캐피톨 스트리트에 들어섰다. 결국 나이 많은 남자가 침묵을 깼다. "당신 부하들이 뭔가 새로운 걸 확보했나요?"

"전혀 없습니다. 우리는 모든 경찰 교신과 정보국과 수사국 팀들이 주고받는 통신을 모니터하고 있습니다. 우리 인원 고작 세 명이서는 현장 작업을 그리 많이 할 수 없습니다. 내 계획은 콘돌을 확보한 그룹이 그를 안전 가옥에 데려가기 전에 그를 가로채는 겁니다. 그를 특정 안가로 데려가도록 일을 처리할 수 있습니까? 아니면 최소한 그들이 어떤 사전 계획을 세웠는지 알아낼 수 있습니까? 그렇게 하면 고려해야 할 가능성을 상당히 줄일 수 있을 겁니다." 나이 많은 남자가 끄덕거리자, 마로닉은 말을 이었다.

"이상한 인상을 주는 또 다른 건 로이드입니다. 내가 아는 한, 경찰은 아직 그를 이 사건과 연계시키지 않았습니다. 콘돌의 지문이 아파트 곳곳에 묻어 있을 게 분명한데도, 경찰은 지문을 뜨지도 않고—이게 의심스럽습니다—그들을 지명수배에 올렸습니다. 그게 전혀 마음에 들지 않습니다. 제대로 들어맞지도 않고요. 그들을 자극하지 않는 방식으로 그 문제를 확인해줄 수 있겠습니까?"

나이 많은 남자가 다시 고개를 끄덕였다. 두 남자는 산책을 계속했다. 겉으로 보기에는 퇴근해서 귀가하는 사람들이었다. 이 무렵 그들은 의사당에서 세 블록 떨어진 곳에 있었다. 주택가까지 온 것이다. 두 블록 아래에서 시티버스가 옆으로 차를 대고는 디젤 매연을 뿜으며 소규모 통근자들을 인도에 내려놓았다. 버스가 떠나자, 통근자 중 두 명이 집단에서 떨어져 나와서는 의사당으로 향했다.

말콤은 임대한 픽업트럭을 반납하는 문제를 놓고 심각하게 고민했었다. 픽업은 그들에게 상대적으로 은밀한 교통수단이었지만, 눈에 잘 띄는 수단이기도 했다. 워싱턴에서는 픽업이 흔한 편이 아니다. '알폰소의 유홀, 마이애미비치'라는 문구가 선명하게 장식된 픽업은 특히 더 그랬다. 트럭 임대료도 계속 쌓였다. 말콤은 가진 돈을 가급적 많이 비상금으로 보유하고 싶었다. 그는 그가 계획한 몇 가지 행보를 취하려면 대중교통을 이용해도 충분할 거라는 결론을 내렸다. 웬디는 내키지 않는 심정으로 동의했다. 그녀는 픽업을 모는 걸 좋아했다.

사건은 두 남자가 거리 건너편을 향해 나란히 걸어가는 중에 일어났다. 강한 돌풍이 불었는데, 웬디가 헐렁하게 쓴 가발을 붙든 헤어핀이 그 바람을 이겨내지 못했다. 돌풍은 그녀의 머리에서 풍성한 금발을 낚아채서는 거리로 던져버렸다. 정거장을 미끄러져 지난 가발은 도로 거의 한복판에 꼴사나운 모습으로 누웠다.

충격을 받은 웬디가 흥분해 소리를 질렀다. "말콤, 내 가발! 가져와, 가져와!" 그녀의 날카로운 목소리가 바람 소리와 경미한 교통 체증을 이겨냈다. 거리 건너편에서 르바인-마로닉이 그의 동행을 갑작스레 당겨 멈춰 세웠다.

말콤은 웬디가 그의 이름을 부르는 실수를 저질렀음을 알았다. 주차된 차들과 거리 사이로 걸음을 내디디며 가발 회수 임무에 나서는 동안, 그는 몸짓으로 그녀에게 조용히 하라는 신호를 보냈다. 그는 거리 건너편의 두 남자가 그를 지켜보고 있다는 걸 깨달았다. 그래서 그는 태연한 척하려고, 아마도 아내 때문에 민망해하는 척 보이려고 애썼다.

르바인-마로닉은 느리지만 신중하게 움직였다. 그의 날카로운 두 눈은 거리 건너편의 커플에게 맞춰졌고, 그의 머리는 커플의 특징 하나하나를 비교하는 작업을 진행 중이었다. 그는 특징들이 끝내주게 일치한다는 사실이 주는 충격을 무시하면서 그 순간에 집중하기에 충분할 정도로 경험이 많았다. 그의 왼손이 정장 코트의 단추를 끌렀다. 말콤은 곁눈으로 그 모습을 보며 이 모든 모습을 머리 뒤쪽에 기록했지만, 그의 관심은 발치에 있는 머리카락 뭉치에 맞춰져 있었다. 그가 두 손을 가발을 향해 뻗을 때,

웬디가 그의 옆에 당도했다.

"젠장, 망할 놈의 가발이 망가졌을 거야." 웬디가 헝클어진 덩어리를 말콤에게서 잡아챘다. "멀리 가지 않아도 돼서 다행이네. 다음번에는 핀을 두 개 써야겠어……."

마로닉의 동행은 현장을 떠난 지가 지나치게 오래됐다. 그는 인도에 서서 거리 건너편의 커플을 응시했다. 그가 수상한 모습으로 어떤 단어를 말하는 순간, 그가 열심히 응시하는 모습이 말콤의 주의를 끌었다. 말콤은 남자가 하는 말의 내용은 잘 몰랐지만, 뭔가가 잘못됐다는 건 알았다. 그는 남자의 동행에게 관심을 옮겼다. 주차된 차 뒤에서 모습을 드러낸 그 남자는 거리를 건너기 시작했다. 말콤은 단추를 끄른 코트를, 배 위에 반듯하게 대기하고 있는 손을 인지했다.

"도망쳐!" 그는 웬디를 멀리 밀쳐내며 주차된 스포츠카 뒤로 몸을 날렸다. 인도에 다다랐을 때, 그는 자신이 바보 같고 우스꽝스러운 짓을 하는 것이기를 바랐다.

마로닉은 방탄 커버 뒤에 숨은, 아마도 무장하고 있을 남자를 공격하면서 확 트인 구역을 가로질러 달리는 건 좋은 방안이 아니라는 걸 알았다. 그는 사냥감에게 확실한 총격을 가하고 싶었다. 사냥감 중 일부가 탈출하고 있다는 것도 알았다. 그걸 막아야 했다. 그의 팔이 움직임을 멈췄을 때, 그의 몸은 탄탄하고 균형 잡힌, 모범적인 사격 자세를 취했다. 그의 오른손에 있는 뭉툭한 리볼버가 한 번 울렸다.

웬디는 그 일이 자신에게 일어났을 때, 자신이 왜 달리고 있는지도 모른 채 네 걸음을 대단히 빨리 걸은 참이었다. 그녀는 꼴이 우습다고 생각했지만, 속도는 조금만 줄였다. 그녀는 주차된 차 두 대 사이로 몸을 피하고는 조깅 수준으로 속도를 늦췄다. 그녀는 투어 버스들이 일렬로 서 있는 대피소에서 1미터쯤 떨어진 곳에서 고개를 돌려 왼쪽 어깨 너머로 말콤을 바라봤다.

강판피복을 입힌 탄환이 두개골 밑을 강타했다. 총에 맞은 그녀는 꼭두각시 발레리나가 앙증맞은 발을 돌리는 것처럼, 천천히 몸을 돌렸다.

말콤은 그 충격이 무슨 의미인지 알았지만, 여전히 사태를 지켜만 봐야 했다. 그는 왼쪽으로 고개를 돌려 6미터 떨어진 인도에 쓰러져 있는, 기이하게 구겨진 형체를 봤다. 그녀는 죽었다. 그는 그녀가 죽었다는 걸 알았다. 지난 며칠간 죽은 사람을 너무도 많이 봐온 탓에 그 모습을 잘못 볼 수가 없었다. 줄기를 이룬 피가 낮은 곳에 있는 그를 향해 서서히 흘러내렸다. 그녀는 여전히 손에 가발을 움켜쥐고 있었다.

말콤은 총을 꺼냈다. 그가 머리를 들자 마로닉의 리볼버가 다시금 총성을 냈다. 총알이 자동차 후드를 가로지르며 날카로운 쇳소리를 냈다. 말콤은 몸을 수그렸다. 마로닉은 재빨리 거리 건너편을 노리기 시작했다. 총알이 네 발 남았다. 그는 그중 두 발을 추가 공격을 가하는 데 썼다.

워싱턴의 캐피톨 힐은 아이러니한 특징을 두 가지 가진 곳이다—시내에서 범죄율이 가장 높은 곳에 속하는 동시에 경찰이 가장 많이 몰려 있는 곳에 속하기도 한다. 마로닉의 총소리와 겁에 질린 관광객들이 내는 비명을 들은 교통경찰 한 명이 달려왔다. 땅딸하고 약간 뚱뚱한 그 남자의 이름은 아서 스테빈스였다. 그는 5년쯤 후에 은퇴할 계획이었다. 그는 아주 많은 동료 경관이 그의 등 뒤 불과 몇 초 거리에 있다는 걸 확신하면서 범죄 현장일 가능성이 높은 곳으로 휘청거리며 나아갔다. 그가 처음 본 건 거리 건너편에서 손에 총을 쥐고 조금씩 이동하는 남자였다. 이 모습은 그가 본 마지막 모습이기도 했다. 마로닉의 총알이 그의 가슴을 정통으로 맞췄기 때문이다.

마로닉은 자신이 곤경에 처했음을 알았다. 그는 경찰이 도착하기까지 1분만 있었으면 좋겠다고 생각했다. 그때면 콘돌은 다른 세상 사람일 거고, 그는 멀리 달아날 수 있었다. 그런데 그의 눈에 한 블록 건너편에 있는 푸른 형체 두 개가 보였다. 그 형체들은 각자의 벨트에서 무언가를 잡아당기고 있었다. 신속하게 확률 계산을 마친 마로닉은 빠져나갈 길을 찾으며 몸을 돌렸다.

이 순간, 무척이나 지루해하는 의회 보좌관이 레이번 하우스 오피스 빌딩에서 나와 마로닉 바로 뒤에 있는 골목으로 차를 몰아 집으로 향하고 있었다. 보좌관은 시내 중심도로의 교통 상황을 확인하려고 빨강 폭스바겐 비틀을 세웠다. 많은 운전자가 그러듯, 그는 그가 지나가는 구역에는 그다지 주의를 기울이지 않았다. 마로닉이 그의 차 문을 급히 열고 그를 끌어낸 다음 그의 얼굴에 피스톨을 갈기고는 비틀을 타고 서둘러 달아났을 때, 그는 무슨 일이 일어났는지를 거의 깨닫지 못했다.

마로닉의 동행은 이 모든 사건이 벌어지는 내내 가만히 서 있었다. 마로닉이 도주하는 모습을 본 그도 역시 달아났다. 이스트 캐피톨 스트리트를 달려 올라간 그는 현장에서 15미터도 채 떨어지지 않은 곳에서 검정 메르세데스 벤츠에 올라타고는 서둘러 달아났다. 말콤은 차의 번호판을 보려고 마침맞은 시간에 머리를 들었다.

말콤은 거리 아래편의 경찰들을 봤다. 그들은 동료의 시신 옆에 모여 있었다. 그들 중 하나가 허리에 찬 무전기에 대고 마로닉의 인상착의와 빨강 폭스바겐에 대해 전하면서 병력 증원과 앰뷸런스를 요청하고 있었다.

말콤은 그들이 자신을 아직 보지 못했다는 걸 깨달았다. 또는, 그들이 자신을 봤더라도 그를 그저 경관 살해를 목격한 행인으로 판단했음을 깨달았다. 그는 주위를 둘러봤다. 주차된 차량들 뒤에, 그리고 잘 다듬은 잔디밭 주위에 있는 사람들은 너무도 겁에 질린 탓에 그가 시야를 벗어날 때까지 소리도 지르지 못했다. 그는 폭스바겐이 왔던 방향으로 재빨리 걸었다. 그는 모퉁이를 돌기 직전에 인도에 있는 구겨진 몸뚱어리를 돌아봤다. 경찰 한 명이 웬디의 움직이지 않는 시신 위로 몸을 굽히고 있었다. 말콤은 슬픔을 삼키고는 외면했다. 세 블록을 지난 후, 그는 택시를 잡아 다운타운으로 향했다. 뒷자리에 앉은 그의 몸이 가볍게 떨렸지만 그의 정신은 활활 불타올랐다.

수비 솜씨가 좋은 능숙한 기사가 되기 위한 첫걸음은 공격적인 태도로 수비를 하는 것이다. 그렇게 할 경우, 당신은 다른 기사들은 꿈도 꾸지 못할 미묘한 방어적인 자원들을 찾아낼 수 있다. 당신은 적극적으로 반격하는 수를 영리하게 찾아내는 것으로 상대의 공격 전열을 자주 흐트러뜨릴 것이다. 한 걸음 더 나아가, 당신은 상대의 기분을 상하게 만들 것이다.

-프레드 레인펠드, 『완벽 체스 강의』

월요일 늦은 시각

"난장판이 벌어졌습니다, 어르신." 파웰의 목소리에는 그가 느낀 무력감이 반영돼 있었다.

"무슨 뜻인가?" 노인은 전화선 건너편에서 들려오는 단어를 하나도 놓치지 않으려고 안간힘을 썼다.

"여자가 캐피톨 힐에서 총에 맞았습니다. 목격자 두 명이 마로닉의 오래된 사진을 보고는 자기들이 본 사람이 맞는 것 같다고 확인했습니다. 여자하고 있다 도망친 일행이 말콤이라는 것도 확인했습니다. 우리가 알 수 있는 한, 말콤은 부상당하지 않았습니다. 마로닉은 경찰도 살해했습니다."

"하루에 두 명을 죽이다니 마로닉도 무척 바빴겠군."

"여자가 죽었다는 말씀은 드리지 않았습니다, 어르신."

말을 멈춘 게 아닐까 싶은 극히 짧은 시간이 지난 후 긴장한 목소리가 말했다. "마로닉은 사냥감을 놓치지 않는 걸로 유명한 자야. 여자가 죽은 것 맞지, 그렇지?"

"아닙니다, 어르신. 마로닉이 명중시켰다 쳐도 무방할 정도기는 하지만 말입니다. 2.5센티미터만 옆에 맞았어도 그녀의 뇌가 인도를 뒤덮었을 겁니다. 지금, 그녀는 상당히 심각한 두부(頭部) 부상을 당한 상태입니다. 현재는 정보국 병원에 있습니다. 의료진이 가벼운 수술을 해야 했습니다. 이번에는 제가 보안 업무를 처리했습니다. 또 다른 웨더바이가 생기는 건 원치 않으니까요. 아가씨는 의식불명 상태입니다. 의사들 말로는 그녀가 이틀 정도는 그런 식으로 지낼 테지만, 결국에는 괜찮아질 거라더군요."

노인이 "그녀가 누군가에게 무슨 얘기를 할 수 있는 상태였었나? 아무 얘기라도?"라고 물을 때 목소리는 간절하면서도 강렬했다.

"아뇨, 어르신." 파웰은 실망스러운 기색으로 대답했다. "그녀는 총에 맞았을 때부터 의식불명 상태였습니다. 병실에 부하 두 명을 배치해뒀습니다. 병실에 들어오는 사람은 누구건 이중 확인 작업을 하게끔 시켰습니다. 그녀가 의식을 찾을 경우에 대비해서 대기시킨 것이기도 합니다.

또 다른 문제가 있습니다. 경찰이 완전히 뚜껑이 열렸습니다. 경찰이 가진 자원을 총동원해서 마로닉을 추적하고 싶어 합니다. 그들 입장에서는 캐피톨 힐에서 경찰 한 명이 사망하고 여성 한 명이 부상당한 사건이 우리의 스파이 추격보다 의미가 더 큰 일입니다. 경찰을 간신히 말리기는 했지만, 오래 그럴 수 있을 것 같지는 않습니다. 경찰이 자신들이 확보한 관련 정보를 활용해서 수색을 시작한다면, 정보국도 우리가 활동하는 걸 알아차릴 겁니다. 어떻게 해야 할까요?"

노인은 잠시 침묵한 다음 입을 열었다. "그냥 놔두게. 경찰에게 우리가 아는 모든 걸 담은, 마로닉의 단서 몇 개를 알아차리기에 충분한, 약간 위생 처리한 보고서를 넘겨주게. 동원할 수 있는 자원을 총동원해서 그를 쫓으로고 말하고, 많은 도움을 주겠다고 말하고. 우리가 반드시 고수해야 하는 유일한 건 그들이 그를 체포했을 때 그를 가장 먼저 심문할 수 있는 권리야. 그런 주장을 고수하면서, 내가 우리 주장을 뒷받침할 지휘권을 확보할 수 있을 거라고 말하도록 하게. 말콤도 찾아내라고 전하고. 마로닉이 그들을 기다리고 있었던 것처럼 보이나?"

"그런 것 같지는 않습니다. 말콤하고 여자가 이용한 숙소를 찾아냈습니다. 마로닉은 근처에 있다가 우연히 그들을 알아본 것 같습니다. 경찰이 아니었다면 그는 콘돌을 붙잡았을 겁니다. 또 하나 있습니다. 마로닉이 혼자 있지 않았다고 맹세한 목격자가 한 명 있습니다. 다른 남자를 제대로 보지는 못했지만, 그 남자가 마로닉보다 더 나이 들어 보였다고 말했습니다. 나이 많은 남자는 사라졌습니다."

"그걸 확인해준 다른 목격자들의 진술이 있나?"

"없습니다만, 그 사람 말을 믿고 싶습니다. 다른 남자는 아마도 우리가 쫓는 주요 이중간첩일 겁니다. 의사당은 사람 만나기에는 끝내주는 곳이니까요. 그 점으로 마로닉이 말콤과 여자를 우연히 발견한 것도 설명할 수 있습니다."

"그렇군. 으음, 마로닉의 친구와 관련해서 자네가 모을 수 있는 모든 정보를 내게 보내게. 목격자들을 통해 인상착의 스케치를 그리거나 번호판을 확인할 수 있나? 무엇이라도?"

"아뇨. 분명한 게 하나도 없습니다. 운이 좋으면, 여자가 조금 있다 의식을 찾았을 때 우리에게 도움을 줄 수 있을 겁니다."

"그렇지." 노인이 부드럽게 말했다. "그렇게만 되면 대박이 터지는 거지."

"지시하실 사항 있으십니까?"

노인은 잠시 침묵에 잠겼다 말했다. "『포스트』에 광고를 하나 싣게. 아니, 두 개 싣는 게 낫겠군. 우리 애송이가 지금 어디에 있건, 그는 우리한테서 소식이 오기를 기다릴 거야. 생각을 차분하고 체계적으로 할 상황은 아닐 테니까, 암호화하지 않은 간단한 광고를 암호화한 광고하고 같은 페이지에 싣도록 해. 그에게 우리한테 연락하라고 하게. 암호화된 광고에는 여자가 살아 있으며 원래 계획은 취소하라는 내용, 우리가 그를 안전한 곳으로 데려갈 방법을 찾느라 애쓰고 있다는 내용을 싣도록 하고. 그가 코드북 사본을 갖고 있거나 입수 가능한지 여부에 대해서는 우리도 운에 맡겨야만 하겠지. 암호화하지 않은 광고에 중요한 내용은 하나도 실어서는 안 되네. 우리 애송이 말고 또 누가 『포스트』를 읽을지 모르니까."

"암호화하지 않은 광고를 본 우리 동료들이 무슨 일인가가 진행되고 있다는 걸 짐작할 겁니다."

"그건 불편한 사실이지만, 결국에는 그들하고 얼굴을 맞대야 한다는 걸 알지 않나. 하지만 내가 그들을 그럭저럭 처리할 수 있을 거라 생각하네."

"말콤이 어떻게 할 거라 생각하십니까?"

노인은 또 다른 짧은 침묵이 흐른 후에야 대답했다. "나도 모르겠군." 그가 말했다. "많은 게 그가 무엇을 알고 있느냐에 달렸네. 그는 여자가 죽었다고 생각할 거라 확신하네. 여자가 살아 있다고 생각한다면, 그는 지금 상황에 대해 다른 반응을 보일 거야. 우리는 여자를 말콤이나 적대 세력을 낚는 미끼로, 어떤 식으로건, 활용할 수 있을 거야. 하지만 지금으로서는 기다리면서 상황을 주시해야만 하네."

"제가 하기를 바라는 다른 일은 없으십니까?"

"많지. 하지만 자네에게 지시할 수 있는 내용은 하나도 없네. 말콤하고 마로닉하고 마로닉의 동행을 계속 찾도록 하게. 이 난장판을 설명해줄지도 모르는 건 무엇이건 찾도록 해. 그리고 나한테 계속 연락하게, 케빈. 나는 우리 동료들을 만난 후에 아들놈 집에서 저녁을 먹을 계획이네."

"역겨운 일이라고 생각합니다!" FBI에서 온 남자가 노인을 노려보려고 테이블 건너로 몸을 기울였다. "당신은 알렉산드리아의 살인사건이 이 사건과 연관이 있다는 걸 내내 알고 있었으면서도 우리에게 알리지 않았습니다. 더 나쁜 건, 경찰이 그 사건을 보고하고 관례에 따라 처리하는 걸 당신이 막았다는 겁니다. 정말 역겹군요! 세상에, 지금쯤이면 우리는 말콤하고 여자를 추적할 수 있었을 겁니다. 두 사람 다 안전했을 겁니다. 설령 우리가 그들을 확보하지 못했다고 하더라도 우리는 다른 이들을 열심히 추적하고 있었을 겁니다. 알량한 자존심 얘기는 들었습니다만, 이건 국가 안보가 걸린 문제란 말입니다! 장담하건대, 우리 수사국 인력이라면 그런 식으로는 행동하지 않았을 겁니다!"

노인은 미소를 지었다. 그는 그들에게 마로닉과 알렉산드리아 살인사건 사이에 관련이 있다는 정도의 얘기만 알려줬다. 그가 얼마나 많은 걸 알고 있는지를 깨달았을 때 그들이 터뜨릴 분노를 상상해보라! 그는 얼떨떨해하는 표정들을 힐끔 봤다. 관계를 개선할 때가 됐다. 그렇지 않더라도, 최소한 합리적인 모습을 보일 때가 됐다. "여러분, 여러분, 여러분이 화를 내는 것도 이해합니다. 하지만 내가 그렇게 행동한 데는 나름의 이유가 있었다는 걸 여러분도 물론 깨달을 겁니다.

여러분이 모두 알듯, 나는 정보국에 누설자가 있다고 믿습니다. 거물급 누설자라는 말도 덧붙여야겠죠. 그 누설자가 이 사안에 기울이는 우리의 노력을 좌절시킬 거라는 게 내 견해였고 지금도 그렇게 생각합니다. 결국, 최종 목표는—우리가 그걸 인정하건 않건—바로 그 누설자를 색출하는 겁니다. 자, 여기 이 집단 안에는 누설자가 없다는 걸 나는 어떻게 알 수 있을까요? 우리라고 그런 위험에서 면제된 게 아닙니다." 그는 잠시 말을 멈췄다. 테이블 주위에 있는 사람들은 경험이 풍부한 사람들인지라 서로를 힐끔거리거나 하지는 않았다. 하지만, 노인은 긴장감이 고조되는 걸 느낄 수 있었다. 그는 자신의 성과를 자축했다.

"자, 그런데 말입니다," 그가 말을 이었다. "우리 집단에 그렇게 많은 내용을 숨긴 건 내가 잘못한 일일지도 모르지만, 나는 그렇게 생각하지 않습니다. 누군가를 비난하자는 게 아닙니다. 한편으로, 여기에 누설자가 있을 가능성을 제쳐둔 것도 아닙니다. 나는 여전히 내 행보가 신중했다고 생각합니다. FBI에서 온 우리 친구가 그런 말을 했음에도, 나는 내가 정보를 다 밝혔더라도 달라질 게 그리 많지 않았을 거라고 믿습니다. 우리는 여전히 우리가 지금 현재 있는 자리에 있게 됐을 거라고 생각합니다. 그런데 그건 중요한 문제가 아닙니다. 적어도 지금 당장은 그렇지 않습니다. 문제는, '우리가 여기에서 어디로 가야 하느냐, 어떻게 가야 하느냐'입니다."

부국장은 실내를 둘러봤다. 노인이 던진 질문에 어느 누구도 열심히 대답하려는 기미를 보이지 않았다. 물론, 그런 상황은 그가 직접 자신이 벌인 일을 계속해나가야만 한다는 뜻이었다. 부국장은 그런 순간들이 두려웠다. 그는 남들의 감정을 상하게 만들면서 심기를 불편하게 만드는 걸 늘 조심해야 했다. 부국장은 적에 대해서만 걱정할 필요가 있는 현장 임무에 나섰을 때가 훨씬 더 편했다. 목을 가다듬은 그는 노인이 기대한 것이었으면 싶은 계책을 활용했다. "선배님 의견은 어떤 겁니까, 선배님?"

노인은 미소를 지었다. 잘했어, 단스워스. 그는 게임을 썩 잘했다. 대단히 잘하지는 못했지만. 어떤 면에서, 그는 그에게 이런 일을 하는 게 싫었다. 그는 오랜 친구에게서 눈길을 떼서는 허공을 응시했다. "솔직히 말하자면, 부국장, 나도 무슨 의견을 내야 할지 모르겠소. 정말이지, 무슨 말을할 수가 없어요. 물론, 나는 우리가 무슨 일인가를 하려고 계속 노력해야한다고는 생각합니다."

부국장은 속으로 움찔 놀랐다. 선배에게 던졌던 공이 그에게로 다시 돌아왔다. 그는 테이블 주위에 있는, 갑자기 그리 유능하고 열성적으로 보이지 않는 사람들을 둘러봤다. 그들은 부국장의 눈을 피해 사방으로 눈길을돌렸지만, 그럼에도 부국장은 그들이 자신의 일거수일투족을 지켜보고 있다는 걸 잘 알았다. 부국장은 다시 목을 가다듬었다. 그는 이 고통을 가급적 빨리 끝장내겠다고 다짐했다. "그렇다면, 제 생각으로는, 아무도 새로운 아이디어가 없는 것 같군요. 결과적으로, 저는 앞으로도 우리가 지금껏해온 방식대로 계속 활동해나가는 걸로 결정했습니다." – '그게 무엇을 뜻하건 상관없이'라고 그는 생각했다. – "더 논의할 내용이 없다면······" 그는 잠깐 말을 멈췄다. "······휴회를 제안합니다." 부국장은 서류를 정리해서 가방에 집어넣은 다음 서둘러 방을 나섰다.

다른 사람들이 떠나려고 일어설 때, 육군 정보부대 대표가 해군 선장에게 몸을 기울이며 말했다. "신혼여행을 갔는데 물건을 세우지 못하는 근시 숫총각이 된 기분입니다. 해야 할 일이 눈에 보이지도 않고 그 일을 할수도 없는 처지에 있는 것 같다는 말입니다."

해군 선장이 상대를 쳐다보며 말했다. "나한테는 그런 문제가 전혀 없소이다."

말콤은 택시를 세 번이나 갈아탄 후에야 마침내 워싱턴 북동쪽으로 향했다. 다운타운 지역의 변두리에서 택시를 내린 그는 동네 주위를 걸어 다녔다. 택시가 소도시 주위를 달리는 동안 그는 계획을 세웠다. 개략적이고 모호한 계획이었지만, 아무튼 계획은 계획이었다. 그의 첫 행보는 사냥꾼들로부터 몸을 숨길, 대단히 중요한 피신처를 찾아내는 것이었다.

그 작업에는 겨우 20분밖에 걸리지 않았다. 여자가 그를 발견하고는 그가 가는 길과 평행한 길로 신중히 움직이는 모습을 그는 봤다. 여자는 모퉁이에서 거리를 건너왔다. 인도로 올라선 여자는 '헛걸음을 딛고는' 그에게로 넘어지며 자기 몸을 그의 몸 가까이로 눌렀다. 여자의 두 팔이 그의 양 옆구리를 빠르게 오르내렸다. 여자의 두 손이 그의 허리에 있는 총을 눌렀을 때, 그는 여자의 몸이 긴장하는 걸 느꼈다. 여자는 잽싸게 그에게서 몸을 뗐고, 유별나게 밝은 갈색 눈 한 쌍이 그의 얼굴에 꽂혔다.

"짭새예요?" 목소리로 보아 열여덟 살을 넘었을 리는 없다. 말콤은 지저분하게 염색한 여자의 금발과 창백한 피부를 내려다봤다. 여자에게서는 길모퉁이 드러그스토어에서 샘플로 받은 향수 냄새가 났다.

"아니." 말콤은 겁에 질린 얼굴을 쳐다봤다. "꽤나 위험한 사업을 하는 사람이라고 해두지." 그는 여자의 얼굴에 어린 공포를 볼 수 있었지만, 여자가 운에 맡기고 모험을 할 거라는 걸 알았다.

여자는 엉덩이와 가슴을 들이밀며 그에게 다시 몸을 기댔다. "이 동네에서 뭘 하는 건데요?"

말콤은 미소를 지었다. "여자가 필요해. 돈은 기꺼이 지불할 거야. 자,

내가 짭새라면 불시 단속은 무의미해. 그쪽을 상대로 함정 수사를 한 거니까. 그렇지?"

여자는 미소를 지었다. "그럼요, 호랑이 아저씨. 알아들었어요. 우리가 열 파티, 어떤 파티예요?"

말콤은 여자를 내려다보며 생각했다. 이탈리아계로군. 중부 유럽계든가. "요금이 어떻게 되는데?"

여자는 가능성을 가늠하며 그를 쳐다봤다. 오늘 하루는 지루했다. "정상적으로 한 번에 20달러?" 여자는 자신이 요구하는 게 아니라 요청하는 것이라는 걸 명확히 했다.

말콤은 길거리를 빨리 벗어나야 한다는 걸 잘 알고 있었다. 그는 여자를 쳐다봤다. "난 급할 거 없어." 그는 말했다. "그쪽에…… 밤새 하는 걸로 75달러 줄게. 그쪽 거처를 쓸 수 있다면, 아침까지 먹는 걸로 해서."

여자는 긴장했다. 그 정도 돈을 벌려면 온종일하고도 밤의 절반을 일해도 될까 말까였다. 그녀는 도박을 하기로 결심했다. 그녀는 손을 말콤의 가랑이로 천천히 움직이고 가슴을 그의 팔에 누르며 그에게로 몸을 기울여서는 자신의 행동을 가렸다. "이봐요, 허니, 자기 얘기 근사한데요, 그런데……." 그녀는 겁먹은 목소리로 말했다. "100으로 하면 안 돼요? 제발요. 내가 특별 서비스도 해줄게요."

말콤은 내려다보고는 고개를 끄덕였다. "100달러. 그쪽 거처에서 밤새 하는 걸로." 그는 주머니에 손을 뻗어 여자에게 50달러 지폐를 건넸다. "절반은 지금, 절반은 끝나고서. 허튼짓할 생각일랑 꿈도 꾸지 마."

여자는 그의 손에서 돈을 낚아챘다. "허튼짓 안 해요. 집에는 나 혼자뿐이에요. 그리고 나 정말로 끝내주게 잘해요. 정말로 잘한다고요. 우리 집은 멀지 않아요." 그녀는 그를 거리 아래로 안내하기 위해 그의 팔에 자기 팔을 끼웠다.

그들이 다음 모퉁이에 도착했을 때, 그녀가 속삭였다. "잠깐만, 허니, 저 사람하고 얘기 좀 해야 돼요." 여자는 그가 무슨 생각을 하기도 전에 팔을 풀더니 모퉁이에 있는 장님 연필 행상에게 서둘러 갔다. 말콤은 벽에 등을 기대고는 코트 안으로 잽싸게 손을 집어넣었다. 개머리판이 땀에 젖었다.

말콤은 여자가 남자에게 50달러를 슬쩍 넘겨주는 걸 봤다. 남자는 단어 몇 개를 웅얼거렸다. 여자가 근처에 있는 전화 부스로 잽싸게 걸어갔다. 그녀를 거칠게 떠밀고는 그녀의 가슴이 흔들리는 걸 보고 웃음 짓는 소년에게는 거의 신경도 쓰지 않았다. 부스에 걸린 표지판에는 '고장'이라고 적혀 있었지만, 그녀는 어쨌든 문을 열었다. 그녀는 전화번호부를 꼼꼼히 살폈다. 아니, 말콤은 그렇다고 생각했다. 여자가 그를 등지고 있었기 때문에 그 모습을 제대로 볼 수가 없었다. 그녀는 문을 닫고 재빨리 돌아왔다.

"기다리게 해서 미안, 허니. 별거 아닌 거래를 하느라. 자기 괜찮지, 그치?"

그들이 장님 옆에 왔을 때, 말콤은 걸음을 멈추고는 여자를 밀어냈다. 그는 남자의 얼굴에서 두꺼운 선글라스를 낚아챘다. 깜짝 놀란 여자를 신중하게 지켜본 그는 연필 장사를 바라봤다. 텅 빈 구멍 두 곳을 본 그는 선글라스를 낚아챌 때보다 빠르게 원래 자리로 돌려줬다. 그는 남자의 컵에 10달러 지폐를 채워줬다. "잊어버리쇼, 노인장."

쉰 목소리가 껄껄거렸다. "벌써 까먹었습니다, 선생님."

두 사람이 걸어가는 동안 여자가 그를 쳐다봤다. "왜 그랬던 거예요?"

말콤은 어리둥절해하는 칙칙한 얼굴을 내려다봤다. "그냥 확인 좀 하느라고."

여자의 거처는 주방과 욕실이 딸린 원룸이었다. 그들이 안전하게 안에 들어서기 무섭게 여자는 빗장을 지르고는 문을 잠갔다. 말콤은 사슬을 채웠다. "곧바로 올게요. 옷 벗고 있어요. 자기 그간 쌓인 거 정말 제대로 풀어줄게." 여자는 커튼으로 분리된 욕실로 쏜살같이 들어갔다.

말콤은 창밖을 살폈다. 3층. 아무도 기어오를 수 없었다. 좋아. 문은 튼튼했고 잠금 장치는 이중으로 돼 있었다. 그는 자신을 미행하거나 알아본 사람이 있다고는 생각하지 않았다. 그는 천천히 옷을 벗었다. 침대 옆 작은 테이블에 총을 올려놓고는 『리더스 다이제스트』 과월호로 총을 덮었다. 그가 눕자 침대가 비명을 질렀다. 그는 마음과 몸이 모두 아팠다. 하지만 가급적이면 평범하게 행동해야만 한다고 생각했다.

커튼이 갈라지며 여자가 그에게로 왔다. 여자의 두 눈이 반짝거렸다. 여자는 소매가 긴 검정 나이트가운 차림이었다. 가운은 앞이 열려 있었다. 여자의 두 가슴이 길고 가느다란 연필들처럼 달랑거렸다. 그녀의 다른 부위도 그녀의 가슴과 어울리게 가늘었다. 거의 수척하다고 말해도 좋았다. 여자의 목소리가 아득하게 들렸다. "자기, 오래 걸려서 미안. 이제 연애 시작하자."

침대에 올라온 여자는 그의 머리를 자기 가슴으로 당겼다. "거기야, 베이비, 잘했어." 그녀는 그의 몸 위로 두 손을 2분 정도 움직이고는 말했다. "자, 이제 정말 잘 보살펴줄게, 자기." 침대 아래로 이동한 그녀는 그의 사타구니로 머리를 파묻었다. 몇 분 후, 그녀는 그의 몸을 달래서 반응을 이끌어냈다. 몸을 세운 그녀는 욕실로 갔다가 바셀린 병을 들고 돌아왔다. "오, 베이비. 자기 정말 잘하네. 정말 잘해, 자기." 그녀는 윤활제를 직접 바르려고 침대에 몸을 눕혔다. "자기 맞을 준비 다 끝났어. 자기가 원하면 언제라도 할 준비가 다 됐어."

그들은 오랫동안 거기 누워 있었다. 말콤은 결국 그녀를 바라봤다. 그녀의 몸이 천천히, 신중하게, 열심히 움직였다. 그녀는 잠에 빠져들었다. 그는 욕실로 갔다. 그는 얼룩투성이인 변기 뒤에서 숟가락과 고무호스, 성냥, 집에서 만든 주사기를 찾아냈다. 작은 비닐 백에는 흰색 분말이 여전히 4분의 3가량 그득했다. 그는 나이트가운의 소매가 긴 이유를 이제야 알아차렸다.

말콤은 아파트를 수색했다. 속옷 네 벌과 블라우스 세 벌, 스커트 두 장, 드레스 두 벌, 청바지 한 벌, 바닥에 널려 있는 자주색 스웨터와 어울리는 빨간 스웨터 한 장을 찾아냈다. 벽장에는 찢어진 레인코트가 걸려 있었다. 주방에 있는 구두상자에서 워싱턴 교도소에서 죄수를 석방할 때 발행한 소지품 반환 영수증 여섯 장을 찾아냈다. 발급된 지 2년 된 고등학교 학생증도 있었다. 메리 루스 로젠. 뒷면에는 그녀가 다니는 유대교 회당의 주소가 타자로 깔끔하게 박혀 있었다. 허시 초콜릿 다섯 개와 코코넛 몇 개, 작은 그레이프프루트 주스 말고는 먹을 게 전혀 없었다. 그는 그걸 전부 먹어치웠다. 침대 아래에서 모건 데이비드 20/20 와인 병을 찾아낸 그는 문에다 병을 받쳤다. 그가 세운 이론이 옳다면, 누군가가 문을 열 때 병이 요란하게 깨질 것이다. 그는 힘없이 누워 있는 여자를 안아 올렸다. 여자는 거의 움직이지 않았다. 찢어진 안락의자에 여자를 눕힌 그는 축 늘어진 몸에 담요를 덮어줬다. 여자의 몸이 밤중에 편안하지 않았다고 하더라도 달라질 건 하나도 없을 터였다. 말콤은 콘택트렌즈를 빼고는 침대에 누웠다. 그는 채 5분도 지나기 전에 잠들었다.

거의 모든 체스 게임에는 반드시 인식해야 하는 위기가 찾아온다. 기사는 이 런저런 방식으로 무엇인가를 위태롭게 만든다―그가 자신이 하는 바를 잘 알고 있다면, 우리는 그걸 '계산된 위험'이라고 부른다.

당신이 이 위기의 본질을 이해한다면, 특정 계열의 플레이에 어떻게 뛰어들 었는지를 인지한다면, 특정 계열의 플레이에 뛰어들었다는 걸 예측할 수 있다면, 다음 과업과 그에 수반되는 난점들의 본질을 예측할 수 있다면, 모든 게 잘됐다. 그런데 이런 것들을 의식하지 못한다면, 당신은 그 게임을 잃게 될 것이고, 반격 해봐야 아무 소용이 없을 것이다.

―프레드 레인펠드, 『완벽 체스 강의』

화요일 오전부터 초저녁까지

말콤은 7시가 조금 지났을 때 깨어났다. 그러나 8시가 되기 전까지 조용 히 누워 있었다. 그는 머릿속으로 모든 가능성을 검토했다. 결국 계획을 계 속 이행하기로 결정했다. 그는 의자를 힐끔 봤다. 여자는 밤중에 마루로 미 끄러졌다. 담요가 머리를 싸고 있는 탓에 여자는 숨을 힘겹게 쉬고 있었다.

말콤은 자리에서 일어났다. 그는 서투른 노력을 한참 기울인 끝에야 여 자를 침대에 올려놓았다. 여자는 그러는 내내 거의 움직이지 않았다.

욕실에 있는 호스와 욕조에 달린 노즐에는 구멍이 나 있었다. 그래서 말콤은 뜨뜻미지근한 물로 샤워를 했다. 그는 약간 낡은 안전면도기로 면도를 성공적으로 해냈다. 이를 닦고 싶은 생각이 간절했지만, 여자의 칫솔은 차마 쓸 수가 없었다.

말콤은 아파트를 떠나기 전에 잠들어 있는 여자를 바라봤다. 두 사람이 합의한 대가는 100달러였고, 그는 50달러만 지불했었다. 그는 그 돈이 어디로 갔는지 알고 있었다. 그는 나머지 50달러를 마지못해 서랍장에 올려놨다. 어쨌든, 그것도 그의 돈은 아니었다.

세 블록 떨어진 곳에서 핫 숍을 찾아낸 그는 출근길에 오른 활기찬 이웃들 사이에서 아침을 먹었다. 레스토랑을 나선 그는 드러그스토어로 갔다. 그는 걸프(지금은 없어진 글로벌 석유회사) 주유소 화장실에서 이를 닦았다. 9시 38분이었다.

전화 부스를 찾아낸 그는 걸프 주유소에서 얻은 잔돈으로 전화를 걸었다. 첫 전화는 전화번호 안내를 받으려고 건 거였고, 두 번째 전화는 볼티모어에 있는 작은 사무실로 건 거였다.

"차량등록사무국입니다. 어떻게 도와드릴까요?"

"예." 말콤이 대답했다. "저는 알렉산드리아에 사는 윈스롭 에스테스입니다. 제가 신세를 갚으려고 하는데 도와주실 수 있나 해서요."

"무슨 말씀인지 모르겠는데요."

"있잖아요, 어제 제가 집으로 퇴근하는 길이었는데, 도로 한복판에서 차 배터리가 맛이 갔지 뭡니까. 다시 시동을 걸어야 했는데, 남은 전기가 시동을 걸기에는 부족했지요. 포기하고는 차를 길 밖으로 밀어내려 애쓰는 순간에 메르세데스 벤츠를 탄 분이 내 뒤에 차를 세우더군요. 그분 자신의 차가 상당히 위험했는데도 그분은 시동을 걸 수 있을 때까지 내 차를 밀어줬어요. 그러고는 고맙다는 인사를 할 기회도 없이 차를 몰고 떠나셨죠. 내가 아는 거라고는 그분의 자동차 번호뿐이에요. 그분에게 최소한 감사편지를 보내거나 술이라도 한잔 사고 싶습니다. 이웃지간에 돕고 지내는 그런 일이 D.C.에서 굉장히 자주 벌어지는 일은 아니잖습니까."

회선의 다른 쪽에 있는 남자는 감동을 받았다. "자주 있는 일은 분명 아니죠. 그것도 메르세데스로 그러다니! 휴우, 정말 좋은 분이네요! 내가 맞혀보죠. 그분은 메릴랜드 번호판을 달고 있었고, 당신은 내가 기록을 확인해서 그분이 누구인지 알아봐주기를 원하는 거죠, 그렇죠?"

"바로 그겁니다. 해주실 수 있나요?"

"글쎄요……. 엄밀히 말하면 규정상 안 됩니다. 하지만 이런 종류의 일에 규정 따위가 뭐 그리 중요하겠습니까? 번호가 어떻게 되나요?"

"메릴랜드 6E-49387입니다."

"6E-49387이라. 좋아요. 잠깐만 기다려요. 확인해볼게요." 말콤은 수화기가 딱딱한 표면에 쿵 하고 떨어지는 소리를 들었다. 그 뒤로 걸음 소리가 사무실 타자기가 내는 낮은 웅얼거림과 희미한 목소리들 속으로 작아지더니 다시 차츰 커졌다. "미스터 에스테스? 찾았습니다. 검정 메르세데스 세단이 체비 체이스 엘우드 E-l-w-o-o-d, 레인 42번지의 로버트 T. 앳우드 명의로 등록돼 있네요. 그쪽 동네면 풍족하게 사시는 분일 텐데요. 교외에 있는 전원 지역이거든요. 그런 분이라면 차에 한두 군데 긁힌 자국이 나더라도 신경 쓰지 않을 여유가 있을 겁니다. 그런데 이상하네요. 그 사람들은 이런 일에 관심을 갖지 않는 게 보통인데. 제 말뜻 아시겠죠?"

"알다마다요. 정말 고맙습니다."

"에이, 저한테 고마워할 것 없습니다. 이런 일이라면, 도와드릴 수 있어 기쁠 따름이죠. 하지만 어디 가서 이 얘기 하지는 마세요. 무슨 말인지 아시겠죠? 앳우드 씨한테도 이 얘기는 하지 말고요. 알겠습니까?"

"알겠습니다."

"확실히 적었죠? 체비 체이스, 엘우드 레인 42번지, 로버트 앳우드."

"제대로 적었습니다. 다시 한번 감사드립니다." 전화를 끊은 말콤은 주소가 적힌 종잇조각을 주머니에 쑤셔 넣었다. 미스터 앳우드를 기억하는 데 종잇조각은 필요 없을 터였다. 그는 딱히 그래야 할 이유가 없는데도 커피를 마시러 핫 숍으로 돌아왔다. 그의 주의 깊은 두 눈이 알고 있는 한, 그를 주목하는 사람은 아무도 없었다.

조간 『포스트』가 카운터에 놓여 있었다. 그는 충동적으로 신문을 넘기기 시작했다. 그것은 12페이지에 있었다. 그들은 운에 맡기는 도박은 하지 않았다. 7.5센티미터짜리 광고에는 굵은 글씨로 "콘돌은 집에 전화할 것"이라고 박혀 있었다.

말콤은 미소를 지었다. 암호화된 복권 광고는 처다도 보지 않았다. 전화를 걸면, 그들은 그에게 집에 오거나 최소한 납작 엎드려 있으라고 말할 터였다. 그건 그가 의도하는 바가 아니었다. 그들이 암호화된 메시지를 통해 전달할 수 있는, 그가 달리 행동하게끔 만들 내용은 하나도 없었다. 지금은 없었다. 그들이 내리는 지시들은 어제 캐피톨 힐에서 모든 가치를 상실했다.

말콤은 얼굴을 찡그렸다. 그의 계획이 잘못된다면 전체 상황이 불만스럽게 끝날지도 몰랐다. 그런 결말은, 의심의 여지 없이 말콤의 죽음을 의미할 터였지만, 그는 자신의 죽음 따위에는 그리 신경 쓰지 않았다. 그를 괴롭힌 건 실패가 의미할, 끔찍한 낭비 요인이라는 결말이었다. 만약을 대비해 어떤 식으로건 누군가에게 얘기를 전해야 했다. 하지만 그가 계획을 시도하기 전까지는 누가 됐건 그 사실을 알게 할 수 없었다. 이런 상황을 종합한 결론은 지연이었다. 그는 커뮤니케이션을 지연시킬 방법을 찾아야 했다.

거리 건너편에서 번쩍거리는 광고판이 영감을 줬다. 그는 가까이 있는 재료들로 글을 쓰기 시작했다. 20분 후, 그는 웨이트리스에게 사정해서 얻은 작은 봉투 세 개에 지난 닷새를 거칠게 정리한 개요와 미래에 대한 예측을 적은 글을 쑤셔 넣었다. 냅킨들은 FBI행이었다. 지갑에서 꺼낸 쓸모없는 종잇조각은 CIA 주소를 적은 봉투에 들어갔다. 걸프 주유소에서 가져온 D.C. 지도는 『포스트』행이었다. 봉투 세 개가 드러그스토어에서 사온 커다란 마닐라 봉투에 들어갔다. 말콤은 큰 봉투를 우체통에 집어넣었다. 우편물 수거는 오후 2시로 예정돼 있었다. 큰 봉투에는 말콤의 거래은행 주소가 적혀 있었는데, 은행은 화요일에는 몇 가지 이유에서 오후 2시에 문을 닫았다. 말콤은 은행이 편지를 찾아 발송하려면 적어도 내일은 돼야 할 거라고 추정했다. 그는 적어도 24시간의 활동 시간을 확보했고, 그가 아는 내용을 다른 이들에게 전달했다. 그는 의무에서 해방됐다는 해방감을 느꼈다.

말콤이 워싱턴 기념탑에 늘어선, 줄어들 기미가 안 보이는 긴 줄에 서는 것으로 그날의 남은 시간을 보내는 동안, 도시 전역에 있는 보안 기관과 법집행 기관들은 조용히 미쳐가고 있었다. 형사들과 요원들은 서로의 발에 걸려 넘어지며 말콤에 대한 허위 보고들을 올렸다. 별도의 세 기관에서 온 세 대의 차량을 가득 채운 요원들이 별도로 확보한 세 가지 단서를 확인하려고 동일한 모텔에 동시에 도착했지만, 모든 단서가 허위였다. 모텔 여주인은 요원들이 격분하며 차를 몰고 떠난 후에도 무슨 일이 일어난 건지 도무지 감을 잡지 못했다. 말콤의 인상착의와 약간 닮은 의회 인턴이 FBI에 체포돼 구금됐다. 신원이 확인된 인턴이 연방 구치소에서 석방되고 30분 뒤, 이번에는 워싱턴 경찰이 그를 다시 체포해서 구금했다. 기자들은 흥미진진한 캐피톨 힐 총격전에 대한 보도로 그렇잖아도 신경이 곤두선 요원들을 괴롭혔다. 하원의원, 상원의원, 정치와 관련된 모든 분야에 종사하는 인물들이 정보기관들에, 그리고 서로에게 전화를 걸어 소문으로 떠도는 안보 누설에 대해 캐물었다. 물론, 모두들 그런 문제를 전화로 논의하는 걸 거부했지만, 상원의원과 하원의원과 장관은 개인적으로 브리핑을 받고 싶어 했다. 케빈 파웰은 다시 한번 콘돌의 입장에 서서 말콤의 발자취를 따라가려 노력하고 있었다. 그가 이스트 캐피톨 스트리트를 따라 걸을 때, 의아하면서도 사람을 심란하게 만드는 의문들이 아름다운 봄날을 즐기는 걸 여전히 방해했다. 그는 가로수와 빌딩에서 아무 대답도 얻지 못했다. 11시에 그는 사냥 책임자를 만나기 위해 추적을 포기했다.

파웰은 약속에 늦었지만, 서둘러 방 안에 들어간 그에게 노인은 비난조의 눈빛을 보내지는 않았다. 사실, 노인의 사교성은 새로운 정점에 달한 듯 보였다. 처음에 파웰은 노인이 보여주는 따스함이 작은 테이블에 그들과 함께 앉은 낯선 사람을 위해 어찌어찌 꾸며낸 것이라고 생각했지만, 차츰 그게 진심에서 우러난 것이라는 결론에 도달했다.

낯선 사람은 파웰이 살면서 본 사람 중에 가장 덩치가 큰 축에 속했다. 남자가 앉아 있는 동안에는 키를 가늠하기 어려웠지만, 파웰은 그가 적어도 2미터는 된다고 짐작했다. 남자는 덩치도 어마어마했다. 적게 잡아도 130킬로그램은 될 듯한 체중이 싸구려로 보이는 맞춤 정장 아래에서 폭신한 패딩 노릇을 하고 있었다. 굵은 검정 머리카락은 머릿기름으로 단정하게 정리돼 있었다. 파웰은 돼지 눈 같은 남자의 작은 두 눈이 조용히, 신중하게 그를 살펴보고 있다는 걸 알아차렸다.

"아하, 케빈." 노인이 말했다. "자네가 와주니 정말 좋군. 자네, 로프트스 박사하고는 초면이지?"

파웰은 로프트스 박사와 개인적인 안면은 없었지만, 그 남자가 하는 일에 대해서는 잘 알고 있었다. 크로포드 로프트스 박사는 세계에서 가장 유명한 심리분석가일 테지만, 그의 명성은 매우 엄격하게 통제된 업계에만 알려져 있었다. 로프트스 박사는 정보국 소속 정신감정 팀의 팀장이었다. 정신감정 팀은 소련 수상의 정신을 감정한 결과를 갖고 케네디 대통령에게 쿠바 봉쇄를 추진해야 옳다고 설득하면서 세상의 인정을 받게 됐다. 그 이후로, 이 팀은 세계의 주요 지도자들과 선택된 개인들의 심리 감정 자료를 엮어내는 작업을 위해 무제한의 자원을 제공받아왔다.

노인은 파웰을 위한 커피를 주문한 후 고개를 돌리며 말했다. "로프트스 박사는 우리 콘돌을 작업해왔네. 지난 이틀 동안 사람들과 얘기를 나누고 우리 애송이의 업무와 자료 일체를 검토했지. 심지어 그의 아파트에 거주해보기도 했고, 행동 프로필을 구축하려고 말이야. 나는 행동 프로필이라고 부르는 게 맞는다고 믿네만. 박사, 자네가 더 잘 설명할 수 있겠지?"

로프트스의 목소리가 부드럽다는 걸 알게 된 파웰은 깜짝 놀랐다. "이보게, 오랜 친구. 나는 자네가 이미 설명을 다 했다고 생각하네. 근본적으로, 나는 말콤의 개인적인 배경을 감안할 때 그가 무슨 일을 할지 알아내려 노력하고 있어. 내가 말할 수 있는 전부는 그가 임기응변을 멋들어지게할 거라는 것, 그리고 그가 원하는 바에 부합하지 않는 한 자네가 그에게 뭐라 말하건 무시할 거라는 걸세." 로프트스 박사는 어느 자리에서건 그가 하는 작업에 대해 난해한 장광설을 늘어놓지 않았다. 파웰은 이 점에서도 깜짝 놀랐다. 그래서 그는 로프트스가 말을 멈췄을 때 준비가 돼 있지 않았다.

"저, 그 문제에 대해서는 무슨 일을 하고 계신가요?" 파웰은 말을 더듬었다. 그는 즉흥적으로 떠올린 생각들을 요란하게 내뱉은 자기 목소리를 들으며 자신이 무척이나 멍청하다고 생각했다.

박사가 떠나려고 일어났다. 키가 최소한 2미터는 됐다. "말콤이 나타날지도 모르는 시내 곳곳의 지점에 현장 요원들을 산재시켜뒀네. 자네한테는 실례지만, 그들을 감독하러 돌아가고 싶군." 노인과 파웰에게 무뚝뚝하지만 정중하게 고개를 끄덕인 로프트스 박사가 느린 걸음으로 방을 떠났다.

파웰은 노인을 바라봤다. "박사의 성공 가능성이 높다고 생각하십니까?"

"아니. 다른 사람들하고 비슷한 정도야. 그 역시도 그렇게 생각하고 있어. 그의 입장에서 고려해야 할 변수가 너무 많으면 추측을 훨씬 넘어서는 일을 해야 하지. 자신의 그런 한계를 인식한다는 점이 그를 뛰어난 분석가로 만들어주는 거야."

"그렇다면 그를 왜 관여시킨 겁니까? 정신감정 팀을 끌어들이지 않아도 원하는 인력은 모두 확보할 수 있잖습니까?"

노인의 두 눈이 반짝거렸지만, 그의 목소리는 냉정했다. "왜냐면, 이 친구야, 사냥꾼들이 각자 상이한 방법으로 사냥하는 중이라면 사냥꾼을 많이 고용한다고 해서 해될 일은 전혀 없으니까 그런 거지. 나는 말콤을 정말로 간절히 원해. 그리고 좋은 기회를 절대로 놓치고 싶지 않아. 자, 자네쪽 일은 어떻게 돼가고 있나?"

파웰은 그에게 말했는데, 대답은 시작부터 그랬던 것과 똑같았다—진전 없음.

4시 30분에 말콤은 차를 훔칠 때가 됐다고 결정했다. 그는 교통수단을 획득할 다른 많은 방법들을 고려해봤지만, 지나치게 위험하다는 이유로 그 방법들을 목록에서 지웠다. 말콤이 처한 문제를 해결하는 데, 신의 섭리에다 미국재향군인회와 켄터키의 주류회사가 가세했다.

미국재향군인회와 그들이 주최한 '청년층의 약물 사용에 대한 전국회의'가 아니었다면, 앨빈 필립스가 워싱턴 기념탑은 고사하고, 워싱턴에 올 일은 전혀 없었을 것이다. 인디애나 지부 회장은 젊은이들이 행하는 약물 오용의 폐해에 대해 최선을 다해 배워오라며 비용이 전액 지불되는 전국회의에 참석할 인물로 그를 선택했다. 회의에 참석한 그는 기념탑에 늘어선 줄을 피해 기념탑 꼭대기로 직행할 수 있게 해주는 통행증을 받았다. 그는 전날 밤에 그 통행증을 잃어버렸지만, 고향에 있는 사람들을 대표해 적어도 기념탑만큼은 봐야 한다는 의무감을 느꼈다.

켄터키의 주류회사가 아니었다면, 앨빈은 지금처럼 취해 있지 않을 것이다. 주류회사는 회의 참석자 전원에게 그들이 생산한 0.7리터들이 최상급 위스키를 무료로 제공했다. 전날, 앨빈은 성적인 매력이 있는 십 대 소녀들 사이에서 약물이 얼마나 자주 부적절한 섹스로 이어지는지를 묘사한 영화를 보고는 너무 속이 상한 나머지, 밤에 그의 홀리데이 인 객실에서 위스키 병을 혼자 다 비웠다. 위스키가 마음에 든 그는 지겨운 회의를 참아내는 것과 '그를 괴롭히는 생각들을 잊는 것'을 도와줄 또 다른 0.7리터들이 위스키를 샀다. 회의가 끝날 무렵 위스키 병의 대부분을 해치운 그는 어찌어찌 기념탑을 찾아왔다.

말콤이 앨빈을 찾은 게 아니라, 앨빈이 말콤이 선 줄을 찾아온 거였다. 일단 거기에 온 앨빈은 그가 하는 소리를 들을 수 있는 모든 사람이 그가 애국적인 의무감 때문에 이 망할 놈의 따가운 햇볕에 서 있다는 걸 분명히 이해하게끔 만들었다. 그는 거기에 있지 않아도 됐다. 망할 놈의 기념탑 꼭대기로 직행할 수도 있었다. 그의 지갑과 망할 놈의 통행증을 훔친 망할 놈의 몸 파는 잡년만 아니었다면. 그는 분명 그 여행자 수표로 그년의 망할 놈의 불기—우리가 돈으로 살 수 있는 가장 좋은 망할 놈의 것—를 갖고 놀았었다. 그년은 분명히 망할 놈의 큼지막한 젖통이를 갖고 있었다. 빌어먹을. 그가 원한 건 그의 새 차에 그년을 태우고 드라이브를 하는 것뿐이었는데.

'차'라는 단어를 들은 말콤은 그 즉시 망할 놈의 싸구려 잡년에 대한 반감을 키우면서 미국재향군인회와 인디애나, 켄터키 위스키와 앨빈의 신형 차 크라이슬러를 향한 강한 애정을 키웠다. 짤막한 소개용 멘트를 두어 개 날린 그는 앨빈이 미국이 벌인 전쟁의 동료 참전 용사, 게다가 우연찮게도 자동차가 취미인 사람과 얘기를 나누고 있다는 걸 깨닫게 만들었다. 한잔 더 해요, 앨빈, 오랜 친구.

"맞지? 당신도 정말로 차를 좋아하는 거지?" 중요한 문제가 언급되자 앨빈은 술을 들이켜다 대화로 빠져나왔다. 그를 다시 술병에 빠뜨리는 데는 여자의 가슴에 대한 애정이라는 동지의식을 보여주는 약간의 노력만 필요했다. "정말로 끝내주는 거 보고 싶어? 나 새 차 뽑았어. 인디애나에서 여기로 차를 몰고 온 참이야. 인디애나 와본 적 있어? 와봐야 돼. 나 보러 와. 그리고 늙은 여자도, 볼품은 없는 여자야. 우린 마흔네 살이야, 그치. 나 마흔네 살로 안 보이지, 그치? 어디까지 얘기했더라? 아, 그래. 늙은 여자. 좋은 여자. 작고 늙고 뚱뚱하지. 도대체가, 나는 늘 말하기를……."

이즈음, 머리를 써서 말콤은 앨빈을 군중에게서 떨어뜨려서는 주차장 으로 데려왔다. 또한 그는 앨빈이 거치적거리는 정장 코트 아래에 조심스 레 감춰 보관한 병에 담긴 술을 앨빈과 함께 대여섯 번이나 벌컥거리기도 했다. 말콤은 닫은 입술을 향해 병을 들어 올리고는 술맛 좋다면서 목울대 를 꿀렁꿀렁 움직이기만 했다. 그는 알코올 때문에 밤에 벌일 그의 행동이 느려지는 걸 원치 않았다. 앨빈 차례가 되자, 그는 말콤이 기권하며 남긴 몫 이상을 해치웠다. 그들이 주차장에 도착했을 즈음, 술병에 남은 술은 겨우 손가락 두 마디 정도에 불과했다.

말콤과 앨빈은 그 망할 놈의 청소년들과 그들이 하는 망할 놈의 약물에 대해 얘기했다. 특히 계집애들, 인디애나의 치어리더들하고 다를 게 없는 십 대 계집애들은 그놈의 마리화나라는 덫에 걸려서는 그 망할 놈의 마약 을 위해서라면 무엇이건, '무슨 짓이건' 할 준비가 돼 있었다. 무슨 짓이건. 말콤은 그런 여자애 두 명이 망할 놈의 마리화나를 위해서라면 무슨 짓인 들 하려고 기다리며 어슬렁거리는 곳이 어디인지를 안다는 얘기를 무심 한 듯 꺼냈다. 앨빈은 그를 멈춰 세우고는 하소연하듯 물었다. "정말?" 말 콤—'존'—이 진짜로 그렇다고 장담하자 앨빈은 무척이나 열심히 고민했다. 논의 속도가 느려지도록 방관하던 말콤은 앨빈이 고향 인디애나에 있는 사람들에게 실상이 어떤지 말해줄 수 있도록 두 소녀를 만나야겠다는 말 을 꺼내도록 은근히 부추겼다. 실상은 어떨까. 그 여자애들은 공공장소에 있는 그런 종류의 아이들이기 때문에, '존'이 가서 그들을 낚은 다음 여기 로 데려오는 게 최선일 터였다. 그런 다음 그들 모두는 앨빈의 방으로 가서 얘기를 나눌 수 있다. 여기서보다는 거기서 얘기하는 편이 낫지. 그 애들이 그 망할 놈의 마리화나를 위해 무엇이건, 무슨 짓이건 하려고 드는 이유가 무언지 알아봐야겠어. 앨빈은 반짝거리는 새 차에 도착하자마자 말콤에게 열쇠를 건넸다.

"기름은 많이 채웠어. 가득 채웠다고. 자네, 돈 더 필요하지 않은 게 확실해?" 앨빈은 자기 옷을 더듬어 풍상에 찌든 지갑을 꺼냈다. "필요한 만큼 가져가. 어젯밤의 개년은 여행자 수표만 가져갔어." 말콤은 지갑을 받았다. 앨빈이 손을 떨며 술병을 입술로 가져가는 동안, 그의 새 친구는 그의 자동차 번호가 적힌 카드를 비롯한, 지갑에 있는 신분을 증명하는 증서를 모두 꺼냈다. 그는 지갑을 앨빈에게 돌려줬다.

"여기 있어요." 그가 말했다. "그 애들이 돈을 원할 거라고 생각하지는 않아요. 지금은 아니에요." 말콤은 음흉하게 짧은 미소를 지었다. 그의 웃음을 본 앨빈의 심장 박동이 약간 빨라졌다. 그러나 그는 그걸 표정으로 드러내기에는 지나치게 취해 있었다.

말콤은 차 문을 열었다. 쭈글쭈글한 파란색 야구 모자가 앞자리에 놓여 있었다. 바닥에는 앨빈이 열기를 식히는 데 도움을 받으려고 가져온 맥주 여섯 개들이 팩이 있었다. 말콤은 야구 모자를 친구의 머리에 씌우고는 이제는 비어 있는 위스키 병을 맥주 팩과 교환했다. 그는 벌건 얼굴과 흐릿해진 두 눈을 쳐다봤다. 햇빛 아래 두 시간만 있으면 앨빈은 분명 맛이 갈 거였다. 말콤은 미소를 짓고는 풀이 무성한, 나무그늘이 있는 산책길을 가리켰다.

"내가 여자애들하고 돌아오면, 저기서 당신을 만난 다음에 당신 방으로 갑시다. 두 애 다 가슴이 빵빵하기 때문에 우리를 쉽게 알아볼 수 있을

거예요. 당신이 맥주 여섯 병을 해치울 때쯤 개들하고 돌아올게요. 걱정할
건 하나도 없어요." 그는 비틀거리는 앨빈을 다정하게 밀어서는 공원으로,
그리고 도시의 애정 어린 자비 속으로 보냈다. 주차장에서 차를 몰고 나온
그는 앨빈이 다른 사람들과는 떨어진 곳에 있는 잔디밭에 앉을 자리를 마
련하려고 휘청거리며 걷는 모습을 보려고 백미러를 응시했다. 말콤이 모
퉁이를 돌았을 때, 앨빈은 맥주 캔을 따고는 느릿느릿 길게 한 모금을 들
이켰다.

차에는 기름이 거의 꽉 차 있었다. 말콤은 도시 주위를 에워싼 도시 고
속화 도로로 차를 몰았다. 치즈버거를 사려고 체비 체이스에 있는 드라이
브 인 레스토랑에 잠시 차를 세운 그는 화장실을 이용했다. 볼일을 본 그
는 총을 확인했다.

엘우드 레인 42번지는 정말로 전원 지역의 대규모 사유지였다. 길에서
는 저택의 모습이 거의 보이지 않았다. 거기에 직접 접근하려면 전용 도로
를 통해야 했는데, 튼튼한 철제 대문이 도로를 막고 있었다. 가장 가까이
있는 이웃집은 적어도 2킬로미터 가까이 떨어져 있었다. 빽빽한 숲이 저
택의 세 면을 에워쌌다. 저택과 도로 사이의 땅은 부분적으로 벌채돼 있었
다. 말콤은 짧은 관찰을 통해 저택이 웅장하다는 걸 알 수 있었지만, 더 자
세히 관찰하려고 차를 세우지는 않았다. 그건 멍청한 짓이 될 터였다.

그는 도로 바로 위에 있는 작은 주유소에서 그 지역 지도를 입수했다.
저택 뒤에 있는 숲은 거주하는 사람이 없는 나지막한 산이었다. 주유소 직
원에게 휴가 온 조류학자인데 굉장히 희귀한 개똥지빠귀를 본 것 같다는
얘기를 하자, 직원은 그 새가 둥지를 튼 지역으로 이어질지도 모르는, 지
도에 표시되지 않은 시골길 몇 곳을 묘사하는 걸로 그를 도와줬다. 그런

길 중 하나가 엘우드 레인 42번지 뒤를 지났다.

직원의 열정적인 도움 덕에, 말콤은 제대로 된 길을 찾아냈다. 포장되지 않아 울퉁불퉁하지만 자갈은 거의 없는 그 길은 산 주위를 휘감고 도랑을 통과하며 예전에 소 떼가 지나가서 생긴 오솔길 위를 지났다. 수풀은 초목이 너무도 무성해서, 말콤은 가끔은 길에서 불과 6미터 떨어진 곳까지만 볼 수 있었다. 하지만 그는 운이 좋았다. 산꼭대기에 오른 그는 왼쪽으로 1미터쯤 떨어진 곳에서 나무들 위로 솟은 저택을 봤다. 말콤은 길 밖으로 차를 빼고는 숲 속 작은 공터로 휘청거리며 나아갔다.

숲은 조용했고 하늘은 이제 막 분홍빛으로 바뀌고 있었다. 말콤은 나무들을 통과하며 갈 길을 서둘렀다. 사위가 완전히 어두워지기 전에 저택에 가까워지지 않으면 거기로 가는 길을 절대로 찾을 수 없을 거였다.

고된 분투로 점철된 30분 만에 그는 저택에 당도했다. 해 질 녘의 시간이 황혼으로 넘어가는 동안, 그는 작은 구릉의 꼭대기에 당도했다. 저택은 그의 바로 아래, 300미터쯤 떨어진 곳에 있었다. 말콤은 상쾌하고 신선한 공기 속에서 숨을 가다듬으려 애쓰며 공터로 내려왔다. 그는 사그라지는 햇빛 속에서 눈에 보이는 모든 걸 기억하고 싶었다. 그는 저택의 창문들을 통해 움직이는 사람들의 모습을 언뜻언뜻 목격했다. 바위벽으로 둘러싸인 마당은 넓었고, 저택 뒤에는 작은 헛간이 있었다.

그는 어두워질 때까지 기다릴 참이었다.

로버트 앳우드는 저택 안에서 좋아하는 안락의자에 몸을 파묻고 앉아 있었다. 그의 몸이 느긋하게 쉬는 동안, 그의 정신은 열심히 일했다. 그는 오늘 밤에 마로닉과 부하들을 만나고 싶지는 않았다. 여기에서는 특히 더 그럴 마음이 없었다. 그는 그들이 압박을 받고 있다는 걸 알았다. 여러 가지 대안적인 해법을 내놓으라며 그들이 그를 압박할 거라는 것도 알고 있었다. 현재 앳우드는 해법을 하나도 갖고 있지 않았다. 최근에 벌어진 일련의 사건들은 전체적인 그림을 상당히 많이 바꿔놓았다. 많은 게 여자에게 달려 있었다. 여자가 의식을 되찾고 그를 알아볼 수 있게 된다면……글쎄, 그건 불운한 일이 될 터였다. 여자를 추적하라며 마로닉을 보내는 건 지나치게 위험한 일이었다. 보안 조치가 지나치리만치 엄격했다. 앳우드는 미소를 지었다. 한편으로, 여자의 생존은 몇 가지 흥미롭고 우호적인 사태 발전을 이뤄낼지도 몰랐다. 마로닉을 다루는 문제에서 특히 그랬다. 앳우드의 미소가 넓게 번졌다. 실수를 모르는 마로닉의 총알이 빗나갔다. 사실이다. 그리 많이 빗나간 건 아니지만, 어쨌든 빗나갔다. 아마도 그녀는, 살아 있는 목격자는 마로닉을 상대하는 데 유용할지도 몰랐다. 앳우드는 여자의 활용법을 확실히는 알지 못했지만, 마로닉이 여자가 죽었다는 생각을 계속 하게끔 만드는 게 가장 좋을 것 같다는 결론을 내렸다. 여자를 게임 막판에 등장시킬 수 있을 것이다. 한동안 마로닉은 말콤을 찾는 일에만 전념해야 한다.

앳우드는 마로닉이 그를 지금 이 집에서 만나겠다고 고집을 부린 건 그를 훨씬 더 깊이 엮어 넣기 위해서임을 알고 있었다. 마로닉은 상황이 잘못됐을 경우 경찰이 추후에 심문할 이웃 중 누군가가 반드시 그를 목격하게끔 만들려고 들었다. 마로닉은 이런 방식으로 앳우드의 충성심을 한층 더 이끌어내려고 했다. 앳우드는 미소를 지었다. 그걸 우회할 방법들이 있었다. 아마도 그 여자가 그 상황에서 유용한 수단인 걸로 판명될지도 모른다. 만약……

"나 지금 가요, 여보." 앳우드는 말한 사람 쪽으로 몸을 돌렸다. 값비싼

맞춤 정장을 입은 다부진 체격의 백발 여성. 그는 자리에서 일어나 아내와 함께 문으로 걸어갔다. 아내에게 가까워졌을 때, 그의 두 눈은 변함없이 그녀의 목과 헤어라인 끄트머리에 있는 작은 흉터들을 향해 옮겨 다녔다. 성형외과 의사들이 그녀의 피부를 평평하게 펴면서 그녀의 피부에서 몇 년의 세월을 들어낸 흔적이었다. 그는 성형수술, 그리고 그녀가 고급 미용 체조 교실에서 보낸 그 많은 시간이 그녀의 애인의 과업을 더욱 기분 좋게 만들어줬는지 여부를 궁금해하며 미소를 지었다.

일레인 앳우드는 쉰 살이었다. 남편보다 다섯 살 어렸고, 애인보다는 스물다섯 살 많았다. 그녀는 그녀를 흥분시키고 그녀에게 젊음을 돌려준 남자를 미국에 유학 온 영국인 대학원생 에이드리언 퀸스로 알았다. 그녀의 남편은 그녀의 애인에 대해 모든 걸 알고 있었다. 에이드리언 퀸스가 실제로는 출세에 필요한 정보를 입수하기 위해 요직에 있는 미국 정보장교의 아내를 등쳐먹기를 희망하는 출세욕 넘치는 KGB 요원 알렉시 이반 포드고비치라는 것도 알고 있었다. 포드고비치와 그의 아내가 벌이는 '불륜'은 그를 즐겁게 해줬고, 그가 이루려는 목적들에 대단히 잘 기여했다. 불륜은 일레인을 계속 바쁘게 만들고 한눈을 팔게 만들었으며, 그에게는 혼자 힘으로 정보 분야에서 대성공을 거두는 데 필요한 기회를 제공해주었다. 그런 일들은 한 남자의 경력에 절대로 피해를 주지 않는다. 그 기회를 활용하는 법을 제대로 알기만 한다면.

"콘서트 끝나면 제인네 집에 머물 거예요, 달링. 전화할까요?"

"아냐, 여보. 자정까지 집에 오지 않으면 그녀랑 같이 있는 거라고 알게. 내 걱정은 하지 마. 제인에게 사랑한다고 전해줘."

커플이 저택에서 모습을 드러냈다. 앳우드는 아내의 분 바른 뺨에 형식적인 키스를 했다. 그녀가 진입로에 있는 차—메르세데스가 아닌 미제 스포츠카—에 도착하기 직전, 그녀의 마음은 애인에게, 앞으로 찾아올 긴 밤에 이미 가 있었다. 현관문을 닫기 직전, 앳우드의 마음은 마로닉에게 돌아와 있었다.

말콤은 출입구에서 이 광경을 지켜봤다. 거리가 떨어져 있어서 사람들의 이목구비를 제대로 포착할 수는 없었지만, 앳우드의 아내가 출발하자 자신감이 솟구쳤다. 그는 30분을 기다릴 터였다.

그 30분 중 15분이 지났을 때, 말콤은 진입로를 걸어와 집으로 향하는 두 남자가 있다는 걸 깨달았다. 그들의 모습은 어둠 속에서 간신히 눈에 띄었다. 그들이 움직이지 않았다면, 말콤은 결코 그들을 보지 못했을 것이다. 멀리 떨어진 위치에서 구분할 수 있는 유일한 건 남자들 중 한 명이 키가 크고 깡말랐다는 거였다. 키 큰 남자에 대한 무언가가 말콤의 잠재의식을 작동시켰지만, 그는 그걸 표면으로 끌어 올리지는 못했다. 남자들은 초인종을 누른 뒤 저택 안으로 사라졌다.

말콤이 쌍안경이 있었다면 그 남자들의 차를 볼 수 있었을 것이다. 그들은 정문 안쪽 도로 바로 옆에 차를 세우고는 나머지 길을 걸어왔다. 마로닉은 그가 앳우드의 저택을 방문했다는 흔적을 남기고 싶었지만, 앳우드가 그들이 타고 온 차를 보게 만드는 데 무슨 의미가 있다고는 여기지 않았다.

말콤은 50까지 센 다음, 저택으로 향하는 길을 조심해서 걷기 시작했다. 300미터. 어둠 속에서는 그가 발을 헛디디게 만들고 요란한 소리를 내며 넘어지게 만드는 나뭇가지들과 덩굴식물들이 잘 보이지 않았다. 그는 가시나무에 긁힌 상처들을 무시하며 천천히 이동했다. 저택까지 절반쯤

온 말콤은 그루터기에 걸려 넘어지면서 바지가 찢어지고 무릎이 뒤틀렸지만, 비명이 터지는 건 어찌어찌 참아냈다. 100미터. 그는 덤불과 그루터기와 길게 자란 풀이 무성한 땅을 절뚝거리며 빠르게 질주한 끝에 돌벽 뒤에 쭈그려 앉았다. 말콤은 숨을 되찾으려고 분투하는 동안 손이 묵직한 매그넘에 익숙해지게끔 만들었다. 무릎이 욱신거렸지만 무릎 생각은 하지 않으려고 애썼다. 돌벽 위에 저택의 뜰이 있었다. 뜰의 오른쪽에는 조경 장비를 보관하는 무너져가는 헛간이 있었다. 듬성듬성 심어진 상록수 몇 그루가 그와 저택 사이에 서 있었다. 왼쪽은 시커먼 어둠이었다.

말콤은 하늘을 쳐다봤다. 달은 아직 뜨지 않았다. 구름은 거의 보이지 않았고 별들은 밝게 빛났다. 그는 기다렸다. 숨을 참고, 두 귀가 어둠 속에서 유별난 소리는 하나도 듣지 못했다는 걸 장담하며. 낮은 벽을 뛰어넘은 그는 가장 가까이에 있는 상록수로 달려갔다. 50미터.

장비 보관 헛간에서 조용히 떨어져 나온 그림자 하나가 재빨리 상록수와 합쳐졌다. 말콤은 그걸 알아차렸어야 했지만, 그러지 못했다.

또 다른 짧은 질주를 통해 말콤은 저택에서 25미터 이내 거리로 들어왔다. 건물에서 나온 불빛이 그와 다음 상록수 사이를 떼어놓은 가느다란 풀밭을 밝혔다. 창문들은 낮았다. 말콤은 상대에게 잠깐 밖을 내다보다가 그가 잔디밭을 가로질러 달리는 모습을 보게끔 만들 기회를 주고 싶지 않았다. 그는 배를 깔고 누워 꿈틀거리는 동작으로 그늘진 가느다란 풀밭을 가로질렀다.

10미터. 열린 창문들을 통해 목소리를 들을 수 있었다. 그는 다른 소음들은 자연이 내는 소리를 그의 상상력이 가공한 것이라고 확신했다.

심호흡을 한 말콤은 열린 창문 아래에 있는 덤불로 질주했다. 두 번째 걸음을 내딛는 순간, 그는 누군가가 씩씩거리면서 급하게 움직이는 소리를 들었다. 그의 뒷목이 불꽃을 터뜨리며 폭발했다.

화요일 늦은 밤부터 수요일 이른 아침까지

말콤에게 갑자기 의식이 돌아왔다. 두 눈 주위에 보이는 형체가 희미하게 느껴지더니, 그의 몸이 갑자기 절박한 메시지를 뇌에 전달했다-토해야 해. 휘청거리며 일어난 그는 그들이 사려 깊게 제공해준 양동이에 머리를 거칠게 밀어 넣었다. 구역질을 멈춘 그는 그가 처한 곤경을 파악하려고 아픈 두 눈을 떴다.

말콤은 콘택트렌즈를 맑게 닦으려고 눈을 깜박거렸다. 그는 대단히 아늑한 거실의 바닥에 앉아 있었다. 맞은편 벽에는 작은 벽난로가 있었고, 그와 벽 사이에는 두 남자가 안락의자에 앉아 있었다. 웬디를 쏜 남자와 그의 동행. 말콤은 다시 눈을 깜박거렸다. 그는 오른쪽에 있는 남자의 윤곽을 봤다. 남자는 대단히 키가 크고 깡말랐다. 더 자세히 보려고 고개를 돌리자, 뒤에 있던 남자가 말콤의 얼굴이 의자에 앉은 남자들한테로 다시 향하게끔 말콤의 머리를 갑자기 움직였다. 말콤은 두 손을 움직이려 애썼지만, 두 손은 흔적을 남기지 않을 실크 타이로 등 뒤에 묶여 있었다.

두 남자 중 나이 많은 쪽이 미소를 지었다. 대단히 기분이 좋았던 게 분명했다. "그래, 콘돌." 그가 말했다. "내 둥지에 온 걸 환영하네."

다른 남자는 무표정했지만, 말콤은 그의 싸늘한 두 눈에서 흥미롭고 재미있어하는 기색을 봤다고 생각했다.

나이 많은 남자가 말을 이었다. "자네를 찾는 데 많은 시간이 걸렸네, 친애하는 말콤. 그런데 지금 자네가 여기 있군. 나는 우리 친구 마로닉이 자네를 쏘지 않았다는 게 정말로 기쁘다네. 자네한테 물어볼 게 몇 가지 있거든. 일부 질문은 대답을 아는 것들이고, 일부는 그렇지 않은 거야. 지금은 그런 대답들을 얻어내기에 완벽한 시간이지. 그렇게 생각하지 않나?"

말콤은 입이 말랐다. 마른 남자가 물이 담긴 잔을 그의 입술에 대줬다. 물을 다 마신 말콤은 두 남자를 보며 쉰 소리로 말했다. "나도 질문할 게 몇 개 있으니까 당신이 내놓을 대답들하고 맞교환합시다."

그의 말을 들은 나이 많은 남자가 미소를 지었다. "이보게, 친애하는 친구, 이해를 못 하는군. 나는 자네가 던질 질문에는 관심이 없어. 그런 것들로 우리 시간을 허비하는 일 따위는 하지 않을 거야. 내가 자네에게 무슨 말을 해줘야 할 이유가 뭔가? 그건 아무짝에도 쓸모없는 일이 될 거야. 그러는 대신, 자네는 우리에게 얘기를 하게 될 거야. 아직 준비 안 됐나, 커틀러? 아니면 자네, 그 라이플을 너무 세게 휘두른 거 아닌가?"

말콤을 붙든 남자의 목소리는 저음이었다. "이놈 머리는 지금쯤은 깨끗해졌을 겁니다." 남자는 힘센 손목을 잽싸게 꺾어 말콤을 바닥으로 쓰러뜨렸다. 마른 남자는 말콤의 두 발을 꼼짝 못 하게 붙잡았고, 마로닉은 말콤의 바지를 벗겼다. 그는 피하주사기 바늘을 말콤의 긴장된 허벅지에 찔러 넣어 투명한 액체를 대동맥에 주입했다. 그런 식으로 하면 약효가 빨리 작용할 것이고, 검시관이 허벅지 안쪽의 작은 주사 자국을 인지할 가능성은 무척 적었다.

말콤은 무슨 일이 벌어지고 있는지를 잘 알았다. 그는 피할 수 없는 일에 저항하려 애썼다. 마음속으로 벽돌담을 그려보려고, 벽돌담을 느껴보려고, 벽돌담 냄새를 맡으려고, 벽돌담이 되려고 안간힘을 다했다. 그는 시간 감각을 몽땅 상실했지만, 벽돌들은 견뎌냈다. 그를 심문하는 목소리가 들렸지만, 그는 그 소리의 방향을 벽에 있는 벽돌들 쪽으로 틀었다.

그러자 진실 혈청이 천천히, 한 조각 한 조각씩, 담을 뜯어냈다. 심문자들은 그들의 해머를 조심스레 휘둘렀다. 자네는 누군가? 몇 살이지? 어머니 이름이 어떻게 되나? 벽의 기초가 되는 작은 회반죽 조각들이 벗겨져 나갔다. 그러고는 더 큰 조각들이 뒤를 이었다. 어디서 일하나? 무슨 일을 하지? 벽돌들이 하나씩 헐거워졌다. 지난 목요일에 무슨 일이 있었나? 얼마나 많이 알고 있나? 그 일과 관련해서 무슨 일을 했나? 왜 그런 일을 한 건가? 조금 조금씩, 한 조각 한 조각씩, 말콤은 벽이 허물어지는 걸 느꼈다. 안타까웠지만, 파괴 작업은 막을 도리가 없었다. 결국 그의 지쳐버린 뇌가 산만해지기 시작했다. 질문이 멈췄고, 그는 부지불식간에 공허감에 빠져들었다. 허벅지를 찌르는 약한 느낌이 들면서 무감각이 공허감을 채웠다.

마로닉은 경미한 계산 착오를 저질렀다. 그가 미지의 변수로부터 원하는 결과들을 얻어내려고 밀리그램 단위의 약물을 다루고 있었다는 점을 감안하면 그 정도 실수는 이해할 만한 거였지만, 그는 지나치다 싶을 정도로 조심했어야 옳았다. 마로닉이 앳우드가 건넨 주사기의 정량에서 절반 정도를 남몰래 허공에 쏴버렸을 때, 그는 자신이 여전히 의식불명 상태를 자아내기에 충분한 양을 사용했다고 생각했다. 그의 생각이 약간 모자랐다. 약물은 예상대로 소듐 펜토탈과 결합됐지만, 그 결과는 의식불명이 아니라 인사불성을 초래할 정도로만 강했다.

말콤은 꿈속을 헤매고 있었다. 그의 눈꺼풀은 콘택트렌즈에 낮게 걸렸을 뿐, 제대로 닫히지 않았다. 소리는 스테레오 에코박스를 통해 들려왔다. 그의 정신은 소리를 의미 있는 대화로 연결해내지는 못했지만 기록할 수는 있었다.

-지금 해치울까요?-저음의 목소리-

-아냐. 현장에서 해야지.

-누가 하죠?

-찰스가 하게 놔둘 거야. 피를 좋아하는 놈이니까. 놈에게 자네 칼을 주게.

-여기 있습니다. 놈에게 직접 주십시오. 저는 이걸 다시 확인하겠습니다.

멀어지는 발소리. 문이 열리고 닫힌다. 두 손이 그의 몸을 훑는다. 무언가가 그의 얼굴을 스쳐 지나간다.

-빌어먹을.

어깨 옆 바닥에 떨어진 분홍색 종이 한 장. 눈물 때문에 콘택트렌즈에 습기가 서렸지만, 종이에 '#27, TWA, 내셔널, 오전 6시'라고 적힌 내용은 보인다.

문이 열리고 닫힌다. 다가오는 발소리.

-앳우드하고 찰스는 어디에 있나요?

-놈이 뭔가를 떨어뜨렸을 경우에 대비해 땅바닥을 확인하고 있어.

-아, 그렇군요. 그건 그렇고, 대장을 위해 예약한 내용이 여기 있습니다. 제임스 쿠퍼.

종이가 바스락거린다.

-좋군. 가지.

말콤은 그의 몸이 바닥에서 들어 올려지는 걸 느꼈다. 방을 가로지른다. 차가운 밤공기가 감도는 실외로. 향긋한 냄새, 만발한 라일락 향기. 자동차, 뒷자리로. 그의 정신은 더 자세한 사항들을, 간격을 좁히며 기록하기 시작했다. 몸의 감각은 여전히 돌아오지 않은 상태였다. 그는 무거운 구두 한 켤레가 등을 누르는 동안 바닥에 누워 있는 상태였다. 길고 울퉁불퉁한 드라이브. 엔진이 죽고 차 문들이 열린다.

－찰스, 이 친구 숲으로 끌고 갈 수 있겠나? 저기 위쪽으로, 한 50미터쯤. 내가 몇 분 안에 삽을 가져갈게. 내가 도착할 때까지 기다리도록 해. 내가 정한 방식으로 해치우고 싶으니까.

낮은 웃음소리.

－문제없습니다.

공중으로 번쩍 들려져서는 뼈가 앙상한 키 큰 남자의 어깨로 옮겨져 거친 산길을 가면서 계속 흔들거리는 동안, 통증이 말콤의 육체에 활력을 되돌려줬다.

키 큰 남자가 말콤을 땅에 떨어뜨릴 즈음, 의식이 돌아왔다. 몸은 여전히 무감각했지만, 정신은 제대로 작동하고 있었고 두 눈은 밝았다. 그는 어둑하게 내린 밤 속에서 키 큰 남자가 웃는 모습을 볼 수 있었다. 말콤의 두 눈은 습한 공기를 가르는 딸깍 소리와 딱딱 끊어지는 일련의 소리의 출처를 찾아냈다. 남자는 조금 있다 예상되는 장면을 간절히 바라는 마음으로 잭나이프를 폈다 접었다 하고 있었다.

가벼운 발걸음 아래 잔가지들이 부러지고 낙엽이 바스러졌다. 눈에 띄게 생긴 남자가 숲 속 작은 공터의 모서리에 나타났다. 그의 왼손은 플래시를 들고 있었다. 말콤이 일어나려고 기를 쓸 때 빛줄기가 그의 몸 위에 떨어졌다. 남자의 오른손은 옆구리 가까이에 있었다. 그의 선명한 목소리에 말콤은 동작을 멈추고 얼어붙었다. "우리 콘돌은 괜찮은가?"

키 큰 남자가 성급히 끼어들었다. "괜찮습니다, 마로닉. 놈이 약물에서 빠르게 벗어난 건 확실합니다." 마른 남자가 입술을 핥는 걸 멈췄다. "이제 준비된 겁니까?"

플래시 빛줄기가 키 큰 남자의 열의 넘치는 얼굴로 움직였다. 마로닉의 목소리가 밤공기를 부드럽게 갈랐다. "그래. 나는 준비가 됐어." 그가 오른팔을 올리자 소음기를 쏠 때 나는 펑! 하는 부드러운 소리와 함께 총알이 키 큰 남자의 명치에 꽂혔다.

총알은 찰스의 척추에 박혔다. 충격을 받은 그의 몸이 발꿈치 위로 푹 쓰러졌다. 그는 다음 순간 무릎을 꿇고 앞으로 푹 쓰러지며 얼굴을 땅에 박았다. 마로닉은 축 늘어진 긴 몸뚱이 옆으로 걸어갔다. 그는 일을 확실하게 마무리하려고 총알 한 방을 머리에 발사했다.

말콤의 정신은 어지럽게 동요했다. 그는 자신이 본 광경이 무엇인지는 알았지만, 그걸 믿지는 않았다. 마로닉이라 불리는 사내가 그를 향해 천천히 걸어왔다. 허리를 굽힌 그는 말콤의 두 발과 두 손을 묶은 결박을 확인했다. 그는 흡족한 마음으로 편리한 위치에 있는 통나무에 걸터앉아 플래시를 끄고 말했다.

"우리, 얘기 좀 할까? 자네는 어떤 사건에 우연히 연루되면서 그걸 헤쳐 나가는 동안 실수를 저질렀어. 지난 닷새 동안, 내가 전문가 입장에서 자네에게 존경심 비슷한 걸 키워왔다는 말은 꼭 해줘야겠군. 하지만 이 상황에서 자네를 살려서 보내주는 기회를 주겠다는, 정말이지 자네를 영웅으로 만들어주겠다는 내 결정하고 그 존경심은 아무 관계도 없어.

1968년에 CIA는 사면초가에 몰린 반공 정부를 원조하는 방안의 일환으로, 그 지역에서 마약 생산을 주된 상업적 행위로 삼은 라오스의 메오 족을 도와줬어. 상업적으로 경쟁하는 파벌들 사이에 전쟁이 벌어졌는데, 그 지역에서 진행되는 모든 다툼과 뒤섞인 전쟁이었지. 우리 사람들은 특정 파벌을 지원했어. 아편이 든 미가공 제품을 통상 루트를 따라 운반할 수 있도록 수송용 비행기를 활용하는 걸로 말이야. CIA의 관점에서 보면, 전체적인 상황은 대단히 정통적인 상황이었어. 미국 정부가 마약을 밀매한다는 사실에 눈살을 찌푸린 사람이 많을 거라는 게 상상이 되지만 말이야.

자네도 알듯, 그런 사업들은 수익성이 엄청나게 좋아. 자네가 이미 대부분 만나본 우리 집단은 개개인의 경제 형편을 바꿔줄 기회를 간과해서는 안 된다는 결정을 내렸지. 우리는 미가공 상태인 고급 모르핀 벽돌 상당량을 공식적인 시장에서 빼돌려 또 다른 공급처로 보냈어. 우리는 우리가 쏟은 노고에 대한 보상을 썩 잘 받았지.

나는 앳우드가 그 문제를 다루는 방식과 관련해서는 애초부터 그와 생각이 달랐어. 그는 물건을 태국에 있는 현지 가공 공장에 부려 적정한 수익을 취하는 대신, 모르핀 벽돌을 미국에 곧장 수출해서 중개인을 가급적 많이 건너뛰고 싶어 하는 미국 집단에 팔자고 주장했어. 그러려면, 정보국을 예전보다 더 현명하게 활용할 필요가 있었지.

우리는 자네가 속한 과를 두 가지 용도로 활용했어. 우리는 회계 담당자와—자네의 예전 회계원 하이데거를 말하는 게 아냐—타협했지. 그가 책을 갖고 곡예를 부리고 또 부리는 한편으로, 우리에게 종잣돈을 구해준다는 내용으로 말이야. 그런 후, 우리는 모르핀을 기밀 분류된 책 케이스에 담아 미국 국내로 수송했어. 모르핀 벽돌은 책 박스들에 꽤 근사하게 들어맞은 데다 기밀로 분류된 물품으로 수송됐기 때문에 세관 검사를 걱정할 필요가 없었지. 시애틀에 있는 우리 요원은 수송품을 가로채 구매자들에게 배달했어. 그런데 이런 배경하고 자네가 여기 있는 것하고는 거의 관계가 없어.

모든 것의 발단은 자네 친구 하이데거였어. 그는 호기심이 동했을 거야. 우리는 누군가가 뭔가 수상한 냄새가 나는 걸 발견할 가능성을 없애기 위해 하이데거를 제거해야만 했어. 그의 죽음을 은폐하고 그가 다른 누군가에게 얘기를 털어놨을 경우를 대비해서 과 전체를 공격해야 했지. 그런데 자네가 눈먼 행운 덕에 우리 작전을 망친 거야."

말콤은 목을 가다듬었다. "나를 왜 살려주려는 겁니까?"

마로닉은 미소를 지었다. "앳우드를 내가 잘 아니까. 그는 내 동료들하고 내가 죽기 전까지는 안도하지 않을 거야. 우리는 그를 이 난장판과 관련시킬 수 있는 유일한 존재들이거든. 자네만 빼면 말이야. 결과적으로, 우리는 죽어야만 하지. 그는 아마 우리를 제거할 방법을 고민하고 있을 거야. 우리는 내일 은행에서 그 봉투들을 가져오기로 돼 있어. 우리는 은행 강도를 시도하다 총에 맞거나 자동차 충돌로 목숨을 잃거나 그냥 '실종'될 거라고 나는 확신해. 앳우드는 바보처럼 굴지만, 실제로는 그런 사람이 아냐."

말콤은 땅 위에 있는 어두운 형체를 쳐다봤다. "아직도 이해가 안 됩니다. 저 남자 찰스는 왜 죽인 겁니까?"

"나도 내 흔적을 은폐하고 싶으니까. 그는 위험한 짐 덩어리야. 그 편지를 누가 읽건 나한테는 달라질 게 하나도 없을 거야. 관계자들은 내가 개입된 걸 이미 알고 있으니까. 나는 중동으로, 나 같은 재주를 가진 사람이 적절한 일자리를 항상 찾을 수 있는 곳으로 조용히 사라질 거야.

하지만 어느 날 길모퉁이를 돌았는데 미국인 요원이 나를 기다리고 있는 걸 발견하고 싶지는 않아. 그래서 이 나라에 약소한 선물을 주려고 하는 거야. 나를 길을 잃었지만 굳이 쫓아가서 잡을 가치까지는 없는 양으로 여겨주십사 하는 소망에서 바치는 선물이지. 로버트 앳우드는 내 작별 선물이야. 자네를 살려주는 것도 어느 정도는 같은 이유에서지. 자네도 앳우드를 공격할 기회를 가졌어. 그는 자네에게 많은 슬픔을 초래한 원인 제공자야. 결국, 그 모든 주검을 필요하게 만든 건 그였어. 나는 자네와 비슷한 기술자였을 뿐이야. 여자에 대해서는 유감이야. 하지만 나도 달리 대안이 없었어. C'est la guerre—전쟁이란 그런 거야—."

말콤은 오랫동안 앉아 있었다. 마침내 그가 입을 열었다. "이제부터 계획은 뭔가요?"

마로닉이 일어섰다. 그는 말콤의 발치에 잭나이프를 던졌다. 그러고는 또 다른 주사를 놨다. 그의 목소리에는 아무 감정도 실려 있지 않았다. "이건 극도로 강한 흥분제야. 다 죽어가는 사람도 벌떡 일으켜 열두 시간을 돌아다니게 만들지. 앳우드를 다루기에 충분할 정도의 힘을 자네에게 줄 거야. 그는 늙었지만, 여전히 굉장히 위험한 자야. 결박을 끊고 나면 우리가 차를 세워둔 공터로 돌아가도록 해. 자네가 알아보지 못할 경우를 대비해서 하는 말인데, 자네가 썼던 바로 그 차야. 뒷자리에 자네한테 도움이 될 만한 물건이 한두 가지 있어. 나는 그의 집 정문 바로 밖에 차를 세우고는 내 나름의 길을 따라 저택 뒤로 가고는 했었어. 나무를 올라 2층의 창문을 통해 집에 들어가도록 하게. 어쩐 일인지 그 창문은 잠겨 있지를 않으니까. 그를 자네 내키는 대로 다루도록 해. 만약에 그가 자네를 죽이더라도, 그에게는 여전히 해명해야 할 편지들과 시체 몇 구가 있게 되겠지."

마로닉은 발치에 있는 인물을 내려다봤다. "굿바이, 콘돌. 마지막으로 충고 한마디 하지. 책상에 앉아 조사 업무만 하도록 하게. 자네는 자네 몫의 행운을 다 써버렸으니까. 요점만 얘기하면, 자네는 썩 훌륭한 현장 요원은 아냐." 그는 수풀 속으로 사라졌다.

몇 분간의 침묵이 흐른 뒤, 말콤은 차에 시동을 걸고 멀리 떠나는 소리를 들었다. 그는 꿈틀거리며 칼을 향해 나아갔다.

결박을 끊는 데는 30분이 걸렸다. 두 번이나 손목을 베었지만, 그때마다 상처는 경미했고 출혈은 그가 손을 쓰는 걸 중단하자마자 멎었다.

그는 차를 찾아냈다. 창문에 메모가 붙어 있었다. 커틀러라고 불린 남자의 시체가 문 옆에 널브러져 있었다. 그는 등에 총을 맞았다. 메모는 키 큰 남자가 말콤을 숲으로 데려가는 동안 작성됐다. 요점만 적힌 짧은 메모였다. "자네 총은 진흙 때문에 고장 났어. 뒤에 있는 라이플에 열 발이 들어 있네. 자네가 자동사격 모드도 쓸 줄 알기를 바라네."

뒷자리의 라이플은 평범한 22구경 바민트 라이플이었다. 커틀러는 사격 연습용으로 그걸 사용했다. 마로닉은 말콤을 위해 그걸 남겨뒀다. 아마추어도 감당할 수 있는 가벼운 무기라고 판단했기 때문이다. 그는 만약을 위해 소음기 달린 자동권총도 남겼다. 말콤은 메모를 뜯어내고는 차를 몰았다.

앳우드의 저택 정문 밖의 주차장으로 차를 몰아갈 즈음, 말콤은 약물이 효과를 발휘하는 걸 느꼈다. 뒷목과 뒤통수의 지끈거리는 느낌과 몸에서 느껴지는 약한 통증이 모두 사라졌다. 그것들이 있던 자리에는 치밀어 오르는 자신감 가득한 에너지가 넘쳤다. 그는 약물이 가져다 준 과대평가와 과도한 자신감과 맞서 싸워야만 한다고 생각했다.

떡갈나무는 오르기 쉬웠고 창문은 열려 있었다. 말콤은 라이플을 풀었다. 그는 무장을 갖추기 위해 볼트를 만지작거렸다. 천천히, 조용히, 그는 발끝으로 살금살금 어두운 복도로 가서 카펫 깔린 복도를 내려가 계단 윗부분으로 갔다. 그는 자신이 심문당한 방에서 차이코프스키의 〈1812년〉 서곡이 울려 나오는 걸 들었다. 때때로 승리감에 도취된 콧노래가 친숙한 목소리로 들려왔다. 말콤은 천천히 계단을 내려갔다.

말콤이 방에 들어갔을 때 앳우드는 문을 등지고 있었다. 그는 벽에 있는 선반에서 또 다른 음반을 고르는 중이었다. 그의 손이 '베토벤의 5번' 에서 멈췄다.

말콤은 대단히 조용하게 라이플을 들고는 안전장치를 푼 다음 조준 사격했다. 다람쥐와 토끼, 양철 깡통을 상대로 연습한 몇 시간이 총알을 목적지로 안내했다. 총알은 앳우드의 오른쪽 무릎을 박살 냈고, 그는 비명을 지르며 바닥에 쓰러졌다.

공포와 통증이 늙은 남자의 두 눈을 가득 채웠다. 몸을 굴린 그는 때마침 다시 행동에 나서는 말콤을 보게 됐다. 말콤의 두 번째 총알이 그의 다른 쪽 무릎을 박살 내자 그는 비명을 질렀다. 그의 입이 질문을 던졌다. "왜?"

"질문해봐야 소용없어. 당신이 한동안 어딘가로 가는 걸 원치 않아서라고 해두지."

말콤은 미친 듯이 몸을 놀렸다. 그는 출혈 속도를 늦추기 위해 신음하는 남자의 두 무릎 주위를 타월로 묶었다. 그런 다음, 그의 두 손을 작은 테이블에 결박했다. 위층으로 달려간 그는 뚜렷한 목적도 없이 방들을 샅샅이 뒤지며 핏줄 속을 빠르게 흐르는 에너지를 소모했다. 그는 힘겨운 싸움 끝에 정신을 통제할 수 있었다. 마로닉이 약을 잘 골랐다고 그는 생각했다. 모사꾼이자 연출자이자 사색가인 앳우드는 고통스러워하는 무해한 존재로 아래층에 있다고 말콤은 생각했다. 조직의 부차적인 멤버들은 모두 죽었다. 마로닉만 유일하게 남았다. 집행자 마로닉, 살인자 마로닉.

말콤은 패닉 라인 반대편의 목소리들을 잠시 떠올렸다. 전문가들, 마로닉 같은 전문가들. 아냐, 그는 생각했다. 지금까지는 나였어. 그들과 맞선 나였어. 마로닉이 웬디를 죽였을 때, 그는 이 문제를 더욱더 내 개인적인 문제로 만들었다. 프로들에게 이건 그저 업무였다. 그들은 신경 쓰지 않았다. 계획의 흐릿한 세부 사항들이 그의 아이디어와 욕구 주위에 형성됐다. 앳우드의 침실로 뛰어간 그는 누더기가 된 옷을 대여섯 벌의 정장 중 한 벌과 바꿔 입었다. 그런 다음 주방을 방문해서는 차가운 치킨과 파이를 게걸스레 먹어치웠다. 앳우드가 누워 있는 방으로 돌아간 그는 주위를 빠르게 돌아보고는 장거리 드라이브를 위해 자동차로 달려갔다.

앳우드는 말콤이 떠난 후에도 한동안 죽은 듯이 조용히 누워 있었다. 그는 천천히, 힘없이 몸을 일으켜 바다 건너편의 테이블로 가려고 노력했다. 그는 너무 약했다. 그가 성공한 거라고는 테이블에 있는 사진을 떨어뜨린 게 다였다. 액자는 앞면을 천장으로 향해 떨어졌다. 유리가 산산조각 나지는 않은 덕에, 그는 결박을 끊는 데 유리를 사용할 수 있었다. 그는 그의 운명을 체념하며 받아들였다. 그는 털썩 엎어지면서 앞에 놓인 것이 무엇이건 거기에 몸을 기댔다. 그는 잠시 사진을 쳐다보고는 한숨을 쉬었다. 그건 그의 사진이었다. 그가 미합중국 해군 선장 제복을 입고 찍은 사진.

"직원들은 떠나기 전에 반드시 손을 씻으시오."

-고전적인 화장실 게시물

수요일 오전

미첼은 정보국 소속 정신과 의사들이 위기 적응 레벨, 또는 좀비 스테이지 4라고 부르는 상태에 도달했다. 엿새 동안, 그는 스프링이 견딜 수 있는 최대한도까지 팽팽하게 잡아당겨졌었다. 이 단계에 적응한 그는 이제는 과도한 흥분과 활동을 정상적인 것으로 받아들였다. 이 단계에서 그는 그 어떤 어려운 일이 있더라도, 그게 이 단계를 초래한 상황들의 맥락에 맞아 떨어지는 어려움인 한, 극도로 유능하고 극도로 효과적이었다. 외부에서 무슨 자극이라도 가해지면 그의 긴장된 평정심은 산산조각 나고 그는 갈기갈기 찢겨질 터였다. 이런 상태를 보여주는 증상 중 하나가 현재 다루고 있는 문제를 무시하는 것이다. 미첼은 그저 자신이 약간 신경과민 상태라고 느꼈다. 그의 이성적인 판단은 그에게 탈진 상태와 긴장을 일종의 새로운 활력으로 이겨내야 한다고 말했다. 그가 새벽 4시 20분인 지금도 여전히 깨어 있는 이유가 바로 그거였다. 목욕을 못 하고 엿새를 지낸 탓에 꾀죄죄한 몰골에다 냄새까지 풍기는 그는 책상 앞에 앉아 보고서를 100번째로 점검하는 중이었다. 그는 부드럽게 콧노래를 불렀다. 커피포트 옆에 서 있는, 추가로 투입된 보안 인력 두 명이 그를 위해 배치됐다는 걸 그는 전혀 감도 잡지 못했다. 한 명은 그를 지원하는 인력이고 다른 한 명은 로프트스 박사의 제자인 정신과 의사였다. 정신과 의사가 거기에 있는 건 미첼을 감시할 뿐 아니라 말콤이 걸어올 전화를 모니터하기 위해서였다.

따르르릉!

전화기에서 나는 소리에 실내의 모든 사람이 황급히 휴식 상태에서 벗어났다. 미첼은 그들을 안심시키려고 한 손을 조용히 드는 한편으로 다른 손으로 수화기를 들었다. 그의 편안한 몸놀림은 타고난 운동선수의, 또는 기름칠 잘된 기계의 조용하면서도 빠른 동작 같았다.

"493-7282입니다."

"콘돌입니다. 상황이 거의 끝났습니다."

"알겠습니다. 그런데 어째서……."

"거의라고 했습니다. 잘 들으세요. 똑바로 들으세요. 마로닉 일당은 앳우드라는 남자 밑에서 일하고 있었습니다. 그들은 1968년에 성사시킨 밀수 작전에 남긴 그들의 자취를 은폐하려 애쓰고 있었습니다. 그들은 정보국을 자신들의 편의 시설로 활용했고 하이데거는 그 사실을 알아냈습니다. 나머지 일은 자연스럽게 진행됐습니다.

저한테는 한 가지 할 일이 남아 있습니다. 제가 성공하지 못하더라도, 당신들은 사건에 대해 알게 될 겁니다. 내 거래 은행으로 몇 가지 자료를 발송했으니까요. 그걸 회수하는 게 좋을 겁니다. 오늘 아침에는 은행에 배달돼 있을 겁니다.

앳우드의 거처로 지금 당장 우수한 팀을 보내는 게 좋을 겁니다. 그는 체비 체이스의 엘우드 레인 42번지에 삽니다."-미첼의 부관이 빨간 전화기를 들고는 명령을 하달하기 시작했다. 건물의 다른 부분에서는 사람들이 대기 차량을 향해 질주했다. 두 번째 그룹은 건물 옥상에서 1년 내내 준비 상태를 유지하고 있는 코브라 전투 헬리콥터로 달려갔다.─"의사도 함께 보내세요. 마로닉의 부하 두 명은 저택 뒤편 숲에 있지만, 둘 다 죽었습니다. 내 행운을 빌어주십시오."

전화는 미첼이 뭐라 말을 하기도 전에 끊겼다. 그는 발신지 추적 담당자를 쳐다봤지만 고개를 젓는 부정적인 반응만 돌아왔다.

실내는 이런저런 활동으로 북적거렸다. 수화기들이 들어 올려졌고, 워싱턴 전역의 사람들이 특별 전화기의 날카로운 벨소리에 잠에서 깨어났다. 타자기들이 딸각거렸고, 전령(傳令)들이 방에서 방으로 뛰어다녔다. 명확하게 할 일을 찾을 수 없는 사람들은 서성거리기만 했다. 미첼은 주위에 감도는 흥분된 분위기에 미동도 하지 않았다. 그는 책상 앞에 앉아 전개되는 작업 절차를 차분히 검토하고 있었다. 그의 이마와 손바닥은 건조했지만, 두 눈 깊은 곳에서는 흥미로운 눈빛이 타올랐다.

말콤은 수화기 걸이를 눌러 전화를 끊고는 또 다른 동전을 집어넣었다. 버저는 딱 두 번 울렸다.

여직원은 부드럽고 명랑한 목소리 덕에 그 자리에 선발된 사람이었다. "좋은 아침입니다. TWA입니다. 무엇을 도와드릴까요?"

"예, 내 이름은 헨리 쿠퍼입니다. 우리 형이 오늘 미뤄뒀던 휴가를 가려고 비행기를 탈 겁니다. 만사를 잊고 쉬러 가는 거죠. 이해하죠? 그런데 형이 행선지를 아무한테도 확실하게 말하지 않았어요. 아직 마음을 정하지 못했기 때문이라면서요. 형한테 막판에 작별 선물을 주고 싶어요. 형은 벌써 아파트를 나섰는데, 우리는 형이 6시에 출발하는 27번 기를 탈 거라고 생각해요. 형이 예약했는지 여부를 알려줄 수 있나요?"

잠시 침묵이 흘렀다. 그러더니, "예. 미스터 쿠퍼, 형님께서는…… 시카고행 비행기를 예약하셨습니다. 항공권은 아직 받아가지 않으셨네요."

"잘됐네요. 이렇게 확인해줘서 정말 고마워요. 그리고 부탁 하나 더 들어줄 수 있나요? 형한테는 우리가 전화했다는 얘기는 하지 말아줬으면 해요. 형 앞에 깜짝 등장할 사람이 있거든요. 이름은 웬디예요. 그녀가 형하고 같은 비행기를 타거나 다음 비행기를 탈 가능성이 있어요."

"물론 말씀하신 대로 해야죠, 미스터 쿠퍼. 그 여성분을 위한 예약도 해놓을까요?"

"아뇨. 고맙지만 됐어요. 우리가 기다리다 공항에서 그 문제를 해결할 수 있을지 알아보는 게 나을 것 같네요. 비행기가 6시에 출발하는 거 맞죠?"

"맞습니다."

"좋아요. 우리가 거기로 가죠. 고마워요."

"저희 TWA를 고려해주셔서 고맙습니다, 고객님."

말콤은 전화 부스에서 걸어 나왔다. 그는 소매에 있는 보풀을 털어냈다. 앳우드의 제복은, 약간 펑퍼짐하기는 했지만, 썩 잘 맞았다. 구두는 약간 헐렁해서 두 발이 그 안에서 미끄러지는 편이었다. 그가 주차장에서 내려널 공항(워싱턴 D.C.의 국내선 전용 공항으로, 현재는 레이건 국립공항으로 이름이 바뀌었다) 메인 로비에 들어설 때 반짝반짝 윤이 나는 가죽은 삐걱거리는 소리를 냈다. 그는 레인코트를 팔에 걸치고 모자는 이마 바로 위까지 낮게 눌러썼다.

말콤은 CIA 주소가 적힌, 우표를 붙이지 않은 봉투를 우체통에 떨어뜨렸다. 편지에는 마로닉이 쓰는 가명과 탑승 항공기 번호를 비롯해서 그가 아는 모든 내용이 담겨 있었다. 콘돌은 그가 미국 우편 시스템에 의존할 필요가 없기를 소망했다.

터미널은 그날 하루 동안 거기를 거쳐 갈 바쁜 사람들로 채워지기 시작했다. 거친 숨을 쌕쌕거리는 건물 관리인이 빨간 양탄자에서 담배꽁초들을 쓸어냈다. 한 어머니는 따분해진 젖먹이를 달래 항복시키려 애썼다. 신경이 곤두선 여대생은 룸메이트 이름으로 된 반액 할인 카드가 먹혀들 것인지를 궁금해하며 앉아 있었다. 미시간에 있는 고향으로 향하는 젊은 해병 세 명은 그녀에게 작업이 먹힐지를 궁금해했다. 은퇴한 부유한 회사 중역과 무일푼 술주정뱅이 부랑자는 인접한 의자에서 잠을 잤는데, 두 사람 다 디트로이트발 비행기에 탄 딸들을 기다리는 중이었다. 청소용품 회사의 중역은 제트기 비행이 진을 마신 뒤에 찾아오는 숙취에 끼칠 영향을 위해 몸을 대비시키며 미동도 하지 않고 앉아 있었다. 공항 음악을 선곡하는 프로그래머는 이른 아침 시간대의 분위기를 흥겹게 북돋우기로 결정했다. 그 결과, 이름 없는 오케스트라가 빈약한 스타일로 연주한 비틀스 음악이 공항에 울려 퍼졌다.

말콤은 TWA 데스크에서 주고받는 소리를 들을 수 있는 범위 안에 있는 의자 세트로 성큼성큼 다가갔다. 그는 해병 세 명의 옆자리에 앉았는데, 그들은 그의 존재를 정중하게 무시했다. 그가 잡지를 들었기 때문에 그의 얼굴 대부분은 알아보기 어려웠다. 그는 두 눈을 TWA 데스크에서 절대로 떼지 않았다. 그는 소음기가 달린 자동권총을 꺼내려고 해군 재킷 안으로 오른손을 밀어 넣었다. 총으로 무거워진 손을 레인코트 안으로 밀어 넣은 그는 기다림을 위해 의자에 편히 몸을 기댔다.

정확히 5시 30분에 마로닉이 자신감 넘치는 걸음걸이로 중앙 출입구를 통해 들어왔다. 눈에 띄게 생긴 신사는 다리를 약간 절었다. 다리를 저는 건 관찰자들이 항상 똑바로 쳐다보는 걸 회피하면서도 늘 시선을 던지게 끔 만드는 종류의 특징이었다. 절름발이는 사람들의 인상을 지배하고, 사람들의 정신은 그들의 눈이 기록하는 다른 세부 사항들을 모호하게 만들어버린다. 제복도 그런 과업을 자주 달성한다.

마로닉은 연극용품점의 도움을 받아 코밑수염을 길렀다. 그래서 그가 TWA 데스크에 들렀을 때 말콤은 그를 알아보지 못했다. 하지만 마로닉의 부드러운 목소리는 그의 주의를 끌었고, 그는 대화를 들으려고 안간힘을 썼다.

"제임스 쿠퍼라고 합니다. 내 이름으로 예약이 돼 있을 겁니다."

데스크 직원은 제멋대로 휘날리는 적갈색 머리카락 몇 올을 제자리에 돌려놓으려고 머리를 약간 젖혔다. "예. 미스터 쿠퍼. 시카고행 27번 기입니다. 탑승 시간까지 15분 남았습니다."

"좋군요." 마로닉은 항공료를 지불하고 가방 하나를 수하물로 부치고는 뚜렷한 목적지 없이 카운터에서 걸어갔다. 공항이 거의 비어 있군. 그는 생각했다. 좋아. 군인 두 명, 모두 정상. 어머니와 갓난아기, 정상. 늙은 술꾼들, 정상. 여대생, 정상. 바쁜 척하면서도 아무 일도 하지 않으며 주위에 서 있는 대규모의 사람들은 없다. 데스크 뒤에 있는 아가씨를 비롯해서 전화기로 허둥지둥 가는 사람도 없다. 모든 게 정상이다. 한층 더 마음을 놓은 그는 산책을 시작했다. 터미널을 점검할 겸, 긴 비행시간 동안 놓치게 될 운동을 두 다리에 시켜줄 겸 해서였다. 그는 20보쯤 떨어진 곳에서 천천히 그에게 다가오는 해군 선장은 알아차리지 못했다.

마로닉이 무척이나 자신감 있고 유능하게 보였을 때, 말콤은 거의 마음을 바꿀 뻔했다. 하지만 그러기에는 너무 늦었다. 지원 인력은 제시간에 당도하지 못할 듯했고 마로닉은 도주할 듯했다. 게다가, 이건 말콤이 혼자 힘으로 해내야 하는 일이었다. 그는 약기운 때문에 생긴 신경과민을 억제했다. 그에게 주어진 기회는 딱 한 번뿐일 것이다.

내셔널 공항은, 숨이 턱 막힐 정도로 아름답지는 않지만, 매력적인 곳이다. 마로닉은 그가 지나친 복도들이 보여주는 대칭성을 자기도 모르게 감탄하며 바라봤다. 멋진 색상과 매끈한 라인들. 그가 갑자기 멈춰 섰다. 말콤이 만화책 선반 뒤로 급히 몸을 숨길 시간이 간신히 생겼다. 가게 여주인은 그에게 고압적인 눈길을 던졌지만 뭐라고는 한마디도 하지 않았다. 마로닉은 시계를 확인하고는 잠시 고민하는 시간을 가졌다. 딱 알맞은 시간만 있었다. 그는 다시 움직이며 한가한 걸음걸이를 빠른 걸음으로 교체했다. 말콤은 그의 모범을 따르면서도 대리석이 깔린 구역에 요란한 발소리가 나는 걸 조심스레 피했다. 마로닉이 갑자기 오른쪽으로 방향을 틀더니 어느 문으로 들어갔다. 문은 그의 등 뒤에서 빙그르 돌며 닫혔다.

말콤은 문으로 서둘러 걸어갔다. 총을 쥔 손은 레인코트 아래에서 열기와 약기운, 곤두선 신경 탓에 땀에 젖어 있었다. 그는 갈색 문 밖에서 걸음을 멈췄다. 신사용. 그는 주위를 둘러봤다. 아무도 없었다. 지금이 아니면 절대 못 할 거야. 총이 그의 몸과 문 사이에 위치하도록 조심하면서, 그는 코트 아래에서 무기를 꺼냈다. 그는 무거운 레인코트를 근처에 있는 의자로 던졌다. 결국, 심장이 가슴을 향해 쿵쾅거리는 동안, 그는 문으로 몸을 기울였다.

문은 조용히, 수월하게 열렸다. 2.5센티미터. 말콤은 실내의 반짝이는 환한 흰색을 볼 수 있었다. 왼쪽 멀리 있는 벽에서 거울들이 반짝거렸다. 문을 30센티미터쯤 열었다. 문이 있는 벽에는 반짝이는 세면기 세 개가 일렬로 서 있었다. 맞은편 벽에서 소변기 네 개를 볼 수 있었고, 구석에 대변용 부스 하나가 있는 걸 확인할 수 있었다. 세면기나 소변기에는 아무도 서 있지 않았다. 레몬향이 나는 소독약 때문에 코가 얼얼했다. 그는 문을 밀어서 열고는 안으로 들어섰다. 문은 부드러운 쉭 소리를 내며 뒤에서 닫혔다. 그는 문에 무겁게 몸을 기댔다.

실내는 건물 바깥의 봄날보다 더 밝았다. 방송되는 음악은 그 소리를 흡수할 소재를 하나도 찾아내지 못했고, 그래서 음악 소리는 타일 벽에 부딪히며 차갑고 맑으며 요란한 음색으로 메아리쳤다. 말콤의 맞은편에 부스 세 개가 있었다. 왼쪽 가장 먼 곳에 있는 부스에 구두가 있는 게 보였다. 구두의 발가락 부분이 그를 향하고 있었다. 구두의 광택이 실내의 밝음에 더해졌다. 천장에 있는 작은 박스에서 나는 플루트 소리가 명랑한 음악적 질문을 던지면 피아노가 화답했다. 말콤은 천천히 총을 들었다. 화장지가 굴대를 돌리는 소리가 밴드에 신호를 보냈다. 플루트는 한 번 더 질문을 던지며 더 구슬픈 음색을 흘려보냈다. 총의 안전장치를 풀 때 나는 작은 딸깍 소리가 화장지 뜯는 소리와 피아노가 내놓는 부드러운 응답을 앞질렀다.

총이 말콤의 손에서 뛰어올랐다. 부스의 얇은 금속 문에 구멍이 하나 뚫렸다. 부스 안에서 두 다리가 갑자기 움직이더니 위로 들어 올려졌다. 목에 약한 부상을 입은 마로닉은 뒷주머니에 있는 권총을 잡으려고 간절하게 손을 뻗었지만, 그의 바지는 발목 주위에 있었다. 마로닉은 총을 허리의 벨트나 겨드랑이 아래에 찬 권총집에 갖고 다니는 게 보통이었지만, 지금은 공항의 보안 검색을 통과하기 전에 무기를 버릴 계획이었다. 계획의 이 단계에서, 특히 북적이는 커다란 공항에서 권총이 필요할 일은 없을 터였지만, 조심성 많은 마로닉은 총을 일단 뒷주머니에 넣었었다. 불필요한 관심을 끌지 않으려는 조치였는데, 만약의 경우에는 팔을 뻗기가 곤란한 위치였다.

말콤은 다시 총을 쐈다. 또 다른 총알이 날카로운 소리를 내는 금속을 찢어발기고는 마로닉의 가슴에 파묻히며 그의 몸을 벽으로 내동댕이쳤다. 말콤은 다시 사격했다. 다시, 다시, 다시. 권총은 소비된 탄피를 타일 바닥에 내뱉었다. 매캐한 화약 냄새가 레몬향과 섞였다. 말콤의 세 번째 총알은 마로닉의 복부에 구멍을 냈다. 마로닉은 낮게 흐느끼며 금속으로 된 부스의 오른쪽 측면을 따라 쓰러져 내렸다. 그의 힘 빠진 팔이 변기 레버를 누르면서 물이 내려갔다. 쏴 하고 물 내려가는 소리가 그의 흐느낌과 총에서 나는 기침 소리를 순간적으로 떠내려 보냈다. 말콤이 네 번째로 사격했을 때, 지나가던 길에 나지막한 기침 소리를 들은 스튜어디스는 지금이 감기가 유행하는 철이라는 걸 떠올렸다. 그녀는 비타민을 몇 종류 사야겠다고 다짐했다. 그 총알은 마로닉의 푹 주저앉은 몸을 빗나갔다. 납탄이 타일 벽에서 박살 나며 조그마한 파편 조각들을 금속 벽과 타일 천장으로 날려 보냈다. 몇 개는 마로닉의 등을 강타했지만, 그렇다고 달라진 건 없었다. 말콤의 다섯 번째 총알은 마로닉의 왼쪽 엉덩이에 박히면서 죽은 남자를 변기 위에 위치시켰다.

말콤은 한 남자의 두 팔과 두 발이 화장실에 푹 쓰러져 있는 걸 볼 수 있었다. 빨간 얼룩 두어 개가 타일 패턴을 더럽혔다. 천천히, 대단히 천천히, 마로닉의 시신이 화장실 바닥으로 미끄러지기 시작했다. 말콤은 남자의 얼굴을 대면하기 전에 일을 확실히 해둬야 했다. 그래서 그는 마지막 두 발을 쏘기 위해 방아쇠를 당겼다. 발가벗은 채 불편한 자세를 취한 무륜과 놀랄 정도로 털이 없는 다리가 부스 기둥을 향해 밀려갔다. 천천히 움직이던 시신이 바닥에 고정됐다. 말콤은 창백한 얼굴을 충분히 볼 수 있었다. 죽음이 마로닉의 눈에 띄는 외모를 상당히 보편적인, 침울하고 무표정한 얼굴로 대체했다. 말콤은 총을 바닥에 떨어뜨렸다. 총은 시신 근처로 미끄러져가다 멈췄다.

말콤이 전화 부스를 찾아내기까지는 2분 정도가 걸렸다. 예쁘장한 동양인 스튜어디스가 상당히 멍한 모습을 보이는 해군 장교를 도와줬다. 심지어 그녀는 그에게 동전을 빌려주기까지 했다.

"493-7282입니다." 미첼의 목소리가 살짝 떨렸다.

말콤은 서두르지 않았다. 그는 굉장히 피곤에 전 목소리로 말했다. "말콤입니다. 끝났습니다. 마로닉은 죽었습니다. 저를 데리러 사람을 보내주십시오. 저는 내셔널 공항에 있습니다. 마로닉도 마찬가지입니다. 저는 노스웨스트 터미널 옆에 해군 제복을 입고 있습니다."

건물 관리인은 자신이 담당하는 화장실에서 지저분한 변기들보다 더한 것을 발견했다. 그의 신고를 받은 경찰차가 도착하기 2분 전에 차량 세 대를 가득 채운 요원들이 도착했다.

전체는 그것의 부분들을 합한 것과 같다.

-전통적 수학 개념

수요일 오후

"새장에 갇힌 새를 쏜 것 같았습니다." 세 남자는 각자의 커피를 홀짝거렸다. 파웰은 미소 짓는 노인과 로프트스 박사를 쳐다봤다. "마로닉은 가망이 전혀 없었습니다."

노인은 박사를 쳐다봤다. "말콤의 행동에 대해 설명할 내용이 있나요?"

덩치 큰 남자는 대답을 고려해보고는 말했다. "그와 장시간 얘기를 나눠보지 않고서는 없습니다. 그가 지난 며칠간 했던 경험을 감안하면, 특히 동료들이 목숨을 잃었고 여자가 죽었을 거라고 믿은 그의 믿음과 성장 배경, 훈련 과정, 그가 처하게 된 보편적인 상황을 감안하면 그의 반응은 논리적이었다고 생각합니다. 약물이 가져다 준 효과에 대해서는 말할 나위도 없고 말입니다."

파웰은 고개를 끄덕였다. 그는 상관에게 고개를 돌리고 물었다. "앳우드는 어떻습니까?"

"아, 그는 살아 있을 거야. 적어도 한동안은. 나는 그가 보인 우둔한 모습이 늘 궁금했었네. 그는 그가 연기한 바보 천치로 보기에는 일을 지나치게 잘하는 자였거든. 다른 사람이 그의 자리를 대신할 수 있을 거야. 마로닉의 시신은 어떻게 처리하고 있나?"

파웰은 활짝 웃었다. "굉장히 신중하게요. 경찰은 마음에 들어 하지 않습니다만, 우리는 캐피톨 힐 킬러가 내셔널 공항의 남성용 화장실에서 자살했다는 설명을 받아들이라고 압력을 가했습니다. 물론, 건물 관리인에게는 그가 본 내용을 잊으라며 돈을 찔러줘야 했습니다. 하지만 문제 될 만한 건 하나도 없습니다."

노인의 팔꿈치 옆에 놓인 전화기가 울렸다. 그는 잠시 귀를 기울이더니 전화를 끊었다. 그가 전화기 옆의 버튼을 누르자 문이 열렸다.

말콤은 약기운에서 벗어나고 있었다. 그는 히스테리의 경계선에서 세 시간을 보냈다. 그 시간 동안 그는 끊임없이 얘기를 해댔다. 파웰과 로프트스 박사, 노인은 엿새간의 이야기를 세 시간에 축약해서 들었다. 말콤이 얘기를 마친 후 그들은 웬디가 살아 있다고 전했다. 그녀를 보여주러 그를 데려갔을 때, 그는 탈진한 바람에 멍한 상태였다. 그는 소독이 잘된 밝은 방에 평화롭게 잠들어 있는 웬디를 빤히 쳐다봤다. 그는 옆에 서 있는 간호사를 인식하지도 못하는 듯 보였다. "모든 게 잘될 거예요." 간호사가 두 번이나 말했지만 그는 아무 반응도 보이지 않았다. 말콤이 웬디에게서 볼 수 있는 건 붕대가 감겨진 작은 머리와 이런저런 줄과 플라스틱 튜브를 통해 복잡한 기계에 연결된, 시트에 덮인 몸이 전부였다. "세상에," 그는 안도감과 회한이 섞인 심정으로 속삭였다. "세상에." 의료진은 그가 거기서 5분 정도 말없이 서 있게 해주고는 청소를 해야 한다며 그를 밖으로 내보냈다. 지금 그는 아파트에서 가져온 옷을 입고 있었지만, 그런 차림을 하고도 굉장히 낯설어 보였다.

"아하, 말콤. 이 친구야, 앉게. 오래 붙잡아두지는 않겠네." 노인은 최선을 다해 매력적인 모습을 보였지만, 말콤에게 영향을 미치는 데는 실패했다.

"자, 우리는 자네가 이 문제에 대해 걱정하는 걸 원치 않아. 우리가 모든 걸 신경 써서 처리하겠네. 자네가 근사한 휴식을 길게 취하고 돌아와서 우리한테 얘기를 해줬으면 하네. 그럴 수 있겠지, 그렇지, 친구?"

말콤은 세 남자를 천천히 쳐다봤다. 그들에게 그의 목소리는 대단히 늙게, 대단히 피곤하게 들렸다. 그에게 그건 새로운 목소리로 들렸다. "제가 선택할 여지가 별로 없는 거죠, 그렇죠?"

노인은 미소를 지으며 그의 등을 토닥였다. 그러고는 진부한 이야기를 웅얼거리며 그를 문으로 안내했다.

그가 자기 자리로 돌아왔을 때, 파웰은 그를 쳐다보며 말했다. "으음, 어르신, 그게 우리 콘돌의 최후군요."

노인의 두 눈이 반짝거렸다. "확신하지 말게, 케빈. 이 친구야, 확신해서는 안 된다네."

고백－재출간에 부쳐

1975년에 KGB－옛 소련의 으뜸가는 스파이 기관이자 비밀경찰 기관－의 장성들은 로버트 레드포드가 주연한 신작 영화 「코드네임 콘돌」의 사본을 입수했다.

디노 드 로렌티스가 제작하고 시드니 폴락이 연출했으며 아름다운 페이 더너웨이와 아카데미 수상자 클리프 로버트슨, 국제적인 아이콘 막스 폰 시도우, 만인의 연인 티나 첸이 출연한 그 영화를 위해, 시나리오 작가 로렌조 셈플 주니어와 데이비드 레이필은 이름이 전혀 알려지지 않은, 당시 스물네 살 난 몬태나 주 출신 작가가 쓴 얇은 소설 데뷔작을 영화적 걸작으로 각색했다. 정치적 음모와 양심이 뒤섞여서 묘사된 이 영화는 점심을 먹으러 외출했다 정체가 알려지지 않은 CIA 비밀 조사부서의 뉴욕 사무실로 돌아왔지만 동료들이 모두 살해당했다는 걸 알게 된, 레드포드가 연기한 책벌레 정보 분석관에 의해 추진되는 이야기다.

영화에서 레드포드가 CIA로부터 받은 코드네임이 콘돌이었다.

레드포드/콘돌은 자신이 납치한 페이 더너웨이 캐릭터에게 이렇게 주장한다. "잘 들어요. 나는 CIA를 위해 일해요. 스파이는 아니에요. 그냥 책을 읽어요. 우리는 세계에서 출판된 모든 걸 읽어요. 그리고 우리는……우리는 플롯들을―추잡한 수법들과 암호들을―컴퓨터에 입력해요. 그러면

컴퓨터가 그것들을 CIA의 실제 계획과 작전들과 비교하면서 확인을 하죠. 나는 정보 누설자들을 찾아요. 새로운 아이디어를 찾아요. 우리는 모험물, 소설, 저널을 읽어요……. 나는…… 나는…… 누가 그런 직업을 고안해냈을까요?"

풀리처상 후보에 올랐던 피트 얼리가 2008년에 출판한 폭로물―미국의 FBI와 CIA의 승인을 받은 이야기―은 영화를 보고 망연자실한 KGB 장성들이 중요한 스파이 활동 분야여야 하는 곳에서, 즉 영화에서 그들이 본 레드포드/콘돌이 하는 작업 분야에서 그들의 적수인 CIA에 뒤처졌다는 걸 확신하게 됐다고 폭로했다.

그래서 『워싱턴 포스트』의 전직 기자 얼리가 『」동무: 냉전 종식 이후 미국 내 러시아 거물 스파이의 아무에게도 들려주지 않은 비밀들』에 쓴 바에 따르면 KGB는 레드포드/콘돌이 수행하는 것으로 보이는 종류의 분석 작업에 전념하는 그들 나름의 일급비밀 부대를 창설했다.

영화와 원작소설에서 그러는 것처럼, KGB는 새로 만든 비밀 사업부의 본부를 조용한 지역―영화에서 설정한 뉴욕이나 소설에서 설정한 워싱턴 D.C.의 거리가 아니라, 모스크바의 플로스카야 스트리트―에 뒀다. 소련의 스파이 분야 우두머리들은 그들의 스파이 부서를 위한 위장용 명칭을 창작해내고는 영화와 소설에서처럼 그 부서의 현관문 앞에 그곳이 "전 소련 시스템분석과학연구소(All-Union Scientific Research Institute of Systems Analysis)"―러시아어 이니셜인 NIIRP로 알려진 실제 조직명 "KGB 제1수석 부서의 정보 문제를 위한 과학적 조사기관"을 대신하는 말도 안 되는 이름―의 본부라고 주장하는 가짜 황동 명판을 붙이기까지 했다.

영화와 소설 모두 콘돌의 비밀 부서를 당신의 두 손에 있는 손가락 수

보다 적은 직원을 가진 소규모 관료 조직으로 그려낸다.

그런데 콘돌에서 영감을 얻은 KGB의 NIIRP는 소련 시민을 2,000명이나 채용했다.

몬태나 출신의 스물세 살 먹은 소설가 *지망생*이 '지어낸' 직무를 수행하기 위해.

여기서 말하는 소설가 지망생이 바로 나다.

D.C.를 둘러싼 순환도로 내부에서 맞은 2008년 1월의 눈발 흩날리는 밤을 마음속에 그려보라.

오후 10시쯤이라고 치자.

환갑을 눈앞에 둔 나와 우리 개 잭은 중산층에 어울리는 교외의 우리 집을 향해 느린 걸음으로 비탈길을 내려가고 있었다. 깜깜한 밤을 통과할 때, 아내 보니 골드스타인이 내 이름을 부르며 "당신한테 전화 왔어!"라고 하는 소리를 들었다.

제프 스타인에게서 온 전화였다. 오랜 친구로, 전시(戰時)에 미 육군의 비밀 정보원–진정한 비밀 스파이–이었던 그는 당시에는 『콩그레셔널 쿼털리(Congressional Quarterly)』에서 일하면서 모든 종류의 스파이 행위를 보도하는 훌륭한 국제 저널리스트였다. 제프는 얼리의 책 사본을 출판에 앞서 입수한 터였다. 그는 콘돌과 KGB에 대해 얘기하면서, 그리고 소설을 쓴 저자 입장에서 내가 어떤 반응을 보이는지를 물으면서 흥분을 억누르지 못했다.

나는 깜짝 놀랐다.

우리 인터뷰가 끝날 무렵, 내 머릿속을 계속 관통하며 질주한 건 그레이트풀 데드의 로큰롤 가사였다. "그 얼마나 길고 기이한 체험이었던가."

이제, 오토 펜즐러(Otto Penzler)라는 편집자와 미스티리어스 출판사 덕에, 나는 그 체험과 체험의 계기가 된 소설을 여러분과 공유하게 됐다.

이걸 내 고백이라고 부르자.

범죄물 작가 마크 테리가 2010년에 발표한 에세이 '스릴러: 필독서 100편'에서 『콘돌의 6일』에 대해 밝힌 대로, 거장 소설가 존 르 카레는 이런 말을 했다. "당신이 어떤 이유로건 아이콘이 된 책 한 권을 집필했다면, 그건 대단한 축복을 받은 것이다."

그러니 나를 축복받은 자(Mr. Blessed)라고 부르라. 그리고 나와 함께 1971년 1월에 거센 바람이 부는 워싱턴 D.C.에서 시작된 그 길고 기이한 체험으로 돌아가자.

나는 몬태나 대학 졸업반이었고, 시어스 의회 저널리즘 인턴이었으며, 미국 내륙에 있는 대학들에서 워싱턴으로 데려온 우드스탁(세대) 스무 명 중 한 명으로, 워싱턴에서는 의회 스태프로 일하면서 야간에는 탐사보도 기자라 불리는, 꾀죄죄한 몰골로 거리를 조심스레 숨어 다니는 저널리즘 장르를 배우고 있었다. 나는 내 고등학교 사회 교과서에 실린 것보다 훨씬 더 웅장해 보이는, 흰 얼음을 덮은 것 같은 국회의사당의 돔에서 여섯 블록 떨어진 사우스이스트 A 스트리트에 살고 있었다. 나는 엄청나게 큰 연립주택의 3층 다락방을 임대했다. 모습을 거의 볼 수 없던 남자 한 명이 나와 같은 층의 다른 방을 임대했다. 우리는 욕실을 같이 썼다. 밤이면 얇은 벽을 통해 그가 기침하고 쌕쌕거리는 소리를 들었다. 나는 발끝을 세운 자세로 샤워를 하면서 그가 스쳤을지도 모르는 물건은 하나도 건드리지 않으려고 애썼다.

나는 평일에는 날마다 깎은 지 얼마 되지 않은, 그 시대를 대표하는 헤어스타일인 보수적인 단발머리를 빗질하고 내가 가진 유일한 새 정장을 입고 손바닥만 한 야시시한 타이 세 장 중 하나를 매고는 상자 모양의 황갈색 오버코트에 몸을 집어넣으려고 애썼다. 그러고는 성질은 고약하지만 재능은 뛰어난 포퓰리스트 상원의원 리 멧캐프—인턴십 담당자에 따르면, 그가 내 고향 주(州)를 대표하는 의원이기 때문에 다른 인턴들이 그를 싫어하더라도 나만큼은 그와 "잘 어울려야" 했다—의 스태프라는 경이로운 인턴십을 향해 주택가 거리를 걸어갔다.

그리고 평일에는 날마다, 나는 A와 사우스이스트 포스 스트리트의 모퉁이에서 멀리 떨어진 곳에 있는, 건물 정면이 납작하고 흰색 치장 벽토를 바른 타운하우스 앞을 지나쳤다. 검정색의 낮은 철제 울타리가 공공 인도와 건물 영역 사이의 경계를 표시했다. 그늘이 창문들의 형체를 흐릿하게 만들었다. 튼튼한 문 옆에 있는 청동 명판은 그 건물이 대단히 훌륭한 미국역사학협회 본부임을 당당히 밝혔다.

하지만 그 건물을 들락거리는 사람은 한 명도 보지 못했다.

픽션은 대체 현실을 창조해낸다.

그리고 대다수 픽션은 "만약 그렇다면 어떻게 될까?(what-if)"라는 질문에서 탄생한다.

내가 그 타운하우스를 살필 때 역사를 바꿔놓은 두 개의 "만약 그렇다면 어떻게 될까?" 질문이 불현듯 떠올랐다.

만약 이 건물이 CIA의 위장 건물이라면?

만약 내가 점심을 먹고 일하러 돌아왔는데 사무실에 있는 사람들이 모두 죽어 있다면?

누구나 상상할 법한 질문들이다. 그렇지 않나?

당시 시대상을 고려했을 때는 특히 더 그렇다.

냉전이 세계를 지배했다. JFK, 로버트 케네디, 마틴 루터 킹, 리 하비 오즈월드의 유령들이 미국을 배회했다. 「닥터 스트레인지러브」와 최후 심판일의 핵무기들로 구성된 그의 무기고는 임박한, 그리고 겉보기에는 불가피한 발사를 향해 똑딱거리고 있었다. 소련은 철의 장막 뒤에서 사악하고 황량한 굴락(gulag, 강제 노동 수용소)들을 제멋대로 확산시켰고, 같은 시간 중공은 죽의 장막 뒤에서 보이지 않는 용처럼 똬리를 틀고 있었다. J. 에드거 후버의 FBI는 세상 사람 모두에 대한 모든 걸 알고 있었다……. 그리고 그걸 세상 사람 모두를 상대로 써먹었을지도 모른다. 히틀러가 파라과이에 숨어 있지는 않았을지도 모르지만, 2차 세계 대전 후에 탈출한 나치 잔당들은 스위스 은행과 외딴 공동체들에 정보원을 두고 있었다. 이스라엘의 복수자들은 지구 전역을 활보했다—아이히만을 체포한 그들은 누구건 체포할 수 있었다. 아파르트헤이트가 남아프리카를 심하게 괴롭혔다. 남미의 마약상들은 여전히 '시시한' 비즈니스맨들이었지만, 미국의 마피아는 헤로인을 공급받기 위한 프렌치 커넥션(프랑스에 본거지를 둔 마약 밀수 조직)을 갖고 있었다. '테러리스트들'은 KKK 예복 차림이건, 블랙 팬더(Black Panther, 미국의 급진적인 흑인 결사체)의 베레모를 썼건, PLO(팔레스타인 해방 기구)의 쿠피아(kufiah, 팔레스타인의 전통 복장인, 머리에 쓰는 두건)를 썼건, 웨더 언더그라운드(Weather Underground, 미국의 전투적인 급진 좌파 조직)의 클리셰가 된, 60년대의 장발에다 레인보우 데이즈(rainbow daze)에서 파생된 염주(love beads)를 했건, "혁명가들"로 불리는 경우가 잦았다. 맨슨 패밀리 같은 컬트 집단들이 국민의 의식에 침투했다. 귀에 들리는 모든 얘기가 그저 속삭임에 불과했을지라도, 사람들은 저 밖에서 그런 분위기를 확연히 느끼고 있었다. 우리 지구를 완전히 감싸고 보호하는 오존층이라는 존재가 우리가 겨드랑이에 뿌리는 데오도란트 때문에 위기에 처해 있었다. 진리와 정의, 미국적 방식을 위해 싸우는 슈퍼맨은 알지 못했지만, 내 임대 다락방에서 그리 멀지 않은 곳에서는 리처드 닉슨 대통령이 거느린 백악관의 심복들이 절도와 살인 행각을 위해 창설된, "배관공들"이라 불리게 될 폭력배 일당에게 그들이 고안한 '추잡한 수법들'로 이뤄진 전략들을 주입하고 있었다. 베트남의 정글과 도시에서, 우리 세대는 미국인들이 살상하고 살상당하는 전쟁을 12년째 치르고 있었다.

편집증을 앓지 않는 건 미치광이뿐이었다.

세상은 '그들이' 누구를 공격하는지, 누구를 죽이는지, 왜 공격하는지를 전혀 알지 못했다.

내가 품은, 캐피톨 힐에 있는 CIA 비밀 사무실에 대한 "만약 그렇다면 어떻게 될까?" 환상이 현실에 기초하지 않은 질문이었던 건 아니다. 그 시절에, 차고 문은 항상 낮춰져 있고 창문이 없는 데다 문이 굳게 닫혀 있으며 입구에 명판이 없는, 정면이 납작한 회색 콘크리트 건물이 펜실베이니아 애비뉴에, 국회의사당과 하원의 사무용 빌딩들에서 겨우 세 블록 떨어진 레스토랑과 서점, 술집들 가운데에 웅크리고 있었다. 의회 직원들은 그 건물이 FBI 소속이라는 '비밀'을 공공연한 지식으로 공유했다. J. 에드거 후버의 수사국에 질문을 던지기에 충분할 정도의 공식적인 영향력을 가진 사람이라면, 이 캐피톨 힐 사무실은 그들의 통역 센터 중 하나라는 대답을 들었을 것이다.

"그렇겠지. 그런데 그들이 실제로 하는 일은 뭘까?" 하고 우리 중 많은 사람이 궁금해했다.

그 비밀스러운 FBI에서 권총을 쏘면 맞을 거리에 프로파간다를 전파하는 정치 조직 리버티 로비(Liberty Lobby)의 건물 앞쪽에 가게가 있는 타운하우스 본부가 있었다. 지독히도 괴팍하고 극단적이라서 '우익'이라고 무심코 분류해서는 안 되는 이 정파(政派)는 그 뒤로 이어진 몇 년간 처벌을 받지 않는다는 광고를 게재하면서 불법 약물들을 우편으로 판매했다. 약물 지지자들이 암을 치료한다고 주장하는 화합물로, 위대한 배우 스티브 맥퀸이 암으로 목숨을 잃기 이전 시절에 사용하려고 멕시코로 황급히 떠났던 약물 요법의 핵심인 레이어트릴(laetrile)이 그 약물이었다.

이것이 마틴 루터 킹 암살에 항의하는 폭동들이 상처를 남긴 후 2년쯤 지난 시점에 콘돌의 "만약 그렇다면 어떻게 될까?" 질문들이 탄생한 캐피톨 힐 지역이었다.

내가 1971년에 받은 의회 인턴 수업의 마지막 강사는 소설가이자 프랑스 시 번역자 레스 휘튼(Les Whitten)이었다. 그는 잭 앤더슨의 파트너였는데, 앤더슨의 탐사보도 칼럼은 대서양에서 태평양에 걸쳐 있는 미국인 대략 2천만 명의 문간에 배달되는 신문 거의 1천 종에 게재됐다. 잭과 레스는 그들도 모르는 사이에 CIA의 광범위한 불법 감시를 받고 있었다. 레스는 스캔들 폭로자—영예로운 단어—를 대표하는 전형적인 인물이었다. 그로부터 4년 후, 『콘돌의 6일』이 나온 후, 우리가 앤더슨의 칼럼을 위해 함께 일하는 취재 동료가 될 거라고는 우리 중 누구도 상상하지 못했다. 1971년의 그날 밤에 나는 조무래기 대학생일 뿐이었다.

경이로울 정도로 운이 좋았던 세 달짜리 상원 인턴십을 마친 후 봄방학을 위해 귀향길에 오른 조무래기. 나는 수업이 끝난 뒤에도 밤늦게 남아 있었다. 본인이 다음 주에 터뜨릴 거라고 수업 중에 얘기한 CIA에 대한 '엄청난 스토리'를 들려달라고 레스를 설득하기 위해서였다. 다음 주면 나는 고향인 몬태나 주 셸비에 있을 텐데, 거기에는 내가 그 칼럼을 읽을 수 있는 일간지가 하나도 없었다.

앨런 긴즈버그는 비트파 시인이다. 미국이 우리 중 어느 누구도 상상할 수 없던 마약의 악몽으로 굴러가던 1971년에, 그는 그의 세대에서 가장 뛰어난 지성인들이 광기에 의해 파괴되는 걸, 그들이 1회분 마약을 찾아 자신들의 몸뚱이를 끌고 길거리를 헤매 다니는 걸 목도했다. 시인의 내면에서 헤로인에 대한 공포가 너무도 요란하게 비명을 질러댔기에 그는 그 비명을 무시할 수가 없었다. 순진한, 대머리에 수염을 기른, 동성애자에다 주문(mantra)을 읊조리는, 법질서를 옹호하는 많은 보수적인 인사들로부터 미움을 받은 긴즈버그는 그를 비판하는 자들 중에서도 감히 하려고 나서는 사람이 거의 없는 일을 해냈다—긴즈버그는 헤로인을 향한 개인적인 전쟁을 선포했다. 그러고는 몸소 행동으로 자신의 웅변을 뒷받침했다. 그가 벌인 운동은 현실을 조사하고 많은 이들을 개종시키는 거였다. 레스의 곧 나올 '엄청난 스토리'는 미국이 동남아시아에서 벌이는 실전(實戰)에 참가한 CIA 협력자들, 그리고 그들이 헤로인 사업과 맺은 제휴 관계를 조사한 긴즈버그의 활동과 관련돼 있었다.

레스가 한밤중에 의회 사무용 빌딩의 복도에 서서 그 뉴스를 속삭였을 때, 나는 내 세계가 거세게 요동치는 걸 느꼈다.

하지만 나는 스물두 번째 생일을 2주 남겨놓은 몬태나 출신의 조무래기 대학생에 불과했다. 국경 지대에 있는 황량하고 —내 아내의 멋진 묘사에 따르면— '고딕풍'이며 —9·11을 겪은 후 내가 얻은 통찰력에 따르면— '느와르' 분위기를 풍기는 고향 셸비로 향하는 대학생. 셸비는 로키산맥에서 동쪽으로 96킬로미터 떨어져 있고 캐나다에서 남쪽으로 48킬로미터 떨어져 있으며 일종의 '현실 세계'에서는 100만 킬로미터 넘게 떨어진 곳이었다. 나는 워싱턴 D.C.에서 세 달짜리 인턴십이라는 짧은 경험만 간신히 한 터였다.

우리 할아버지는 카우보이이자 술집에서 활동하는 카드 타짜였고, 할머니는 소아마비 때문에 불구가 된 산파로, 친자식 여덟 명이 살아남는 걸 본 분이다. 그 자식들에는 우리 어머니, 그리고 모두 우리 고향에 거주하면서 재미를 좇는 코요테 무리처럼 나를 키우는 걸 도와준 어머니의 네 자매가 있다. 우리 시칠리아인 삼촌은 경찰과 카운티 보건 관리들의 보호를 받은 우리 지역의 빨간 치장 벽토 바른 2층짜리 매음굴에서 지금도 여전히 내게는 명확하게 이해되지 않는 관리자 역할을 수행했다⋯⋯. 삼촌이 시민으로서 법과 도덕을 대하는 혼란스러운 태도는 중심가 위에 있는 자기 사무실에서 때때로 실패로 돌아간 불법 낙태를 집도한 우리 변경 도시의 의사/전직 시장의 태도에서도 분명히 드러났다. 도시 외곽에서 환자들이 꾸준히 그 의사를 찾아온 걸 놓고 판단할 때, 미시시피 강 서쪽에 사는 사람들은 모두 그 특별한 비밀을 알고 있었던 게 분명하다.

이제 당신도 내가 어떤 조무래기였는지 알 것이다.

몸이 콜라병처럼 두툼하고 군 복무에 부적합한 안경잡이. 공상에 잠겨 사는 놈. 말 많은 놈. 내가 생각했던 것처럼, 또는 소도시 대다수가 생각했던 것처럼 영리함하고는 거리가 먼 놈. 네 살 많은 영리한 누나를 두기는 했지만, 내가 87명으로 구성된 고등학교 졸업반에서 어쩌어찌 3등을 차지했을 때 사람들은 하나같이 깜짝 놀랐었다. 내가 미식축구팀의 세 번째 줄에 설 수 있었던 건 순전히 네 번째 줄이 없었기 때문이다. 모든 십 대 여자애들에게 집착했지만, 그 애들에게 잘 어울리는 머슴애는 아니었고, 작업 결과도 성공적이지 못했다. 십 대 공화당원(Teenage Republicans)의 멋지지 않은 멤버. 2차 세계 대전 후의 아메리칸 드림을 믿으며 최선을 다한, 착하고 다정하며 존경스러운 중산층 부모의 아들. 일 중독자인 아버지는 영화관을 운영했다. 내가 B급 영화 수천 편을 보며 자랐다는 뜻이다. 어머니는 카운티의 사서였다. 내가 미친 듯이 읽어낸 범죄 소설과 모험 소설 수천 권을 얼마나 오래 갖고 있건 걱정할 필요가 없었다는 뜻이다. 나는 초등학교를 졸업한 이후로 쭉 일을 했다—극장 입장권 회수인, 영화 영사기사, 건물 관리인, 건초 더미를 관리하는 카우보이, 바위 뽑는 일꾼, 트랙터 운전사, 무덤 파는 일꾼. 나는 운이 좋아서 도로 공사 일꾼들을 위해 삽질을 해서 주립대학을 다닐 수 있었다.

내가 몬태나 대학에 진학했을 때, 너무 순진했던 나는 저널리즘학과가 나에게 내 열정, 즉 소설 집필을 포함한 작은 체험 학습을 위해 장학금을 줄 거라고 생각했다.

나는 말 그대로 글을 쓸 수 있기 전부터 허구의 이야기를 그럴듯하게 늘어놓기 시작했다. 참을성 있는 어머니에게 내 이야기를 받아쓰게 한 것이다—어머니는 그것들을 내다 버렸다—. 고등학교를 졸업할 무렵, 나는 졸업반이 공연할 희곡을 썼고, 처음으로 범죄 잡지, 미스터리 잡지, SF 잡지, 주류 잡지에 단편소설 수백 편을 발송했지만 모두 거절당했다. 나는 대학 공부를 한 지 7주가 지나고서야 내가 선택한 저널리즘 전공이 소설은 다루지 않는다는 걸 깨달았다. 하지만 —결국— 나는 세이무어 허시(Seymour Hersh, 미국의 탐사보도 전문 기자)가 미라이 학살에 대한 저널리즘 폭로로 우리 세계를 더 낫게 바꿔놓는 걸 목격했고, 저널리즘학과는 픽션창작학과는 제공하지 못하는 장학금에 접근할 수 있는 권리를 내게 제공했다—픽션창작학과에는 제임스 리 버크(James Lee Burke, 미국의 소설가)와 제임스 그럼리(James Crumley, 미국의 하드보일드 범죄소설 작가), 그리고 걸출한 미국문학 트리오 중에서 내가 유일하게 강의를 들은 분인 시인 리처드 휴고(Richard Hugo) 같은 교수님들이 계셨지만. 그래, 나는 바보천치다. 아무튼 학과가 제공한 장학금 중 하나가 나를 워싱턴 D.C.의 가짜처럼 보이는 타운하우스 근처 다락방으로 데려간, 탐사보도를 위한 시어스 의회 인턴십이었다.

그 인턴십 이후, 몬태나 대학의 저널리즘 스쿨은 명료한 글쓰기의 기초를 다지게 해주는 간단명료한 훈련 과정을 제공했다. 내게 정확한 보도와 편집을 가르쳐준 스승인 로버트 맥기퍼트(Robert McGiffert)는 무척이나 뛰어난 분으로, 여름철에는 『워싱턴 포스트』의 편집자로 일하기도 했다.

나는 미줄라에 있는 대학에서 자기기만을, 그리고 편협한 순진함을 한층 더 벗어던졌다. 비틀스의 로큰롤 시대에 맞춰 머리를 장발로 길렀다. 불법적인 규제 약물들을 실험했었는데, 그런 것들을 들이마셨을 때 결과를 가장 잘 기술하자면 '나 뿅 갔어'였다. 그러나 그런 일은 한 2천 번쯤 했을 뿐으로, 내가 〈루시 인 더 스카이 위드 다이아몬드〉의 군중과 춤을 춘 적은 결코 없었다. 친구들이 베트남에서 관에 누운 채로 귀향하고 뻔한 거짓말들이 워싱턴에서 터져 나왔을 때, 나는 반전 시위에 합류해서 그 시위를 존경받는 상태로, 합헌적인 상태로 만들려고 목소리를 높였다. 어느 봄방학은 시카고의 게토에서 흑인지역 사회조직가 그룹과 함께 공부하며 보냈고, 기업의 책임에 대한 몬태나 랠프 네이더(Ralph Nader) 프로젝트를 운영했었다. 그 프로젝트는 몇 번의 승리를 쟁취했다. 프로젝트의 비밀은 다른 유일한 멤버가…… 내가 설득해서 여자 친구로 삼은 젊은 여대생 셜리였다는 거였지만.

그런데 대학을 졸업하려고 D.C. 인턴십에서 돌아왔을 때, 내 꿈을 작동하게 만들 방법에 대한 아이디어가 내게는 하나도 없었다. 내가 하고 싶은 일은 소설을 쓰는 게 전부였다–으음, 솔직히 전부는 아니었다. 나는 내가 변호사가 되기를 원하는 부모님과 고등학교 선생님들의 계획들을 내팽개쳤다. 한때는 나도 악당들을 고소해서 감옥으로 보내고, 무고한 사람들을 자유롭게 해주며, 내가 새벽이 되기 전에 일어나 아침을 먹을 형편이 되거나 소설을 쓰기 위해 밤늦게까지 깨어 있을 수 있도록 낮 시간 동안 민주주의적 안전에 도전하는 위헌적 요소들로부터 사람들을 해방시켜주는 걸 꿈꿨었지만 말이다. 1971년 가을에, 나는 '독립적인 학부 공부' 5년차를 시작했다. 픽션 집필을 보호하는 학술적인 보호 장치를 정당화하기 위해서는 필수적인 것이라 생각되는 걸 나 자신에게 부여하기 위해서였다…….

……아니면, 또 다른 약간의 엄청난 행운 덕에 구원 받기–제대로 말하자면, 황홀해지기–위해서였다.

몬태나는 시대에 뒤떨어져 구닥다리가 된, 벼락부자가 만들어낸 주(州) 헌법을 수정하는 중이었다–대실 해밋은 범죄와 부패한 정치를 다룬 그의 첫 걸작 소설 『붉은 수확(Red Harvest)』의 배경을 옛 헌법이 지배하는 몬태나로 설정하기도 했다. 새 헌법을 제정하는 활동을 하는 스태프의 능력이 부족한 탓에, 글을 빠르게 쓸 줄 알고 정부와 정치와 관련한 –즉, 미국 상원의원을 위해 일해본– 이력이 있는 긴급 대체 인력이 필요했다. 어느 친구가 그 일에 적합한 인물이라며 캠퍼스를 배회하고 있는 나를 낚아챘고, 나는 거기서 자신들이 가진 능력을 한껏 발휘하는 평범한 시민들이 달

흰 문들 뒤에서 일하는 걸 거부했을 때 민주주의가 얼마나 경이롭게 작동하는지를 목도했다.

헌법수정회의가 열린 후인 1972년 봄에, 2개월간 전국을 운전하며 돌아다니는 여행길로 자취를 감췄던 나는 여행에서 살아남은 뒤 몬태나 주헬레나로 귀환했다. 그리고 노동자/소화전 조사관으로 취직하려는 짧은 시도를 한 후, 연방정부의 자금 후원을 받는, 문어발 같은 주(州)기관에서 소년 범죄를 표적으로 삼아 일하는 자리를 얻었다. 나는 대체로 내 머리와 두 손을 활용하라고 요구하는 본업이 필요했다. 내 마음과 영혼은 내가 꾸는 꿈들에 속해 있었기 때문이다.

나는 소설 쓰는 법을 배우는 유일한 방법은…… 소설을 쓰는 것이라는 결론을 내렸다.

그리고 작가가 되는 유일한 방법은…… 글을 쓰는 거였다.

자기 자신이 촉진시켜 이뤄낼 결과물을 위한 준비가 그렇게 덜 돼 있는 풋내기도 드물었다.

그러나 내 내면에서 불타오르는, 글을 쓰고 싶다는 격한 감정은 헤로인 중독자가 섹스에 몸을 던지는 것과 비슷했다.

나는 헬레나에 있는 주도(州都) 도청에서 그리 멀리 떨어지지 않은 앙증맞은 작은 집 위의 2층짜리 작은 아파트에 살았다. 한동안 같이 산 내 룸메이트는 미국에서 가장 똑똑한 베이비부머 중 한 명으로, 릭 애플게이트(Rick Applegate)라는 오랜 친구였다. 내가 고안해낸 캐릭터들의 이름을 릭이 보유한 논픽션 책들에서 훔친 적이 자주 있었다. 내 이웃들은 훌륭하고 상냥하며 *대단히 쿨한* 커플이었다—남자는 사근사근하고 대단히 영리한 변호사였고, 여자는 머리칼이 황갈색인, 예술가 분위기를 풍기는,

우리 60년대의 많은 사람들이 그렇게 되기를 선망하거나 배우자로 삼고 싶어 하는 여자였다. 나는 그들 사이에서 처음 태어난, 메일 멜로이(Maile Meloy)라는 갓난 여자아이를 만날 만큼 그 아파트에 오래 살았다. 아이는 그녀 세대를 대표하는 주요한 미국인 소설가/단편작가/에세이스트가 됐다. 하지만 나는 그들이 둘째이자 아들인, 21세기의 유명한 인디 포크록 밴드 디셈버리스츠(Decemberists)의 리더이자 주요 작곡가 콜린 멜로이(Colin Meloy)를 낳기 전에 그 도시를 떠났다. 나는 낮에는 전형적인 미국식 관료제 안에서 노동했고, YMCA에서 조깅을 하고 유도를 배웠으며, 가능할 때면 여자 친구를 만났고, 내 사촌의 갓 태어난 아들의 갈팡질팡하는 대부(代父) 노릇을 했으며, AM 라디오와 전축에서 나오는 로큰롤에 파묻혀 하늘로 날아올랐고, 영화를 보러 갔으며, 1센트짜리 동전을 저금했고, 나머지 시간은 초현실적인 세계를 떠다니거나 고등학교에서 잉여 물자로 처분한 18킬로그램 나가는 녹색 로열 수동타자기를 올려놓은 주방 테이블에서 보냈다.

그러면서 워싱턴 D.C. 시절에 품었던 "만약 그렇다면 어떻게 될까?" 질문이 활기를 띠는 걸 느꼈다.

그 시절에는 슈퍼 스파이 제임스 본드가 스파이 픽션을 지배했다. 걸출한 원작소설을 바탕으로 한 질 높은 영화들이 만들어져왔지만, 거장 존 르 카레—『추운 나라에서 온 스파이』—와 렌 데이튼—『입크리스 파일』—은 007이 드리운 그늘에 가리고 말았다. 에릭 앰블러와 조지프 콘래드, 그레이엄 그린을 도서관 책장에서 찾아볼 수 있었지만, 서점에서 그들은 『닥터 노』와 『골드핑거』, 『러시아로부터 사랑과 함께』—본드 시리즈 중 최고작——숀 코너리와 우르슬라 안드레스, 섹스와 월터 PPK—의 현란함 때문에 독자들의·머릿속에서 지워졌다.

나는 "본드, 제임스 본드"를 사랑한다. 하지만 슈퍼 히어로에 대한 글을 쓰고 싶지 않다는 생각도 그 사랑의 크기와 비슷했다. 슈퍼 히어로는 늘 승리한다. 편집증에 걸리지 않으며, 최악의 위험에 결코 빠지지 않는다.

그리고 그는 내가 한 번도 만나본 적이 없는 사람이었다. 저널리스트로 훈련받은—또는, 아마도 더럽혀진—나는 한 손은 사실에 올려놓는 동시에 다른 손으로 픽션을 빚어내고 싶었다. 그래서 나는 누가 내 작품의 주인공이 되건, 워싱턴 길거리에서 나를 급습했던 "만약 그렇다면 어떻게 될까?"의 소설에서 그는 슈퍼맨이 아니라는 걸 잘 알았다.

하지만 그는 CIA를 위해 일했다.

중앙정보국, 미국에서 가장 유명한 스파이 공장. 그 무시무시한 조 매카시 시대가 지난 후, 쿠바의 피델 카스트로를 암살하려던 계획들이 우리 스파이들에 의해 마피아에 아웃소싱됐다는 식의 은밀한 음모들과 제임스 본드를 좋아한다는 걸 공공연히 밝힌 암살당한 JFK가 비밀리에 엮였을 때, CIA는 신화에 둘러싸인 보이지 않는 군대였다. 전자책과 신뢰성이 천차만별인 웹사이트들, 검색 엔진들이 등장하기 이전 시대에, 인터넷이 아직 탄생하지 않았던—베트남전 반전 시위들과 워터게이트가 스파이 스캔들의 폭로에 도움을 주기 이전이던—그때, 평균적인 서점과 도서관에는 CIA를 다룬 책이…… 한 권도 없었다.

『콘돌의 6일』을 위한 정보를 조사할 때, 나는 CIA를 다룬 믿음직한 책을 세 권밖에 찾지 못했다. 두 권은 데이비드 와이즈와 토머스 B. 로스의 『보이지 않는 정부』와 『스파이 기관』이었고, 한 권은 앤드류 툴리의 『CIA: 내부 이야기』였다. 사학자 앨프레드 W. 맥코이가 쓴 책을 우연히 발견했는데, 그는 『동남아시아의 헤로인 정치』를 쓰기 위해 미국 정부와 프랑스 정보기관들, 마피아, 유니언 코르스-Union Corse, 프랑스의 주요한 정보 신디케이트-, 중국의 삼합회, 그리고 중국 본토에서 축출당한 우리 동맹국인 국민당 정부가 터뜨리는 분노에 용감히 맞섰다. 그 책은 깊이와 정확성, 재기(才氣) 면에서 퓰리처상을 수상할 만한 가치가 있던 -하지만 수상하지는 못한- 20세기를 대표하는 분석적인 역사책이다. 맥코이는 공산주의에 맞서 십자군전쟁을 벌이는 동안 미국 정부가 스스로 자신들을 우리의 친구이자 협력자라고 부른 범죄자들에 대해 얼마나 무지했는지를 보여주기 위해 라오스의 산악지대, 사이공-지금의 호치민 시-의 에어컨이 가동되는 정부청사 복도, 방콕의 운하들을 터벅터벅 걸어 다녔다.

그 저작들이-미래에 스캔들 폭로 분야에서 내 상사가 된 잭 앤더슨이 쓴 칼럼 두 편과 베트남전에서 '무엇인가를 보고' 돌아온 친구들과 나눈 아리송한 대화와 더불어-내가 CIA에 대해 조사했던 몇 안 되는 자료의 전부였다.

따라서 내 상상력은 운 좋게도 현실 세계의 방해를 그리 많이 받지 않았다.

그 시절에 소설은 CIA를 유령처럼, 저자들이 살금살금 주위를 돌아다니며 손만 간신히 댈 수 있을 뿐인 거대한 존재처럼 취급했다. CIA 요원들은 소설 수백 편에 모습을 드러냈지만, 그들은 대체로 의심의 여지가 없는 편집증과 확실한 능력을 가진 침울한 피조물들이었다. 그들이 무엇을, 어떻게, 왜 했는지는 분석되지 않았다.

주목할 만한 예외가 네 편 있었다. 리처드 콘돈의 『맨추리안 캔디데이트』는 소설과 영화 모두 청소년기에 있던 나를 뿅 가게 만든 군(軍) 정보기관의 악몽이었다; 노엘 벤이 쓴 CIA가 아니라 '제명된' 스파이 그룹들에 초점을 맞춘, 느와르이자 냉소주의에 흠뻑 젖은 소설과 존 휴스턴이 연출한 영화 「크렘린 레터」; 내가 고등학교를 졸업한 1967년 이전까지 CIA의 위장 정보원으로 일했고, 내가 『콘돌의 6일』을 집필하고 있을 때 그의 소설들-하지만 당시에는 내가 보지 못했던-이 나오기 시작했던 찰스 맥커리; 그리고 또 다른 CIA 요원 빅터 마체티는 『콘돌의 6일』이 출판된 후인 1974년에 수정헌법 제1조(언론, 종교, 집회의 자유를 정한 조항)를 사랑하는 미 대법원이 단어 하나하나를 일일이 검열했던 고전적인 폭로물 『CIA와 정보기관 숭배』를 공동 집필했다. 마체티는 1971년도 소설 『줄타기 곡예사』-내가 『콘돌의 6일』을 쓴 직후에야 읽은 책-에서 당시에는 뻔질나게 사용됐지만 요즘에는 우습게 들리는 관행을 따랐다-그는 CIA의 이름을 NIA로 바꾸는 것으로 소설을 현실에서 한층 더 멀리 떨어뜨렸다.

할리우드는 CIA를 주눅 든 태도로 다뤘다-영화와 TV 스크린에서, CIA는 성배를 좇는 올바른 과업에 나선, 불가능한 임무를 처리하는 첨단 장비들을 가진 트렌치코트를 입은 기사들을 의미했다. 나를 비롯해서, 박스오피스에서 본 사람이 거의 없는 매력적인 예외가 1972년 영화 「스콜피오」였다. 버트 랭카스터가 정보국으로부터 그를 사냥하라는 요구를 받은 프랑스인 자객을 상대할 자격이 있는지 없는지 아리송한 CIA 간부로 출연한 영화다. 아이러니하게도, 「스콜피오」의 출연진은 얼마 안 있어 세상에서 가장 유명한 절도 행각을 벌이려고 길거리 건너편에 있는 워터게이트 단지를 감시하고 있던 닉슨의 '배관공들' 팀과 때때로 같은 호텔에 머물렀고 이동 경로도 교차했다. 그 시대의 편집증을 담아낸 걸작 영화 두 편-「암살단」과 「킬러 엘리트」-은 내가 소설을 완성하고 한참이 지나기 전까지는 세상에 나오지 않았었다. 나는 고등학교에 다닐 때부터 빌 코스비와 로버트 컬프가 출연하는 TV 시리즈 「아이 스파이」의 팬이었다. 하지만 60년대의 TV는 기준이 엄격한 검열의 족쇄 아래 방영됐고, 그 미국인 요원 두 명도 슈퍼 스파이처럼 임무 수행에 성공하는 경우가 잦았다.

물론 그 시절에는 영화적 서스펜스의 거장 앨프레드 히치콕이 있었다. 그의 걸작 영화들은 스파이 활동과 국제적인 음모의 세계에서 전개되는 경우가 잦았다. 가장 눈에 띄는 작품이 「북북서로 진로를 돌려라」였다. 그런데 히치콕 입장에서, 스파이는 그저 그가 창작해낸 다음의 위대한 용어를 실행에 옮기는 행위자에 불과했다—맥거핀(MacGuffin): 캐릭터들을 위험한 상황에 내동댕이치면서 이야기를 추동해내가는 동기, 그리고 서스펜스와 액션을 위해 '뭔가 의미 있는 것'을 제공하는 물건이나 힘.

내가 히치콕에게서 받아들인 그 모든 크리에이티브 관련 레슨 중에서 나에게 가장 큰 영향을 준 것은, 아마도, 최고의 서스펜스 스토리들은 개인적으로 그럴듯하다고 믿을 만한 스토리들이라는 거였다—기차에서 만난 낯선 사람에 의해 강요된 선택이건, 캐릭터들의 일상생활의 범위를 넘어선 영역에서 치러지는 지정학적 비밀 전쟁에 의해 강요된 선택이건, 생사가 걸린 선택에 직면한 현실적인 사람들. 히치콕이 즐겨 그려낸 평범한, 심지어 재미없기까지 한 캐릭터들은 일단 액션에 투입되면 목숨을 구하기 위해, 스토리의 맥거핀에 의해 파괴됐던 통제력을 되찾기 위해 투쟁을 벌인다.

콘돌의 발상지도 그랬다.

나는 CIA에 대해 폭로된 믿음직한 정보 중 많은 정보를 와이즈와 로스의 책에서 얻었다. 그들은 정보국이 대다수의 공공 자료를 샅샅이 조사하는 분석관들에게 얼마나 많이 의지하는지를 강조했고, 그래서 나는 그 콘셉트를 밀어붙였다.

나는 −내가 작가가 될 수 없었다면− 내가 좋아했을 일을 고안해냈다. −내가 좋아하는− 렉스 스타우트가 쓴 네오 울프 미스터리들을 비롯한 스파이 세계의 재미있는 이야기들을 다룬 소설 읽기.

와이즈와 로스는 CIA 편제의 골격을 개략적으로 제공했다.

미국 상원을 경험한 후, 더불어 몬태나의 도로 건설 일꾼으로 일하고 연방정부의 자금을 받아 주가 운영하는 작은 사무실에서 일한 후, 나는 CIA 같은 전국적인 규모를 가진 안보 기관조차 여전히 내가 날마다 목격하는 것과 동일한 영향력과 약점에서 힘을 얻는 정부 관료 조직이라는 결론을 내렸다.

그 모든 걸 알게 된 상태에서 나는 생각했다. 그렇다면 나는 CIA를 어떻게 조직할 것인가?

그래서 나는 내가 던진 질문들에 대한 대답을 내 소설에 투영했다. 거기에는 곤경에 처한 요원들을 위한 패닉 라인 같은 −나한테는− 명백한 대비책들이 포함돼 있었는데, 훗날 잭 앤더슨과 함께 스캔들 폭로 보도를 하던 시절에 내가 구상했던 그런 대비책이 실제로 존재하는 것으로 드러났다.

내가 그런 사실을 명확히 알고 있었기에, 내 주인공은 플롯이 어떻게 되건 패닉 상태에 빠져서는 그가 구할 수 있는 도움이란 도움은 모두 필요로 하는 종류의 사내여야 했다. 그에 대해 품은 내 이미지는 그가 평범한 사내가 할 수 있는 일들만 할 수 있다는 것이었다. 그는 영리할 수는 있겠지만, 불가사의할 정도의 초능력을 갖지는 않았다. 그리고 그가 받은 훈련의 대부분은 그를 창조하고 있는 픽션의 종류에서 비롯될 터였다. 나는 그의 이름을 '멍청하고 따분한 사람(nerd)'을 일컫는 미국 속어를 반영해서 골랐다. 헤밍웨이 닉이나, 「하와이 파이브-오」의 스티브 같은 멋들어진 이름은 내 주인공을 위한 게 아니었다. 그의 이름은 어렸을 때 놀이터에서 놀림을 받기에 완벽한 이름인 로널드 말콤이 됐다. 나와 비슷하게, 어떤 이유에서인지 그의 친구들도 그를 그의 성(姓)으로 불렀다.

나는 저널리스트처럼 내 첫 소설에 접근했다. "만약 그렇다면 어떻게 될까?" 질문들을 내가 교육받아온 간결하고 건조하며 꾸밈없는 산문으로 보도하는 스타일을 취한 것이다. 나는 넉 달 동안 밤 시간과 주말에 헬레나의 노란색 주방 구석에 앉아 내 상상력이 낡아빠진 녹색 로열 수동타자기 위에서 내 손가락들 끝을 호령하게 놔뒀다. 작품을 완성하기 전까지는 내가 이 책의 제목을 뭐라고 부르게 될지 조금도 몰랐었다. 내가, 약간의 개작을 통해, 엿새에 딱 맞아떨어지는 직선형의 연대기를 썼다는 걸 작품을 완성한 후에야 깨달았다—우리 문화는 『5월의 7일간』이라는 스릴러를 통해 일주일을 이미 받아들인 터였다. 나는 말콤의 코드네임을 찾으며 토요일 오후를 보내다 '콘돌'로 정했다. 죽음을 함축한 단어인 데다 '벌처(vulture, 독수리)'보다 훨씬 더 멋지게 들렸기 때문이다.

나는 『콘돌의 6일』 집필을 단순한 습작 집필 경험으로 여긴 적이 한 번도 없었다. 물론, 나는 문학적이고 문화적인 차원의 거리로 따지면 뉴욕의 출판계에서 수천 킬로미터 떨어진 곳에 사는 스물세 살 난 무명작가였다. 연줄은 하나도 없었고, 조언을 해줄 사람도 없었으며, 나를 대신해서 출판사에 전화를 걸거나 편지를 보내거나 출판사 문을 두드려줄 사람도 없었다.

그런 절대적인 고립 덕에 나는 "그래서 어떻다고(so what)?" 태도와 활력을 얻었다.

지역 도서관에 간 나는 내 다락방에 있는 초고하고 조금이라도 닮은 구석이 있는 소설과 같은 유형에 속한 책을 출판한 출판사들을 찾아 서가를 배회했다. 1972년 말에, 나는 그런 소설을 일부나마 출판한 적이 있는 출판사를 적어도 서른 곳 골랐다. 나는 내가 일하는 직장의 '하이테크' IBM 실렉트릭 타자기와 제록스 복사기를 활용해서, 소설의 결말을 드러내지 않은 시놉시스와 샘플 꼭지, 그리고 미스터리한 분위기를 풍기는, 어느 정도는 진실인, 작가 소개를 공들여 작성했다. 어느 날 내 소망을 담은 소포 서른 개를 우체국에 건넨 나는 『콘돌의 6일』의 최종 원고를 타자하기 위해 내 직장의 장비들을 오용하는 것을 포함한 평범한 생활로 복귀했다. 출판사 서른 곳 중 절반이 내가 소포에 동봉한, 내 주소를 기입하고 우표를 붙인 봉투로 답신을 보내왔다―그중 절반쯤에 해당하는 여섯 곳이 "예스"라고 답했다. 무작위로 한 곳을 고른 나는 딱 맞춰 완성된 원고를 발송했다.

넉 달 후, 여전히 아무 소식도 듣지 못하고 있던 나는 몬태나에서는 그나마 조금 더 세계화된 도시인 미줄라에서 배곯는 작가로 살아가기 위해 헬레나에 있는 직장을 떠나려던 참이었다. 나는 여전히 아무 소식도 듣지 못하고 있었다. 그래서 1번 출판사에 전화를 걸어 편집자를 연결해달라고 했다. 편집자는 그렇지 않아도 내 소설을 거절하려던 참이라고 정중하게 말했다. 미줄라에서 새로 얻은 아파트의 주소와 전화번호를 알게 될 때까지 며칠을 기다린 나는 W. W. 노튼(Norton)에 원고를 보내고는 이사를 갔다.

부모님과 일부 친구들은 겁을 먹었다―우리가 아는 사람들 중에 소설을 써서 생계를 꾸리는 사람은 아무도 없었다. 나는 신경 쓰지 않았다. 1973년에 나는 스물네 살로, 미줄라 시내 블루칼라 지역의 판잣집에 살면서 저축한 돈을 헐어 근근이 먹고살고 있었다. 프리랜스 저널리즘으로 한 달 치 임대료에도 못 미치는 돈을 벌고 있었고, 꼭 써야만 하는 돈만 쓰고 있었으며

—가라데 도장에서 수련하는 밤에만 콜라를 마시는 식의 배급제를 자체적으로 실행했다—, 소설을 쓰느라 그 낡은 녹색 수동타자기를 신나게 두들기고 있었다. 열두 시간 넘게 마라톤하듯 타자기를 두드리다 타자기를 치던 손가락에 피가 나기 시작하는 바람에 작업을 끝낸 적도 있었다—내 인생의 그 장을 "키보드 위의 피"라고 부르겠다.

그 시기의 창작물 중에는 앞으로 어느 누구도 읽는 사람이 없기를 소망하는, 대학에 진학해서 세상에 눈을 뜨는 장르에 속한 전형적으로 오버하는 자의식 강한 소설이 한 편 있었고, 곧이어 출판된 코믹한 범죄 소설『그레이트 페블 어페어(The Great Pebble Affair)』가 있다. 이 소설은 미국에서 필명으로 출판돼 약간 호의적인 리뷰를 받았지만, 이탈리아에서는 내 이름을 내걸고 출판돼 몇 년간 절판되지 않은 상태를 유지했다. 우밍(Wu Ming)—이탈리아의 작가 집단이 내건 필명—은 2000년에 내게 그 작품이 자신들에게 영감을 준 작품 중 하나라고 말했다.

현실 세계에서, 내 은행 잔고는 줄어들고 있었고, 뉴스는 닉슨의 백악관에서 흘러나오는 범죄와 음모가 섞인 추문의 냄새에 갈수록 초점을 맞추고 있었다. 워싱턴 D.C.에서 들려오는 뉴스는 굶주린 사람들이 늘어선 줄을 의식하기에는 너무 짜릿하게 들렸다. 예전에 모셨던 보스인 멧캐프 상원의원이 저널리스트였던 몬태나 주 출신 지원자에게 문호를 개방한 1년짜리 장학금을 운영하고 있었다. 힘든 시기였지만, 미줄라의 신문이 내가 자유 기고가로 쓴 기사 중 하나를 실었고, 전국지인『스포츠』는 내 고향 셸비가 후원하면서 도시 홍보용 이벤트로 벌인 괴상한 다람쥐 경주를 다룬 세 단락짜리 기사를 연재하려던 참이었다. 나는 그 장학금에 지원했다. 도로 공사 일꾼 직업이나 화이트칼라 사무직이라는 실제 직업이 내 창작력을 약화시키지는 않을지 고민하면서.

전화기가 울렸다.

전화를 건 사람은 자신을 스탈링 로렌스라고 소개했다. 결국에는 소설가가 된 사람이지만, 당시에는 W. W. 노튼의 편집자였다. 그는 출판사에서 『콘돌의 6일』을 출판하고 싶다고 말했다. 그러면서 나한테 1,000달러-내가 화이트칼라 월급쟁이로 일했을 때 벌 수 있던 연봉의 10퍼센트를 넘는 액수—를 지불할 거라고도 말했다. 당연히 나는 "예스"라고 답했다. 그러자 그가 말했다. "우리는 이걸 영화로도 팔 수 있을 거라고 생각합니다."

그런 종류의 일은 영화에서나 일어난다는 걸 이 사람은 모르는 걸까? 나는 그렇게 생각했지만, 말을 입 밖에 꺼내지도 않은 채로 웃음이 터지는 걸 꾹 참았다. 그는 내 소설을 출판하려고 한다; 내가 그런 의향을 꺾을 말을 하는 건 안 될 일이다.

2주 후, 버려진 배관 시설 부품들에서 얻은 몇 가지 부품을 덕트 테이프로 샤워기에 설치하려 애쓰며 빈 욕조 안에 서 있을 때, 다시 전화기가 울렸다.

스탈링 로렌스와 노튼의 직원들이 전화기 건너편에서 유명한 영화 제작자 디노 드 로렌티스가 원고 형태의 『콘돌의 6일』을 읽고는 그걸 영화로 만들겠다는 결정을 재빨리-디노는 나중에 내게 첫 네 페이지를 읽고 나서라고 말했다- 내렸다고 말했다. 그는 책의 판권을 즉석에서 구입했고, 그래서 판매액 중 내 몫은 81,000달러가 될 터였다.

나는 여전히 회색 덕트 테이프를 들고 거기 선 채로 스탈링이 흥분한 목소리로 자신이 한 말을 거의 그대로 반복하는 걸 들은 다음 말했다. "죄송하지만요, 테이프로 샤워기 붙이는 일을 계속해야 할 것 같거든요. 그러고 당신이 81,000달러 다음에 한 얘기는 하나도 못 들었어요."

나는 그 덕에 소설을 쓰면서도 몇 년을 연명할 수 있었다!

일주일 후, 멧캐프 상원의원이 워싱턴으로 돌아와 그의 스태프로 일해 달라며 나에게 장학금을 수여했다.

나는 스물네 살이었다.

그리고 나는 내가 상상조차 할 수 없었던 모험으로 가득한 내일을 향해 차를 몰고 떠났다.

이 글을 읽고 있는 독자들 대부분은 영화를 통해 『콘돌의 6일』이야기를 일부 알고 있을 것이다. 그러니 내가 『콘돌의 6일』의 장대한 배경 이야기를 더 많이 밝히려고 스포일러를 작성하는 위험을 감수하는 걸 허락해 줬으면 한다.

세상의 모든 소설은 판본이 두 개다. 작가가 쓴 원고, 그리고 출판사와 편집자와 작가가 독자들을 위해 다듬어서 내놓은 산물. 그 두 번째 책을 창작하는 과정에서, 작가는 작업 대상인 고기인 동시에 작업 주체인 푸주한이다.

내가 원고에 적은 콘돌 캐릭터는 전설이 된 존재와 동일하지만, 1974년에 처음 출판된 소설이 내가 처음에 창작한 스토리하고 똑같지는 않다.

내가 쓴 원고는 느와르 스파이 스토리로, 그 스토리는 콘돌을 내 "만약 그렇다면 어떻게 될까?"들을 가로지르게끔 몰고 갔다. 스토리의 플롯은 악당으로 변신해서는 우리 세대를 규정하는 베트남전의 어두컴컴한 혼돈에서 그들 나름의 헤로인 밀수 작전을 빚어낸 부패한 CIA 정보원들과 간부들로 구성된 작은 집단에 대한 거였다. 그 맥거핀은 콘돌을 그의 인생을 바꿔놓은 엿새짜리 위험 속으로 질주시키고, 그러는 동안 그의 강요를 통해 연인이자 공동 표적이 된 여성—페이 더너웨이를 떠올려보라—이 암살자에게 살해당하며, 그 충격적인 사건은 콘돌을 피해자이자 사냥감에서 사냥꾼이자 킬러로 바꿔놓는다.

베트남을 배경으로 한 프롤로그와 에필로그가 D.C.에서 벌어지는 스파이 살육 사건을 받쳐줬다. 원고는 또한, 우리가 길을 걷는 아가씨를 지켜보며 마음 아파 하는 콘돌을 만날 때 이제는 클래식이 된 템테이션스의 노래 〈그저 내 상상일 뿐〉이 라디오에서 흘러나오는 때부터, 콘돌이 워싱턴 공항의 남성용 화장실에서 순수함을 잃을 때 화장실에 흘러나오는 비틀스의 위대한 노래 〈내 친구들의 작은 도움을 받아〉의 가사 네 줄을 인용하는 것에 이르기까지 이야기의 배경에 로큰롤을 배치했다.

문예 저널리즘을 배우면서 권리 소유자가 필수적으로 수수료—내가 책을 내는 대가로 받을 선금을 대폭 깎아먹을 소액의 수수료—를 부과할 거라는 걸 알게 됐을 때, 비틀스의 그 가사가 제일 먼저 날아갔다. 지나고 나서 보니 다 해봐야 쥐꼬리만 한 액수에 불과했지만, 그 정도 액수를 지불하려는 위험을 감수하기에는 경제적 미래에 대한 불안감이 굉장히 컸었다. 콘돌이 창가에 앉아 정체 모를 아름다운 아가씨가 지나가는 걸 보려고 근무 시간에 땡땡이를 칠 때 라디오에서 템테이션스의 노래가 흘러나오게 만드는 것도 그 당시에는 지나치게 뻔한 아이러니로 보였다. 아가씨는 그대로 남은 반면—그 창문에 내가 얼마나 자주 앉아 있었던가?—라디오와 노래에는 빨간 줄이 그어졌다.

하지만 나는 편집 과정에서 스탈링이나 하드커버 출판사가 이 책에 필요하다고 판단하거나 실제로 실행에 옮긴 일이 무척 적었다는 게 자랑스러웠다. 그가 내게 베트남 프롤로그와 에필로그는 잘라내게 만들었지만 말이

다. 그러고서 영화 판권이 '영화 제작 중' 단계로 옮겨간 후, 페이퍼백 출판
사가 또는 페이퍼백 출판사에서 가진 회의에서 만난 누군가가—내게 두 가
지 사소한 사항을 바꿔줄 수 있는지 물어봐달라고 노튼에게 제안했다.

먼저, 헤로인을 다른 무언가로 바꿔달라. "그걸 일종의 슈퍼 약물로 바
꿀 수 있을까요?" 영화 「프렌치 커넥션」이 히트를 친 후 "헤로인은 약발이
다 떨어졌다는 느낌이 있어요."

둘째, 페이 더너웨이가 연기한 여주인공을 살려내라. "그녀를 죽이는
건 너무 암울해요."

페이퍼백 출판사가 내놓은 이 제안들은 내가 1974년 1월에 워싱턴 시
내에 나만의 거처를 마련할 수 있기 전까지 몬태나의 친구들과 잠시 머물
렀던 워싱턴 교외의 아파트로 전화기를 통해 전달됐다. 당시 나는 그 문제
에 대한 선택권이 나한테 있는지도 몰랐다. 저널리스트로서, 나는 편집자
가 하는 말은 법이라고 믿도록, 그리고 만약 내가 편집자와 싸운다면 내가
패배하여 내가 쓴 글은 읽혀지지도 않은 채 숨을 거두는 일이 빈번할 거라
고 교육받았었다.

로큰롤을 잃는 건 슬픈 일이었지만, 어찌 됐든 로큰롤이 소설에 그리
많이 모습을 드러내는 일은 드물었다. 더 빠르고 더 즉각적인 플롯 전개를
위해 에필로그와 프롤로그를 쳐내는 건 무척 타당해 보였다.

하지만 헤로인을 "뭔가 다른 걸로…… 일종의 슈퍼 약물로" 바꾸는 건
터무니없는 일이었다. 나는 되도록이면 현실과 가까운 존재로부터 부분적
인 위력을 얻는 소설을 쓰고 있었는데, 그런 슈퍼 약물은 현실을 모욕하는
거였다.

여주인공을 살려내는 건 주인공이 그를 도망 다니게 만들었던 종류의

암살자로 변신하게끔 만들 계기를 없애는 거였다.

그래서 나는 콘돌이 그녀가 죽었다고 *생각하게끔만* 만들자는 안을 내놓았다-나는 그녀가 심각한 중상을 입었지만 회복하는 중이라는 식으로 설정을 바꿨다-. 그가 행동 동기를 얻기에는 충분히 괜찮은 설정이라는 이론에서였다.

헤로인의 경우, 몬태나에서 온 이 촌놈은 정체불명의 세련된 뉴욕 페이퍼백 편집자들 앞을 유유히 지나치는 트로이의 목마를 몰았다-헤로인 대신, 악당들이 모르핀 벽돌을 밀수하게끔 만들자. "끝내주네요!"가 반응이었고, 그 순간 나는 문화 분야의 게이트키퍼들인 이 편집자들이 그들이 두려워하는 거대한 약물의 재앙에 대해 아는 게 거의 없다는 걸, 그들은 *쿨한 것과 그렇게 해온 것들*에 대한 중학생 수준의 분석에서 동기를 부여받아왔다는 걸 *깨달았다.* 미국에 모르핀 벽돌을 밀수해오는 사람은 아무도 없다. 경제적으로 그럴 가치가 없는 일로, 부분적인 이유는 모르핀이 헤로인으로 가공되는 초기 단계의 물질이기 때문이다. 그런데 내 입장에서, 적어도 모르핀은 현실에 존재하는 약물이었고, 『콘돌의 6일』을 꾸밈없는 현실적인 소설이라기보다는 패러디에 더 가깝게 만들어줄, 편집위원회의 일부 위원들을 환각 상태에 빠뜨릴 슈퍼 약물은 아니었다.

어쨌든, 나는 스물네 살배기 초짜 소설가에 불과했다. 『콘돌의 6일』이 겪은 가벼운 편집 과정과 관련해서 나는 운이 좋았다. 젠장, 나는 어쨌거나 책을 출판했다는 점에서 운이 좋았다.

일부 운 좋은 소설들은 판본이 세 개다. 저자의 오리지널 작품, 편집돼서 출판된 책, 그리고 할리우드가 은막에 영사하는 스토리.

콘돌 역을 연기할 배우로 로버트 레드포드가 확정된 건, 심지어 내가 위대한 편집자 스탈링 로렌스의 사무실이 있는 뉴욕 고층빌딩의 로비에서 그를 만나기도 전에 결정된 일이었다.

원고를 수락한 이후 우리가 있는 거리의 저 바깥에서 격렬하게 발생한 역사적 변화들이 영화의 크리에이티브 팀이 가한 여러 가지 수정에 영감을 줬다.

플롯은 이미 워싱턴 D.C.라는 공간적 배경을 뉴욕으로 옮긴 터였다. 내가 듣기로는, 로버트 레드포드가 그해에 영화 두 편을 촬영해야 했기 때문이었다. 「코드네임 콘돌」과 「모두가 대통령의 사람들」. 그와 그의 가족은 뉴욕에 거주했는데, 그는 순전히 그해 촬영을 위해 가족들을 데리고 워싱턴으로 이사하는 걸 원치 않았다. 두 영화의 플롯 중에서 「코드네임 콘돌」만이 배경을 뉴욕으로 바꿀 수 있었다.

더 중요한 건 맥거핀이었다.

내가 워싱턴으로 가려고 몬태나를 떠나기 직전, 미국은 제1차 석유 금수조치를 당했다. 석유 정치라는 보이지 않는 세계가 우리 모두가 살아가던 방식을 느닷없이 지배했다. 미국의 현실에 일어난 그 변화, 미국인의 의식에 일어난 그 변화는 크리에이티브 측면에서 볼 때 그냥 무시해버리기에는 너무도 쿨했다. 그래서 맥거핀으로 활용된 중독성 있는 마약은 헤로인에서 석유로 바뀌었다. 그리고 영민한 시나리오 작가들은 내 느와르 분위기의 엔딩 대신, 훨씬 더 오싹한, 문화적인 면에서 더 충격적인 "여성인가 호랑이인가(Lady or the Tiger, 도박의 결과물이 대단히 극단적으로 갈리는 도박)?" 클라이맥스를 내놓았다.

영화는 그런 중요한 변화들 말고도, 당시 우리의 문화적 의식에 막 파고들고 있던 전문 용어와 언어들~닉슨 대통령이 거느린 전투견 팀들의 추잡한 수법들과 정보기관 커뮤니티에 대한 새로운 보도-을 받아들였다. 「코드네임 콘돌」은 컴퓨터가 서류를 스캐닝하는 작업-1974년 당시에는 혁명적인 콘셉트-같은 걸 보여준 최초의 영화에 속했다.

작가가 꾼 과열된 꿈에서 탄생한 비전을 바탕으로 3차원적이고 현실적인 배경을 창조해낸 영화 세트에 걸어 들어가는 게 소설가 입장에서 어떤 느낌인지는 도무지 형언할 방법이 없다. 촬영장에서 출연진과 스태프는 나를 반겨줬다. 나는 초현실적인 몽롱한 느낌 속을 떠다녔다.

시드니 폴락은 촬영장을 구경시켜주면서, 암살자들이 휘두르게 될, 그때까지는 한 번도 촬영된 적이 없는 몸소 고른 총기들부터 시작해서 그가 자신의 예술에 접근하는 방법을 내게 공들여 꼼꼼하게 설명해줬다. 그가 어떤 신에서 아무 일도 일어나지 않게끔 만드는 것으로 그 신에 긴장감을 빚어내는 방법-당연한 말이지만, 무자비한 킬러와 그의 사냥감이 무고한 목격자들에게 둘러싸여 같은 엘리베이터에 오르는 신은 제외하고-을 묘사할 때, 나는 외경심을 느끼며 귀를 기울였다. 시드니는 영화가 연대기적인 추격 스토리를 들려주기 때문에 레드포드가 엿새 밤낮을 도망치는 걸 보여줄 수는 없었다고, 그래서 모든 걸 사흘로 축약했다고 설명했다.

레드포드는 품위 있는 모습을 보여주려고 대단한 노력을 기울였다. 그는 맨해튼의 어느 추운 아침에 세트-내 "만약에 그렇다면 어떻게 될까?"를 바탕으로 현실화된 CIA 비밀 사무실-바깥 계단에 나와 함께 서서는 우리 작업에 대해 얘기를 나눴다. 그러는 동안 우리는 거기 서 있는 사람들이 누구인지 확인하려고 거만한 자태로 경찰 통제선을 유유히 뚫고 들어오려는 밍크코트 차림의 상류사회 여성 두 명을 못 본 척했다. 대단히 세련된 그 두 맨해튼 노부인들은 여학생처럼 서로를 힘껏 붙잡고는 숨도 제대로 못 쉴 정도로 신난 모습으로 깡충거리며 우리를 지나갔다. 이후로 나는 로버트 레드포드가 여성들을 그렇게 만드는 종류의 매력을 갖고 있는지 여부를 자주 궁금해했었다.

할리우드의 대접을 나처럼 잘 받은 작가는 거의 없었다. 디노와 폴락, 레드포드, 그리고 나머지 사람들은 내 얇은 첫 소설을 선택해서는 그걸 걸작 영화로 승격시키고 향상시켰다. 대단한 행운아인 나는 내가 그 경이로운 과정의 첫걸음이었다는 사실에 감사드린다. 내 평생은 『콘돌의 6일』이 드리운 그림자에 의해 축복을 받아왔다.

그런데 KGB 스토리가 공개되기 전까지, 그 그림자가 그리도 거대했다는 걸 그 누가 알았겠는가?

나와 같은 세대에 속한 미국의 위대한 로커 브루스 스프링스틴이 걸작 앨범 《본 투 런》을 발표한 바로 그해에 내 영화가 나왔고, 닉슨이 사임했으며, 내 상원 장학금이 끝났고, 나는 출판이 임박한 소설을 두 권 더 썼으며, 잭 앤더슨이 이끄는 몇 안 되는 스캔들 폭로자 무리에 합류할 기회를 덥석 붙잡았다. 결국, 닉슨의 폭력배들은 잭을 살해할 계획을 세웠고-운 좋게도, 그들의 살인 솜씨는 절도 솜씨보다 나빴다-, 우연히도, 그러면서도 고맙게도 CIA를 다룬 내 소설에 영감을 주는 걸 도왔던 레스 휘튼은 내 보스 중 한 명이었다. 이 얼마나 멋지고 운 좋은 일인가! 레드포드는 1975년에 영화가 워싱턴에서 첫 시사회를 갖기에 앞서 내가 영화를 볼 수 있도록 주선해줬고, 그래서 나는 -여전히 내 여자 친구인- 셜리와, 잭 앤더슨 밑에서 일하는 동료들을 시사회에 데려갔다. 나는 이건 생시라는 혼잣말을 계속 해댔었다.

내가 출판계 전통에 따라 급하게 써낸 속편 소설이 성공하면서 『뉴욕

타임스』 베스트셀러가 되기는 했지만,『콘돌의 6일』을 판매한 후 구상했던 콘돌 소설 5부작은 우리 시대의 위대한, 그리고 그런 대우를 받을 가치가 있는 무비스타 로버트 레드포드가 창조해내고 문화적인 브랜드가 된 이미지로 창공 멀리로 날아가야만 한다는 걸 나는 깨달았다. 나는 그 이미지와 경쟁하고 싶지 않았다.

그래서 나는 콘돌을 저 멀리로 날려 보냈다.

9·11이 일어나기 전까지는.

뉴욕을 덮은 연기가 말끔히 걷힌 후, 콘돌이 날아 돌아왔다.

우선, 콘돌은 내가 로널드 말콤에게, 나와 무척 비슷했던 그 60년대의 반항아에게 일어났던 일을 밝히게끔 만들었다. 하지만 레드포드의 이미지에 충실한 채로 남아 있는─아니면, 최소한 그걸 망치지는 않는─방식으로 그렇게 하기를 원했다.

그래서 콘돌은 내가 좋아하는 소설 중 하나인 2006년 작 『미친개들』에서 CIA의 비밀 정신병원에 중요한 카메오로 등장했다.

그것으로는 충분치 않았다.

그리고 지금, 내가 9·11 사건 이후의 콘돌에 대해 쓴 중편소설 『condor.net』이 작품의 탄생을 설명하는 에세이와 함께 이북(ebook)으로 존재하며 독자 여러분의 눈길이 와 닿기를 기다리고 있다.

『콘돌의 6일』은 내 인생에 천사 같은 그림자를 드리워왔다.

콘돌이 KGB가 설립한 2,000명 규모의 비밀 사업부에 영감을 줬다는 걸 내가 알기 훨씬 전에, 워터게이트 절도범으로 유죄 판결을 받은 프랭크 스터지스는 자신의 CIA 코드네임이 콘돌이었다고 내게 말했다. 내 작품이 그 행각에 영감을 준 건 아니었고, 1970년대에 남미의 우익 암살단 컨소

시엄인 콘돌 작전(Operation Condor)에 영감을 준 것도 아니었지만 말이다. 1980년에 집배원 복장을 한 암살자가 D.C.의 순환도로 내부에서 전직 이탈리아 외교관을 살해했다. 정보기관과 경찰의 관리들은 이 작전이 『콘돌의 6일』에서 유래한 것이라고 주장했다. 내가 9·11 이후에 바그다드에서 접촉했던, 암살자로 공인된 후 도망자 신세가 된 인물은 내가 자신에게 영감을 제공했는지는 확실치 않다고 말했지만 말이다.

콘돌은 「사인필드」, 「심슨 가족」, 「프레이저」, 「킹 오브 더 힐」 같은 TV 시리즈의 패러디물에 영감을 줬고, 「NCIS」와 「브레이킹 배드」 같은 드라마에서 등장인물들이 주고받는 수다에 문화적인 레퍼런스로 등장했다. 아방가르드 록그룹 라디오헤드는 영화에 등장하는 대사를 노래에 샘플링했다.

퓰리처상을 수상한 영화평론가—그리고 정말 좋은 친구이자 저명한 소설가— 스티븐 헌터는 2000년 1월에 『워싱턴 포스트』에 실린 지난 세기의 영화들에 대한 에세이에서 「코드네임 콘돌」을 1970년대의 가장 상징적인 영화로, 편집증에 사로잡힌 그 시대의 전형적인 영화로 꼽았다. 헌터는 이렇게도 적었다. "할리우드가 세계의 중심이라는 선천적으로 부여받은 역할을 포기했을 시점에, 이 영화는 영화라는 예술 매체가 세계화됐음을 보여준다."

그리고—국제스릴러작가협회가 '필독서 100선' 중 하나로 선정한—『콘돌의 6일』이 없었다면, 나는 런던의 『데일리 텔레그래프』가 2008년에 발표한 '죽기 전에 읽어야 할 범죄 작가 50명' 리스트에 찰스 디킨스와 레이먼드 챈들러, 대실 해밋, 그리고 다른 내 문학적 영웅들과 함께 포함되지 못했을 것이고, 프랑스와 이탈리아에서 공로상도 받지 못했을 거라고 짐작한다.

『콘돌의 6일』은 할리우드에서부터 저널리즘까지, 그리고 강력반 형사들의 순찰차 이야기를 출판하는 것에 이르기까지 나를 위해 수백 개의 문을 열어줬다. 『콘돌의 6일』은 내가 테러리스트와 마약 조직, 사기꾼, 살인자, 도둑, 비밀리에 활동하는 전사, 혁명가, 경찰, 스파이들이 득실거리는 미국의 20세기 느와르 길거리를 내달리고도 살아남아 떠날 수 있게 해준 명성을 내게 안겨줬다. 내가 『게임의 본질』에서 소설화한 이 무용담도 미스터리어스 출판사 덕에 이북으로 읽어볼 수 있다.

그러나 『콘돌의 6일』은 그 무엇보다도 꿈과 함께 비행할 자유를 내게 줬다. 내가 세상을 위해 "만약 그렇다면 어떻게 될까?"들을 창작할 수 있게 해줬다. 나를 위해, 결국에는 내 가족을 위해 좋은 인생을 구축할 터전을 제공해줬다. 내가 직접 안면을 트는 영광을 결코 갖지 못할, 나와 같은 시대를 사는 인류 수백만 명을 접촉할 수 있는 기회를, 그들을 깨우치지는 못했을지라도, 적어도 그들의 인생을 밝혀줄 수 있는 기회를 주었다.

바로 당신 같은 분을 말이다.

감사드린다.

제임스 그레이디

옮긴이의 말

　제임스 그레이디가 1974년에 발표한 소설에서 처음으로 소개한 콘돌은 스파이 소설의 주인공으로서는 조금 독특한 캐릭터다. 책을 읽어본 독자는 잘 알겠지만, 콘돌은 자세히 뜯어보면 스파이라고 부르기에도 무안한 인물이다. 사실 콘돌은 스파이라기보다는, 어쩌다 보니 CIA라는 정보기관에 취직한, 책을 읽고 분석하고 보고서 쓰는 것이 주된 업무인 먹물이라고 보는 편이 더 정확하다는 게 내 생각이다. 『콘돌의 6일』의 재미는 명줄이 걸린 위기에 봉착한 그 먹물이 위기를 헤쳐나가는 6일간의 과정을 지켜보는 데서 비롯된다.

　그레이디가 이 책에 수록된 후기에서 밝힌 대로, 스파이 캐릭터로서 콘돌은 (지금은 10년쯤 전에 등장한 제이슨 본 때문에 상당히 많이 변질된 상태지만) 제임스 본드와 극명하게 대비되는 캐릭터다. 제임스 본드는 "키스 키스 뱅 뱅(Kiss Kiss, Bang Bang)"이라는 별명처럼 싸움 실력과 성적인 능력을 과시하고 인정받고픈 남자들의 욕망을 똘똘 뭉쳐놓은 캐릭터다. 그에 반해, 콘돌은 그런 캐릭터를 다룬 소설들을 읽으며 툭하면 감기에 걸리는 지극히 현실적인 인물이다.

　본드는 조국의 정보기관인 MI6을 대표해서 다른 나라 정보기관이나 악당 조직에 맞서 싸운다. 그에 반해, 콘돌은 조국의 정보기관인 CIA 내부에 존재하는 부패 세력을 피해 도망 다니기 바쁘다. 본드는 세계 곳곳의 유명한 곳을 유람하며 활동하지만, 콘돌은 워싱턴 D.C.를 거의 벗어나지 않는다. 본드에게는 끊임없이 여자가 꼬이는 반면, 콘돌은 은신처로 쓸 거처를 마련하기 위해 여자를 자기편으로 끌어들이려 온갖 짓을 다 한다. "본드, 제임스 본드"라고 자기 정체를 대놓고 드러내는 007과 달리, 콘돌은 본명을 잘 밝히지도 못한다.

제임스 본드의 매력이 허구의 극단적인 세계에서 슈퍼 히어로로서 활약하는 데 있다면, 이 책에서 볼 수 있는 콘돌의 매력은, (슈퍼 히어로의 면모를 약간 갖고 있는) 제이슨 본이 출현하기 30년 전쯤에 이미, 스파이 세계에서 지극히 인간적인 냄새를 풍기며 생존해나가는 모습에 있다. 제이슨 본의 선배라 할 수 있는, 또는 연배를 생각하면 아버지뻘이라 할 수 있는 콘돌은 베트남전과 워터게이트 스캔들로 대표되는 1970년대의 부패한 미국 사회에서 살아남기 위해 책과 영화에서 얻은 갖가지 지식과 정보를 현실에 응용하며 안간힘을 쓴다. 주인공이 현실에 닥친 어려움을 타개하는 방안을 허구의 세계에서 찾아낸다는 바로 그 점이 이 책의 특징이다.

그리고 그런 특징이 현실에서 거꾸로 실현됐다는 점이, 저자가 전혀 의도하지 않았고 그런 일이 벌어지리라 상상조차 하지 못했던 점이, 이 책의 또 다른 흥미로운 점이다. 그레이디는 책의 재출간에 맞춰 쓴 후기에서, 냉전시대에 이 소설과 영화를 접한 KGB가 작품에 등장하는 조직과 같은 성격의 조직을, 작품 속 조직의 규모보다 엄청나게 큰 규모로 창설해 운영했다는 걸 훗날 알게 됐다고 밝힌다. 소설의 주인공은 허구에서 얻은 지식으로 현실의 어려움을 이겨내고, 그 소설을 읽은 적대 국가의 정보기관은 허구로 창작된 소설에 등장하는 조직을 실제로 만들어낸다. 이렇게 허구와 현실이 서로에게 영향을 주고받았다는 점이 『콘돌의 6일』을 더 재미있는 작품으로, 스파이 소설 장르에서 상당한 의미를 갖는 작품으로 만들어 주는 특징이 아닐까 싶다.

끝으로 CIA 조직 편제 번역에 도움을 준 연세대학교 경영학과 오홍석 교수님께 감사드린다.

윤철희

콘돌의 6일

초판 1쇄 인쇄 2016년 10월 25일
초판 1쇄 발행 2016년 10월 31일

지은이 | 제임스 그레이디
옮긴이 | 윤철희
펴낸이 | 정상우
주간 | 정상준
편집 | 이민정 김민채 황유정
디자인 | 박수연 김인경
관리 | 김정숙

펴낸곳 | 오픈하우스
출판등록 | 2007년 11월 29일 (제13-237호)
주소 | 서울시 마포구 동교로13길 34(04003)
전화 | 02-333-3705 팩스 | 02-333-3745
openhousebooks.com
facebook.com/vertigo.kr

ISBN 979-11-86009-85-7 04840
     979-11-86009-19-2 (세트)

VERTIGO는 (주)오픈하우스의 장르문학 시리즈입니다.

이 도서의 국립중앙도서관 출판예정도서목록(CIP)은 서지정보유통지원시스템 홈페이지(http://seoji.nl.go.kr)와
국가자료공동목록시스템(http://www.nl.go.kr/kolisnet)에서 이용하실 수 있습니다.
(CIP제어번호: CIP2016024746)